SCHERZ
KRIMI

JILL PATON WALSH

Und vergib uns unsere Schuld

ROMAN

SCHERZ

Für R. H. – ein echtes Original

Einzig berechtigte Übertragung aus dem Amerikanischen
von Christine Frauendorf-Mössel
Titel des Originals: »A Piece of Justice«
Umschlaggestaltung: Adolf Bachmann
Umschlagbild: Edmund Gill / AKG, Berlin

1. Auflage 1997, ISBN 3-502-51603-0

Gesamtherstellung: Ebner Ulm

Die ausgleichende Gerechtigkeit –
die da heißt Tod . . .

Sir Thomas Browne

1

»Wo ist die Musterwiederholung?« erkundigte sich Imogen Quy. Sie saß inmitten von zahllosen Stoffresten, gemustert und einfarbig, die sich über den ganzen Fußboden verteilten. Pansy Whitman und Shirl Nichols saßen in Sesseln, und zu dritt ließen sie das Musterbuch kreisen. Das Dreiergespann bildete den repräsentativen Teil des Newnham Quilters Club. Noch kurz vor Weihnachten sollte ein Quilt genäht und dem Fundus des Roten Kreuzes übergeben werden. Ein freundschaftlicher Disput hatte sich entsponnen. Shirl war für ein kompliziertes Muster aus weichen, verschlungenen Linien, Pansy dagegen plädierte für leuchtende Farben und einfache Formen. Beide Freundinnen liebten Quilts aus einzelnen Musterblocks mit schlichter Umrandung. Imogen wiederum mochte Quilts mit übergreifenden Mustern, die sich über die gesamte Oberfläche der Arbeit erstreckten. Für letztere Kategorie, bei der die fließenden Übergänge der Muster je nach Betrachtungswinkel unterschiedliche und eindrucksvolle visuelle Effekte erzeugten, gab es zahllose Beispiele. Diese traditionellen Muster hatten Namen wie »Lost Sail«, »Compass Rose«, »Drunkard's Path«, »Delectable Mountains«, »Blazing Star«, »Homeward Bound«, »Barn-raising« . . .

Shirl schlug das Muster »Pumpkin Patch« mit geschwungenen Säumen vor. Pansy dagegen erwärmte sich für die schlichte Machart des Musters »Birds in the Air«.

»Aber es ist schrecklich langweilig, Pansy«, stöhnte Shirl.

»Nicht, wenn wir spektakuläre Farben verwenden«, widersprach Pansy.

»Dieser Quilt soll doch was Besonderes sein«, gab Shirl zu bedenken. »Ein Quilt bringt kaum viel Geld, wenn jeder den Eindruck hat, er könnte ihn selbst machen.«

»Wer sollte denn das denken?«, entgegnete Pansy. »Heutzutage kann doch keine Frau mehr nähen. Alle sind viel zu sehr damit beschäftigt, einen akademischen Titel zu erwerben und Karriere zu machen. Die meisten können nicht mal Socken stopfen. Und was das Kochen betrifft ... Also ich kenne eine Frau, die ist schon überfordert, wenn sie ein Fertiggericht in die Mikrowelle schieben soll.«

»Die Mitglieder im Quilters Club sind fast alle uralt!« pflichtete Shirl ihr bei. »Die Kunst des Quiltens wird sowieso bald aussterben.«

»Handarbeit«, verbesserte Pansy.

»Wie bitte?«

»Es ist eine Handarbeit, keine Kunst!«

»Hör doch auf, Pansy«, seufzte Shirl. »Warum soll es keine Kunst sein? Nur weil sie von Frauen gemacht wird?«

»Nein«, widersprach Pansy. »Es ist ... also ...«

»Sag du doch was, Imogen!« drängte Shirl.

»Entschuldige«, sagte Imogen. »Ich habe leider nicht zugehört, sondern versucht, die Musterwiederholung abzugrenzen.« Sie hob eine Seite aus dem Musterbuch hoch. Diese zeigte ein kompliziertes Netzwerk aus Linien, das die Seite mit Formenrastern überzog. Irgendwo in diesem Formenraster befand sich jener Teil, der sich wiederholte. Und das bildete dann einen Musterblock. Man stellte die Anzahl von Musterblocks her, die für die Maße eines Quilts nötig war, und nähte sie aneinander. Waren die Blocks aneinandergefügt, ergaben sich Muster, die größer waren als die Einzelquadrate, die über die Grenzen eines Blocks hinaus ineinander übergingen und sich zu einem lebendigen, faszinierenden Ganzen zusammenfügten.

Das Muster, das Imogen studierte, nannte sich »Coast o' Maine«. Dem Betrachter zeigte es sich als fließendes Wellenmuster, obwohl es ausschließlich aus Dreiecken und Quadraten bestand.

»Hier«, sagte Shirl und grenzte mit einem Stift einen bestimmten Sektor des Musters ein. Kaum hatte die Freundin die Fläche isoliert, wurde Imogen sofort klar, daß die ganze Seite nur aus diesem sich regelmäßig wiederholenden Muster bestand.

»Hm, das ist hübsch«, behauptete Pansy und sah Shirl über die Schulter. »Wie wär's, wenn wir das hier nehmen?«

»Ja, dafür bin ich auch«, stimmte Shirl zu. Das Muster sah schwieriger aus als es war und schien aus weichen Linien zu bestehen. Shirl konnte es nicht ertragen, etwas Einfaches zu arbeiten.

»Richtig«, bestätigte Imogen. »Und jetzt zu den Farben. Ihr fangt an. Ich koche Kaffee.«

Die Stoffe für die einzelnen Musterblocks auszuwählen, war das Interessanteste an der Arbeit. Die drei Freundinnen zückten Scheren, schnitten Musterstücke aus und legten sie probeweise aneinander, um einen ungefähren Eindruck zu gewinnen. Dabei wirkten sorgfältig und harmonisch abgestimmte Farbtöne und Muster meistens besonders langweilig. Hübsch, aber fad. Patchwork war eine Volkskunst – und Geschmack bekam ihr nicht. Pansy mochte zwar faul sein, wenn es ums Nähen geschwungener Säume ging, aber sie hatte ein gutes Auge für Farben – für schräge, ungewöhnliche Farbkombinationen, die über die Formen miteinander kommunizierten, hell und zufällig wirkten. Die faszinierende Wirkung alter Quilts, die wie aus einem Stück gegossen aussahen, liebte Imogen besonders. Sie zeugten von Not und Entbehrung, nutzten einfach nur das Material, das gerade zur Hand war, waren exakt das Gegenteil der modernen Bequemlichkeit, sich bei Laura Ashley bereits zugeschnittene, ausgewählte Stoffe zu kaufen, und erforderten daher einigen Mut, wenn man sie imitieren wollte. Pansy griff über Imogens gefällige, recht gewöhnliche Farbzusammenstellung hinweg nach einem orangeroten Stoffstück mit aufgedruckten Farbklecksen in Rot, legte es neben den dunklen Mittelstern und tauschte es damit gegen das Lila aus, das Imogen vorgezogen hatte.

»Hm«, murmelte sie und neigte den Kopf. »Nein ... vielleicht ...« Sie tauschte ein sanftes Blau gegen ein grelles Türkis aus, das zu den übrigen Farben eigentlich überhaupt nicht paßte. Die Wirkung war überwältigend.

Sie tranken Kaffee und betrachteten das Ergebnis. Bevor Imogens Freundinnen sich verabschiedeten, hatten sie gemeinsam den Stoffverbrauch für einen großen Quilt berechnet und die Schablonen aus Karton ausgeschnitten. In der folgenden Woche sollten die Stoffstücke zugeschnitten, sortiert und an die Mitglieder des Quilters Club verteilt werden, die diese dann zu einzelnen Musterblocks verarbeiteten. Imogen war immer wieder überrascht, wie viele Clubmitglieder am liebsten bereits vorgegebene Blocks verarbeiteten. Das Planen und Entwerfen überließen sie gern Pansy, Shirl und Imogen.

Die drei waren ein gutes Team, wenn es darum ging, für einen guten Zweck zu kochen, zu nähen, Blumen in der Kirche zu arrangieren, für Nachbarn einzukaufen, Babys zu sitten, Katzen für verreiste Freunde zu füttern. Sie waren das Salz der Erde, bescheidene Leute, die nur widerwillig Dank entgegennahmen.

Hier in diesem beschaulichen Vorort, nur wenige Gehminuten vom Zentrum von Cambridge entfernt, machte man, wie Imogen überlegte, kaum einen Unterschied zwischen Hausfrauen und Akademikerinnen – die Hälfte der Hausfrauen hier besaß sowieso einen akademischen Titel. Hier zählte, was man tat.

Imogen setzte sich mit ihrem Mittagessen in ihr Frühstückszimmer. Die Mahlzeit bestand aus belegten Brötchen, die bei der Lektüre der Zeitung eingenommen wurden, die sie mangels anderer Gesellschaft gegen den Saftkrug gelehnt hatte. Imogen hatte an diesem Tag dienstfrei. Während der Ferien wurde sie im College kaum gebraucht. Dafür waren College-Krankenschwestern wie Imogen während der kurzen, hektischen Semester – das nächste sollte in der folgenden Woche beginnen – pausenlos im Einsatz. Die Zeitungslektüre war dazu gedacht, Imogen von den Grübeleien über Frances Bullion, ihre Untermieterin, abzulenken. Nicht daß es Imogen zugestanden hätte, sich um Fran Sorgen zu machen! Sie waren nicht einmal verwandt. Fran hatte eine Mutter in den Midlands, deren Pflicht es gewesen war, der Tochter die nötige Sorge angedeihen zu lassen. Und eigentlich war Imogen auch nicht alt genug, um diese mütterliche Rolle zu übernehmen. Fran war zweiundzwanzig, und Imogen war nur knapp zwölf Jahre älter. Aber Imogen, deren Leben durch eine verhängnisvolle Liebesaffäre vor einigen Jahren aus dem Gleichgewicht geraten war und die mittlerweile selbst Kinder hätte haben müssen, wenn das Leben nach Plan verlaufen wäre, verfügte über große Reserven an brachliegenden Gefühlen, auf die Fran teilweise und ganz unverhofft Anspruch zu haben schien. Ob berechtigt oder nicht berechtigt, Imogen jedenfalls machte sich Sorgen um Fran. Nichts in der Zeitung war auch nur annähernd interessant genug, ihre Gedanken erfolgreich abzulenken.

Beim Kaffeekochen packte sie den Stier bei den Hörnern. Frances strebte nach akademischen Weihen; strebte eigensinnig den Beruf an, der in Cambridge so lapidar »Don« genannt wurde, was soviel wie Universitätsprofessor bedeutete. Imogen kannte Fran seit deren erstem Semester am St. Agatha's College, wo sie selbst arbeitete. Und obwohl sie die kleine Mansardenwohnung in ihrem gemütlichen Haus in Newnham normalerweise nicht an jemand vom St. Agatha's College vermietete, hatte Imogen bei Fran bereitwillig eine Ausnahme gemacht, als diese nach ihrem ersten Examen weiterstudiert hatte. In einer Beziehung war Fran das Glück hold gewesen. Ihr Interessengebiet und gleichzeitig das Thema ihrer Dissertation war das Verhältnis zwischen Biographie und Autobiographie. Und Cambridge hatte gerade einen neuen Lehrstuhl für Biographie geschaffen – die Fakultät für Geschichte hatte nichts damit zu tun haben wollen –, und Professor Maverack, der erste Inhaber dieses Lehrstuhls, war Frans Doktorvater. Aber Frans Hauptproblem war Geld. Sie hatte nämlich keines.

Natürlich verfügte sie über einen – wenn auch geringen – monatlichen Wechsel. Die Summe deckte jedoch kaum die Grundkosten. Und Imogen konnte es sich nicht leisten, ohne die Miete auszukommen, selbst wenn Fran damit einverstanden gewesen wäre. Sie hatte sie ohne Frans Wissen sowieso schon etwas heruntergesetzt – weil sie unbedingt Fran als Mieterin hatte haben wollen. Und nun bemühte sie sich redlich, Fran durchzufüttern; das gerade hatte sie bei ihren früheren Mietern, zwei Studenten im ersten Semester, strikt abgelehnt, da deren Raubzüge zu ihrem Kühlschrank schon des Guten zuviel gewesen waren.

Von einem wohlmeinenden Professor konnte man eigentlich erwarten, daß er für eine Doktorandin eine Dozentenstelle oder irgendeine andere Beschäftigung fand, mit der diese Geld verdienen konnte. Aber der Lehrstuhl für Biographische Studien war ebenso neu in Cambridge wie Professor Maverack. Das übliche Netz von Verbindungen und Beziehungen mußte erst aufgebaut werden. Frances hatte sich bereits ohne Job – von den gelegentlichen Nachtschichten an der Tankstelle in der Barton Road einmal abgesehen – durch das letzte Semester gekämpft. An diesem Morgen nun wollte sie Professor Maverack aufsuchen, um ihm zu sagen, daß sie ohne eine Assistenten- oder Dozentenstelle nicht endlos weitermachen konnte. Was die Angelegenheit unnötig komplizierte, war die Tatsache, daß Fran Professor Maverack nicht besonders mochte. Zwar hatte sie das nie erwähnt, aber Imogen wußte trotzdem Bescheid. Sie befürchtete daher, daß Fran bei Maverack eine Niete ziehen, alles hinwerfen und sich irgendeinen Bürojob besorgen würde. Imogen selbst hatte die Chance, das Medizinstudium zu beenden, vor Jahren verwirkt. Schon aus diesem Grund war der Gedanke unerträglich, daß jemand, dem ihre ungeteilte Sympathie galt, dasselbe Schicksal erleiden sollte.

Dabei stellte Josh – der einzige, den man als Frans Freund bezeichnen konnte – nicht einmal annähernd jene Gefahr dar, die Imogens Liebhaber einst für sie verkörpert hatte. Weit davon entfernt, Fran zu bitten, ihr Studium für ihn aufzugeben, war Josh eher der Typ Mann, der sich im Sessel zurücklehnte und hoffte, daß Fran Karriere machen und in der Lage sein würde, ihn zu versorgen, während er sich um die Kinder kümmerte. Weder sein Doktor in Philosophie noch Frans Karriere schienen durch die Beziehung gefährdet zu sein. Imogen jedenfalls mochte Josh.

Sie hatte die Zeitung mit ihren spannenden Schlagzeilen über zerbrochene Fensterscheiben in der Geschichtsfakultät beiseite gelegt und betrachtete erneut den Patchworkblock, als die Haustür zugeschlagen wurde und Fran in der Diele rief: »Juhu! Imogen!«

Fran kam fröhlich herein, ließ ihre Tasche mit Büchern auf den Fußboden fallen, sank in den nächstbesten Sessel in Imogens Frühstückszimmer und lächelte glücklich.

»Alles bestens«, begann sie. »Er hat was für mich.«

»Wunderbar!« sagte Imogen. »Phantastisch, Fran! Was ist es?«

»Ein kleiner Ghostwriter-Job«, erwiderte Fran. »Ziemlich gut bezahlt. Glaubst du, ich schaffe das?«

»Dummchen!« sagte Imogen liebevoll. »Trink eine Tasse Kaffee und erzähl mir alles.«

»Also«, begann Fran und sah Imogen aus ihren klaren grauen Augen an. »Ein Verleger setzt ihm zu. Aber er ist viel zu beschäftigt. Trotzdem möchte er sich's mit dem Verlag nicht verderben. Man kann nie wissen, ob solche Leute noch mal nützlich –«

»Stop!« unterbrach Imogen. »Bitte langsam. Noch mal von vorn.«

Fran begann erneut mit ihrem Bericht. Der Kern der Geschichte war, daß ein bekannter Verleger Professor Maverack gebeten hatte, eine Biographie für ihn zu Ende zu bringen. Der Verlag war verzweifelt; der Titel war bereits im Herbstkatalog angekündigt, und das Manuskript mußte spätestens bis August im Verlag sein. Der Verleger lockte mit einem stattlichen Vorschuß. Aber Maverack hatte zuviel mit seiner Antrittsvorlesung und einigen Forschungsarbeiten zu tun, um in der Lage zu sein, die Arbeit fristgerecht abzuliefern. Andererseits konnte man das Angebot eines renommierten Verlags wie Recktype & Diss nicht zurückweisen. Wissenschaftliche Biographien verkauften sich nicht gerade so gut wie warme Semmeln, und Maverack konnte sich vorstellen, früher oder später den Verlag zu bitten, eines seiner Werke zu verlegen. Er wollte daher, wenn irgend möglich, dem Verlag entgegenkommen. Das Material für das Projekt war bereits von einem Biographen gesammelt worden, der das Werk jedoch nicht hatte zu Ende führen können. Also hatte der Professor vorgeschlagen, daß Fran das Manuskript schreiben sollte – vielleicht konnte es ihr für die eigene Dissertation nützlich sein. Er wollte es anschließend überarbeiten und es unter seinem Namen veröffentlichen. Der Vorschuß allerdings sollte in voller Höhe Fran gehören. Geldprobleme gelöst. Glück auf der ganzen Linie.

»Aber Fran, wenn du das Manuskript schreibst, sollte dann nicht auch dein Name auf der Titelseite stehen?« fragte Imogen.

»Recktype & Diss wären damit nie einverstanden. Sie wollen einen berühmten Namen, sonst verkauft sich die Biographie doch nicht und würde keine ernsthaften Kritiken kriegen. Maverack hat versprochen, meinen Namen zu erwähnen. Ehrlich, Imogen, auch nur einen Teil des Lobes für ein Projekt einzuheimsen, das unter seinem Namen veröffentlicht wird, kann wirklich nicht schaden.«

»Aber dafür, daß du die ganze Arbeit –«

»Ich kriege das Geld.«

»Du hast noch gar nicht gesagt, um wessen Biographie es sich handelt.«

»Gideon Summerfield. Irgendein Mathematiker. Er soll den Waymark-Preis kriegen.«

»Gideon Summerfield«, murmelte Imogen. »Ist mir ein Begriff.«

»Das ist mehr, als ich von mir behaupten kann.«

»Er war Professor in St. Agatha's. Ist schon vor deiner Zeit in Pension gegangen. Er müßte längst tot sein.«

»Der Preis wird ihm posthum verliehen.«

»Trotzdem muß die Biographie so schnell wie möglich erscheinen?«

»Der Verlag verspricht sich schon von der Ankündigung der Preisverleihung einen Schub für das Kaufinteresse. Sie haben alles organisiert und von langer Hand vorbereitet. Der Titel wird bereits in ihrem Katalog angekündigt. Ein Mann namens Mark Zephyr sollte die Biographie eigentlich schreiben.«

»Verstehe«, seufzte Imogen. »Du tust ihnen einen Gefallen. Es löst deine Probleme. Es bringt gutes Geld, und du hast beim Professor einen Stein im Brett . . .«

»Zur Feier des Tages lade ich dich zum Essen ein«, erklärte Fran glücklich. »Gehen wir in die nette Kneipe in Sutton Gault. Aber jetzt muß ich mich beeilen. Da ist eine Vorlesung, die ich nicht versäumen will.« Sie sprang auf und griff nach ihrer Tasche mit den Büchern. »Wenn ein großer Karton für mich abgegeben wird . . . Das sind die Unterlagen von Mark Zephyr. Der Verlag will einen Kurier schicken.«

»Fran?« rief Imogen ihr in die Diele nach. »Warum hat Mark Zephyr das Manuskript nicht zu Ende geschrieben?«

»Er ist gestorben!« schrie Fran an der Haustür und ließ sie hinter sich zufallen.

2

Die Dringlichkeit, mit der das Projekt im Lektorat von Recktype & Diss betrieben wurde, hatte sich offenbar nicht notwendigerweise auf die Versandabteilung des Verlags übertragen, denn es dauerte drei Tage, bis die Unterlagen für Frans großes Projekt eintrafen. Imogen kam gerade mit dem Fahrrad nach Hause, als sie den Lieferwagen sah, der den schmalen Bürgersteig vor ihrer Haustür blockierte. Sie trat kräftig in die Pedale und sprang bei quietschenden Bremsen ab, als der Fahrer gerade beschlossen hatte, unverrichteter Dinge den Rückzug anzutreten. Imogen schloß ihre Haustür auf. Der Kurier schwankte mit einem riesigen, ausgebeulten Karton auf den Armen den Gartenweg entlang. Das Paket war an den Ecken bereits eingerissen und wurde notdürftig mit einer Schnur zusammengehalten. Der Miene des Kuriers nach zu urteilen war es ungewöhnlich schwer. Als Imogen ihn höflich bat, den Karton in die Mansarde hinaufzutragen, schob dieser ein schwaches Herz vor. Imogen zeigte Verständnis und bot ein Trinkgeld an, worauf der Kurier mehrere Schritte in Richtung Treppe machte. Bevor Imogen jedoch in die Verlegenheit kam, ihm zu eröffnen, daß er zwei Stockwerke überwinden mußte, um in die Dachwohnung zu kommen, platzte die Schnur, und der Karton zerlegte sich explosionsartig in seine Einzelteile.

Akten und einzelne Blätter segelten durch die Luft und verteilten sich gleichmäßig über die ganze Diele. Fluchend begann der Kurier, die Papiere aufzusammeln und wahllos in den zerfledderten Karton zurückzustopfen. Imogen, die nicht sicher war, ob er damit noch mehr Unheil anrichtete als verhinderte, unterbrach seine chaotischen Bemühungen und steckte ihm sein Trinkgeld zu. Nachdem sie die Tür hinter ihm geschlossen hatte, kochte sie Kaffee und versuchte Ordnung in das Chaos zu bringen.

Einfach war das nicht. Imogen räumte ihren Eßtisch frei, um die Papiere dort ausbreiten zu können. Die vier intakten Aktenordner mit der Aufschrift »Mark Zephyr« stapelte sie ungeöffnet an einer Seite. Als nächstes hob sie eine braune Schachtel auf, die wie eine Geschenkbox aus einem teuren Geschäft aussah und noch einigermaßen heil geblieben schien. Sie placierte diese neben den Akten und wandte ihre Aufmerksamkeit den Massen loser Blätter aus dem Karton zu, die auf Treppe und Fußboden verstreut lagen. Es ist schwierig, Ordnung in Dinge zu bringen, von denen man keine Ahnung hat. Imogen spielte mit dem Gedanken, den Rest Fran zu überlassen. Das Problem war, daß sie Besuch zum Abendessen erwartete und der Tisch gebraucht wurde. Also blieb Imogen nichts anderes übrig, als das Malheur selbst zu beseitigen und nach und nach in Frans Mansarde hinaufzutransportieren.

Die Frage war, wo sollte Imogen anfangen? Sie entdeckte einen am Rücken aufgeplatzten Pappordner und entzifferte mühsam das zerrissene Etikett: »Zurück an JS«. Dann war da noch ein uralter Schnellhefter, aus dem ebenfalls ein Teil des Inhalts herausgefallen war. Er trug die handschriftliche Aufschrift: »Aus der Wohnung von May Swann.« Imogen betrachtete prüfend die losen Papiere: Briefe mit den unterschiedlichsten Adressen und Absendern, ein Tischterminkalender aus dem Jahr 1963, Tüten mit Ferienfotos, eine Liste mit den Empfängern von Weihnachtsglückwünschen ... und einen Stapel handgeschriebener Seiten auf liniertem Papier. Nachdenklich legte Imogen die zufällige Sammlung auf einen Stapel mit dem »Zurück an JS«-Aktenordner und steckte die losen Manuskriptseiten in die Akte von May Swann, die sie notdürftig mit Paketband reparierte. Dann transportierte sie nacheinander sämtliche Unterlagen in Frans Dachzimmer und legte sie auf Frans kleinen viereckigen Tisch.

Danach mußte sie nur noch die losen Blätter aus dem äußeren Karton aufsammeln, bevor sie sich an die Küchenarbeit machen konnte – und dazu war es höchste Zeit. Die Aufräumarbeiten hatten länger gedauert als erwartet. Imogen wollte die Überreste der großen Schachtel gerade flach drücken, damit sie in den Mülleimer paßten, als sie entdeckte, daß in einer Ecke ein Blatt Papier steckengeblieben war. Sie zog es heraus. Es handelte sich um ein Blatt von einem Notizblock mit dem Firmenaufdruck des Verlags Recktype & Diss. Darauf stand: »Umgehend die Zephyr-Akten an Frances Bullion unter der unten aufgeführten Adresse schicken! Rest behalten! M. Drawl.«

Imogen schloß daraus, daß der Versandabteilung des Verlags ein Fehler unterlaufen war. Auf diese Weise waren Unterlagen zu

Fran gelangt, die laut Notiz im Verlag hätten bleiben sollen. Möglicherweise handelte es sich um Material, das mit Summerfield nichts zu tun hatte und das Fran nicht brauchte. Aber Imogen hatte keine Zeit mehr für weitergehende Überlegungen. Sie steckte den Notizzettel hinter die Kaffeedose auf der Küchenanrichte und konzentrierte sich aufs Kochen.

Imogens Gast zum Abendessen war Dr. Malcolm Mistral, ein Professor am St. Agatha's College. Seit er Witwer war, residierte er in einer kleinen Wohnung im College. Dort allerdings vermißte er die ruhigen Abendessen mit seiner Frau in ihrem früheren Haus in Newnham und ertrug die lauten Mahlzeiten im großen Speisesaal und die unvermeidbare Gesellschaft der Kollegen und ihrer Gäste nur mit Mühe.

Imogen hatte es sich zur Gewohnheit gemacht, den unbeholfenen älteren Herrn gelegentlich zum Essen einzuladen. Die Rezepte der Gerichte, die sie für ihn zubereitete, verlangte er stets, doch sie bezweifelte, daß er sich je selbst daran versucht hatte. Dabei war beispielsweise sein Kollege Meredith Bagadeuce ein exzellenter Koch. Mistral allerdings bemängelte an dem Kollegen, daß er ihn zu selten zum Essen einlud.

Die Abendessen mit Professor Mistral waren für Imogen nicht ganz unproblematisch. Auch diesmal unterdrückte sie die Empfindung energisch, daß sehr intelligente Menschen gelegentlich sehr langweilige Gesellschafter waren. Später, bei einer Tasse Kaffee vor dem Kamin und während einer der langen Gesprächspausen, die natürlicherweise zwischen zwei Menschen entstehen, die wenig gemeinsam haben, kam Imogen plötzlich auf die Idee, Mistral zu fragen, ob er Gideon Summerfield gekannt habe.

»Ein bißchen«, antwortete Mistral. »War in der Forschung tätig, als ich nach St. Agatha's kam. Etwas jünger als ich. Habe ihn natürlich vom Sehen gekannt. Bin ein- oder zweimal mit ihm zusammen Mitglied in einem Ausschuß gewesen.«

»Was für ein Mensch war er?«

»Kann ich wirklich nicht sagen. Anständiger Kerl, nehme ich an. Warum fragen Sie?«

»Ich kenne jemanden, der seine Biographie schreiben soll.«

»Wirklich? Das überrascht mich. War er denn so interessant?«

»Das wollte ich eigentlich Sie fragen!« sagte Imogen lachend. »Noch ein Stück Schokolade?«

»Sie verwöhnen mich, Miss Quy«, murmelte er und nahm sich ein Pfefferminzplätzchen.

Imogen überlegte, ob sie ihn bitten sollte, Imogen zu ihr zu sagen, entschied aber dann, daß sie noch nicht bereit war, ihn mit Malcolm anzusprechen, und ließ es bleiben.

»Hätte nie gedacht, daß der alte Summerfield für ein Buch gut ist«, bemerkte er. »Allerdings kann man jahrelang am selben College tätig sein, ohne einander wirklich zu kennen – privat, meine ich. Wir wissen meist nur, was wir fachlich voneinander halten sollen. Würde mich nicht wundern, wenn Sie mehr über uns wissen als wir voneinander.«

»Vielleicht, aber je gesünder ein Mitglied des Lehrkörpers ist, desto weniger weiß ich in der Regel über diese Person«, erwiderte Imogen. »Und was hielten Sie fachlich von Gideon Summerfield?«

»Wie gesagt, was Interessantes fällt mir über ihn nicht ein. Weshalb will jemand eine Biographie von ihm haben? Abgesehen von Janet, meine ich.«

»Janet?«

»Seine Frau. Beziehungsweise seine Witwe. Seine ergebenste Verehrerin. Meine Frau – meine verstorbene Frau – kannte sie flüchtig. Janet würde eine Biographie befürworten. Vorausgesetzt sie enthält nur Lobendes. Sie hat dem großen Mann sozusagen ihr ganzes Leben gewidmet. Sie kennen den Typ. Aber ich kann mir nicht vorstellen, wer so etwas lesen wollte . . .«

»Offenbar soll er den Waymark-Preis verliehen bekommen.«

»Ja, das habe ich auch gehört.«

»Trotzdem würde es Sie überraschen?«

»Natürlich. Er war immerhin Mathematiker«, sagte Malcolm Mistral und griff nachdenklich nach einer Praline.

»Der Waymark-Preis ist doch vor allem für Mathematiker gedacht, oder?« warf Imogen ein.

»Ja, richtig. Ist eben nur schwierig, bei Mathematikern Talent zu erkennen – für Nichtmathematiker.«

»War er Ihrer Meinung nach denn nicht intelligent?« fragte Imogen, der die Sache Spaß zu machen begann.

»Meine liebe Miss Quy, jeder Professor von St. Agatha's ist intelligent«, erwiderte Dr. Mistral gequält. »Die Frage ist lediglich, war er genial? So brillant, daß er den Waymark-Preis verdient? Wie Sie wissen, gibt es keinen Nobelpreis für Mathematik. Der Waymark-Preis ist quasi ein Ersatz. Ihn zu gewinnen heißt praktisch, Nobelpreisträger zu sein.«

»Und Sie glauben nicht ...« Imogen hatte Skrupel, das Thema auszuwalzen, aber sie hatte ein sehr gutes Essen zubereitet und hoffte auf einen Leckerbissen für Fran – sozusagen als Gegenleistung.

»Ich schätze, andere Mathematiker sind ebenfalls verblüfft«, sagte Dr. Mistral schlau. »Natürlich verstehe ich nichts von seinem Gebiet; ebensowenig wie er von meinem etwas verstand. Wir können den Wert von Arbeiten in Physik, Geschichte oder Recht nicht beurteilen, wenn wir keine Physiker, Historiker oder Juristen sind. Aber wissen Sie, in den meisten Fällen spürt man doch die Ausstrahlung einer großen geistigen Präsenz, auch wenn man in der Mensa nur Belanglosigkeiten austauscht. Aber Summerfield ... nun, etliche seiner Kollegen waren überrascht, was er zustande gebracht hatte. Er war ein angesehener Mathematiker, aber niemand hat ihn unbedingt für einen brillanten Geist gehalten. Dann hat er plötzlich diese großartige Arbeit veröffentlicht. Übrigens reichlich spät in seiner Laufbahn. Aber wie gesagt, eine faszinierende Persönlichkeit war er nicht. Ich habe ein einziges Mal bei einem großen Dinner im College neben ihm gesessen, und er hat den ganzen Abend nur davon gefaselt, wie zäh das Filet Wellington sei.«

»Eine großartige Arbeit? Reichlich spät in seiner Laufbahn?« wiederholte Imogen verständnislos.

»Spät für einen Mathematiker, meine ich.«

»Wieso? Sind Mathematiker schnell ausgebrannt?«

»Nicht unbedingt, aber normalerweise fangen sie sehr jung an, gut zu sein, und halten sich lang auf hohem Niveau. Aber daß einer in reifen Jahren plötzlich geradezu geniale Arbeit leistet, ist ungewöhnlich. Bagadeuce hat mir das gesagt, und ich schätze, er muß es wissen.« Dr. Bagadeuce war der Leiter der Mathematischen Fakultät in St. Agatha's. »Der gute Bagadeuce hat übrigens reichlich merkwürdig reagiert, als das Gerücht aufkam, daß Gideon Summerfield für den Waymark-Preis nominiert wurde. Sehr zurückhaltend. Ausgesprochen reserviert. Gemessen daran, wie erpicht er normalerweise darauf ist, Ruhm und Ehre für das College einzuheimsen.« Als Dr. Mistral Imogens amüsiertes Lächeln sah, setzte er hinzu: »Er kann den Mann jedenfalls nicht sehr gemocht haben . . .«

Imogen hatte zum harmonischen Abschluß des Abends Cointreau und Kognak bereitgestellt.

Während er seinen Kognak trank, fragte sie: »Was war das eigentlich für eine brillante Arbeit, die Summerfield so berühmt gemacht hat? Wissen Sie das?«

»Da fragen Sie den Falschen, fürchte ich. Von Mathematik habe ich keine Ahnung. Muß was mit Geometrie zu tun haben. Ihr Freund sollte sich bei Bagadeuce erkundigen. Er war damals ganz aus dem Häuschen, als die Arbeit veröffentlicht wurde.«

»Danke«, sagte Imogen. »Ich werd's ihr sagen.«

»Ihr?«

»Ja, *ihr*«, wiederholte Imogen energisch. Malcolm Mistral hatte sich verraten. Er hatte offenbar angenommen, daß nur ein Mann eine Biographie schreiben konnte. Trotzdem war er selbst ein harmloser Mann aus einer anderen Generation, an dem die gesellschaftlichen Veränderungen der letzten Jahrzehnte offenbar spurlos vorübergegangen waren. Vielleicht sollte sie ihn in Zukunft nicht mehr so verwöhnen, überlegte sie, als sie die Tür hinter ihm zumachte. Trotzdem hatte sie das Gefühl, daß der Abend mit ihm irgendwie nützlich gewesen war.

Aber eben nur irgendwie. Was nützte es schon, Fran zu sagen, daß sie die Biographie eines alten Langweilers schreiben mußte? Eines von seiner Frau vergötterten Langweilers? Imogen stöhnte innerlich. Sie beschloß zu warten, bis Fran nach Hause kam. Zum Zeitvertreib griff sie nach der Tasche mit den Stoffresten für den Quilt und holte die Mustervorlage von »Coast o' Maine« heraus. Sie begann mit Stoffmustern und Farben zu spielen.

Die Tasche mit den Stoffresten weckte gefährliche Erinnerungen bei Imogen. Da war zum Beispiel ein Stück feingestreifter Popelinestoff von der Uniform einer Lernschwester; Imogen hatte einst, vor langer Zeit, drei davon besessen und sehr hart darin gearbeitet. Die geblümte Seide darunter stammte aus noch früheren Zeiten. Sie hatte sich ein Ballkleid für die Gedächtnisfeier in Oxford daraus genäht. Damals hatte sie dort noch Medizin studiert. Kurz darauf allerdings hatte sie alles aufgegeben, um mit Frank nach Amerika zu gehen. Wie anders wäre ihr Leben verlaufen, hätte er sie nicht wegen einer anderen Frau sitzengelassen! Imogen schnitt mit der Schere in die Seide. Es hatte eine Zeit gegeben, da wären Gedanken wie diese sehr schmerzlich für sie gewesen. Mittlerweile war sie im großen und ganzen dankbar für das, was sie erreicht hatte. Die Gedanken daran, was hätte sein können, quälten sie längst nicht mehr. Frank war ein Opportunist, immer auf seinen Vorteil bedacht, der Imogen früher oder später sowieso verlassen hätte. Vermutlich hatte sie Glück gehabt, daß es so früh und nicht später passiert war. Sie hatte sich damit abgefunden; sie war nach Hause zurückgekehrt, hatte eine Ausbildung als Krankenschwester gemacht, für ihre Eltern gesorgt und einen Job im St. Agatha's College gefunden, wo man sie schätzte. Jedenfalls meistens. Die Stelle am College hatte ihr ungeahnte Privilegien eingebracht – zum Beispiel die Freundschaft mit Lady Buckmote, der Frau des Rektors, allen als Lady B. bekannt, einer Frau mit Verstand und trockenem Humor. Imogen und Lady B. hatten die gleiche Wellenlänge und waren Freundinnen geworden.

Die Wirkung des Seidenrests innerhalb des Patchworkblocks war frappierend. Heute kam es Imogen reichlich kühn vor, daß sie das Blumenmuster mit den leuchtenden Farben zu ihrem roten Haar gewählt hatte. Sie stand auf, trat vor den Spiegel über dem Kaminsims und hielt sich ein größeres Stoffstück unters Kinn. Ihr rundes, sommersprossiges Gesicht sah ihr entgegen, eingerahmt von tizianrotem Haar und leuchtendbuntem Rosenmuster. Die Wirkung war erstaunlich ... für eine glückliche junge Frau, die mit ihrem Liebhaber tanzen gehen wollte. Jetzt wäre Imogen die Kombination zu gewagt gewesen. Es war spät, und sie war müde. Sie konnte nicht ewig auf Fran warten. Imogen sammelte die Stoffreste in die Tasche, machte die Lichter aus und ging ins Bett. Das Thema Summerfield hatte Zeit bis zum nächsten Morgen.

3

»Du hast nicht zufällig Zeit mir zu helfen, oder?« fragte Fran. Es war ein kühler, sonniger Sonntagmorgen, und Imogen hatte eigentlich einen langen Spaziergang geplant. Sie beschloß, ihn um eine Stunde zu verschieben, und ging mit Fran in die Mansarde hinauf.

»Ich koche uns Kaffee«, sagte Fran. »Könnte ja sonst in Arbeit ausarten.«

Imogen erfaßte die Situation in der kleinen Mansarde mit einem Blick. Jede freie Fläche – die Sitzpolster des kleinen Sofas, der Teppich vor dem Kamin, jedes Stuhlkissen – war mit Papieren bedeckt. Überall lagen Stapel loser Blätter, Akten, Briefbündel, Karteikarten – sämtliche Sitzmöglichkeiten waren zweckentfremdet.

»Was genau kann ich tun?« erkundigte sich Imogen.

»Also ... eigentlich hatte ich gehofft, daß du dich erinnerst, wo die einzelnen Blätter herausgefallen sind«, antwortete Fran.

»Keine Chance«, seufzte Imogen. »Der Karton ist einfach geplatzt, und alles flog durch die Luft.«

»Mark Zephyrs Arbeit ist in Ordnung«, erklärte Fran. »Seine Akten sind wohl vollständig.«

»Sind ja auch unversehrt geblieben.«

»Ja. Und er hat sehr sorgfältig gearbeitet. Damit gibt es keine Probleme. Der Rest ist vermutlich das Material, mit dem er gearbeitet hat; also Summerfields Unterlagen, die ihm als Grundlage dienten. Aber jetzt sieh dir das an!« Fran zeigte Imogen ein dickes, vollgeschriebenes Notizbuch. »Kapitel 1: Frühe Kindheit« stand auf der ersten Seite. Es folgten Quellenangaben: Erinnerungen eines Kindermädchens, Gespräche mit der Familie, Briefe aus Ferientagen im Ausland. Imogens Finger glitt über die endlose Liste. Nach drei Seiten begannen die eigentlichen Aufzeichnungen:

Gideon Summerfield wurde 1918 in einer Handwerkerfamilie geboren. Die Summerfields lebten in Palmer's Green, einem Londoner Arbeitervorort, und gehörten einer protestantischen Freikirche an. Sein Vater war Schuster, seine Mutter war Schneiderin. Gideon war der jüngste von drei Söhnen. Sein geradezu exotisch anmutender Vorname steht im krassen Widerspruch zu diesen einfachen Familienverhältnissen, erklärt sich jedoch aus der Zugehörigkeit der Eltern zu einer kleinen Missionskirche, die sich um die Armen Londons kümmerte, der Kirche von Christus dem Zimmermann. Ihre Mitglieder veranstalteten Bibellesungen und gaben sich alttestamentarische Namen. Gideons Brüder waren Seth, geboren 1916, und Jesaia, geboren 1910 . . .

»Also das ist schon mal ein Anfang«, erklärte Imogen. »Wo liegt denn nun das Problem?«

»Es ist nicht in Zephyrs Handschrift geschrieben«, erwiderte Fran. »Das ist es.«

»Bist du sicher?«

»Vergleich es selbst«, empfahl Fran und zeigte ihr eine Notiz Zephyrs an Recktype & Diss. Ein Blick genügte. Die Handschrift war völlig anders. »Sowieso hat Zephyr ausschließlich am Computer gearbeitet«, fuhr Fran fort. »Seine Unterlagen bestehen fast nur aus Computerausdrucken.«

»Dann stammt die Arbeit im Notizbuch also . . .«

»Von jemand anderem.«

»Was ist daran so merkwürdig?« wollte Imogen wissen. »Vielleicht hat ein Mitglied seiner Familie ein paar Erinnerungen niedergeschrieben.«

»Kannst du dich nicht erinnern, was ursprünglich hier drin gewesen ist?« Fran hielt Imogen die geflickte Akte mit dem Etikett »Aus der Wohnung von May Swann« hin.

»Leider nein«, gestand Imogen. »Ich habe einfach alles mit der Handschrift aus dem dicken Notizbuch in die Akte getan und den ganzen Rest auf einen Stapel. Entschuldige. Ich hab's einfach nicht besser gewußt.«

»Du kannst nichts dafür, Imogen«, beruhigte Fran sie. »Es ist nur so verwirrend . . . so viel auf einmal. Mir schwirrt der Kopf. Mark Zephyr sollte eigentlich mit sämtlichen Vorarbeiten zu diesem großen Werk fertig sein. Außerdem sieht es so aus, als habe er das Thema eingegrenzt. Hier ist zum Beispiel eine Liste mit Quellenangaben, die aus seinem Computer stammt. Sie gehört zu Kapitel 1. Jeder Eintrag hat eine Referenznummer – wie das hier.« Sie zeigte Imogen eine Seite aus Zephyrs Notizen: »Ferien in der Kindheit. Siehe MS Nr. 23.«

»Natürlich ist eine Menge von diesem ganzen Wust Originalmaterial. Und irgendwo muß etwas stecken, das die Nummer 23 trägt ...«

»Hilf mir suchen«, bat Fran. »Bis jetzt konnte ich noch kein Original entdecken, das mit ›23‹ gekennzeichnet gewesen wäre.«

Nachdem Imogen Summerfields Tagebücher, Briefe aus der Kindheit und Schulzeugnisse durchgesehen hatte, die auf dem kleinen Sofa lagen, konnte sie das nur bestätigen. Falls die Dokumente je numeriert worden waren, hatte man versäumt, sie mit den entsprechenden Zahlen zu versehen.

»Hm, nehmen wir mal an, diese Akte enthielt eine Ansammlung von Originalen aus dem Besitz von May Swann«, begann Imogen. »Diese May Swann könnte eine Freundin oder Verwandte Summerfields gewesen sein. Die Akte ›Zurück an JS‹ enthielt noch anderes Material – Familienpapiere. Ohne Hilfe können wir nie rekonstruieren, was zu wem gehört. Aber das ist im Augenblick vielleicht auch nicht wichtig. Das Notizbuch enthält möglicherweise die Erinnerungen eines Familienmitglieds, das Mark Zephyr helfen wollte.«

»Ich muß jemand im Verlag fragen, ob man mehr darüber weiß«, entschied Fran.

»Hm ... Ich an deiner Stelle würde nichts überstürzen«, riet ihr Imogen. »Es sei denn, du willst ausschließlich mit Zephyrs Material arbeiten. Ich muß dir was zeigen.« Sie ging hinunter und kehrte mit dem Notizzettel von Recktype & Diss zurück, der seit der Ankunft des Kartons auf ihrer Küchenanrichte gelegen hatte.

»Du solltest den größten Teil dieses Materials eigentlich gar nicht zu Gesicht bekommen«, klärte Imogen Fran auf.

»Das ist unmöglich!« brauste Fran auf. »Wie kommen die dazu, mir Dokumente vorzuenthalten, die ich für die Arbeit unbedingt brauche? Was bezwecken die damit? Ich kann niemals eine gute wissenschaftliche Arbeit abliefern, ohne das ganze Material zu kennen. Verdammt, Imogen!«

»Ist dir schon mal der Gedanke gekommen, Fran«, begann Imogen, »daß es dein Professor sein muß, dem sie nicht trauen? Von dir wissen sie doch gar nichts, oder? Professor Maverack ist doch ihr Ansprechpartner.«

Fran war schlagartig ernüchtert. »Hm, ich würde ihm auch nicht trauen«, erklärte sie. »Ich habe so ein komisches Gefühl. Warum, weiß ich auch nicht. Trotzdem habe ich das Angebot für fair gehalten. Und ich brauche den Job so dringend . . .«

»Bestimmt ist das alles ein Irrtum, Kleines«, tröstete Imogen sie. »Vermutlich hat irgendein Idiot im Verlag nicht kapiert, daß ein Biograph die vollständigen Dokumente braucht. Also würde ich an deiner Stelle die Unterlagen behalten, solange niemand was merkt. Nur keine schlafenden Hunde wecken.«

»Imogen, du bist prima. Danke. Genau das tue ich.«

»Gut. Dann mache ich jetzt erst mal meinen Spaziergang. Kommst du mit?«

»Bei dem Chaos hier? Machst du Witze?« entgegnete Fran.

Imogen fuhr mit ihrem kleinen Wagen zum Park in Wimpole Hall und machte sich auf den kürzeren Rundweg, der durch das Kernstück des Parks führte. Der kleine Rundgang bot Ausblicke auf die einzigen leicht gebirgigen Landschaften, die Cambridgeshire aufzuweisen hat. Imogen legte ein flottes Tempo vor. Bereits nach einer halben Stunde hatte sie den sanften Anstieg zwischen frisch gepflügten Feldern erreicht, der zu dem kleinen Lustschlößchen hinaufführte, das von Bäumen umgeben auf der Hügelkuppe stand. Das Lustschlößchen war um der Romantik willen und mangels historischer Dimensionen bereits als Ruine erbaut worden. Praktischerweise bestand es in seinem Innern aus Ziegelmauern, die man, um dem Stil der Zeit Rechnung zu tragen, außen mit Lehm und Natursteinen verkleidet hatte. Von hier aus überblickte man einen weiten Teil der sanft hügeligen umliegenden Landschaft. Imogen trat durch das Tor im von Efeu überwucherten Turm in das kleine Viereck, das einem Schloßhof nachempfunden war. Dort fiel ihr Blick sofort auf einen vertrauten Rücken. Es war Lady B., die auf einer langgestreckten Mauer saß. Imogen überquerte die Rasenfläche und ließ sich neben ihr nieder. Zwei kleine Hunde rannten kläffend und schwanzwedelnd auf sie zu, und Lady Buckmote wandte lächelnd den Kopf.

»Oh, Imogen! Dich schickt der Himmel! Du bist die Antwort auf all meine Gebete!«

»Kommt darauf an, worum du gebetet hast«, erwiderte Imogen vorsichtig. »Falls du eine Begleiterin für eine deiner halsbrecherischen Expeditionen ans andere Ende von England brauchst, stehe ich nicht zur Verfügung.«

»Nein, keine Angst. Mir fehlt ein Dinnergast. Du weißt, ich hasse eine ungerade Zahl von Gästen bei Tisch. Und ehrlich gesagt, brauche ich unbedingt noch einen weiblichen Gast. Ich kann es nicht ausstehen, bei diesen erlauchten College-Einladungen die einzige Frau zu sein. Morgen abend. Hast du Zeit?«

»Ich habe Zeit, bin weiblichen Geschlechts, aber nicht sonderlich erlaucht«, entgegnete Imogen. »Was ist der Anlaß?«

»William möchte den neuen Professor genauer unter die Lupe nehmen. Du weißt schon, der für Biographische Studien mit dem komischen Namen.«

»Maverack?«

»Genau den. Er hat einen Lehrstuhl, ist aber noch kein Vollmitglied des Lehrkörpers. Die Universität sucht ganz diskret nach einem College, das ihm eine Heimstatt bieten möchte. William will ihm beim Essen auf den Zahn fühlen, bevor er sich entscheidet. Er hat etliche unserer altgedienten Professoren eingeladen.«

»Da komme ich natürlich gern«, sagte Imogen.

»Wirklich?« Lady B. sah Imogen neugierig an.

»Ich sehe mir Dr. Maverack gern mal an. Er ist Frans Doktorvater. Ich werde in der nächsten Zeit viel von ihm hören.«

»Fran?«

»Frances Bullion. Meine Mieterin.«

»Dann komm doch vorher schon auf einen Drink. In aller Ruhe. So gegen sechs? Wir müssen unsere Nerven für den Abend stärken.«

Die beiden Freundinnen standen auf und begannen den Abstieg zur Musterfarm und gingen von dort aus zum Parkplatz zurück. Die zwei Langhaardackel jagten voraus. Am Gatter der letzten Weide nahm Lady B. die Hunde an die Leine. Dann liefen sie zwischen der Herde einer fremd anmutenden alten Rinderart mit langen Hörnern hindurch, auf die sich die Wimpole Farm spezialisiert hatte.

»Der da«, sagte Lady B., deutete auf ein struppiges, reichlich blaßbraunes Rindvieh mit dichten Locken zwischen den Hörnern, »erinnert mich an William.«

Die beiden Frauen sahen den freundlichen, aber verständnislosen Ausdruck in den Augen des Bullen und kicherten.

Imogen kehrte gut gelaunt nach Hause zurück. Sie fand Fran vor dem Heizstrahler im Frühstückszimmer vor. Sie hatte die Füße auf das warme Gitter gestellt und schaukelte nachdenklich und sanft in der Ofenwärme mit dem Stuhl.

»Alles in Ordnung gebracht?« fragte Imogen.

»Nein, noch nicht«, antwortete Fran. »Aber über eines bin ich mir wenigstens im klaren.«

»Und das wäre?« erkundigte sich Imogen, hängte den Mantel in den Garderobenschrank und setzte sich ihr gegenüber hin.

»Ich habe das gefunden.« Fran reichte Imogen einen Stapel zusammengehefteter Notizen auf gelbem, liniertem Papier. Es handelte sich um eine durchnumerierte Liste in sauberer Handschrift. Den einzelnen Zahlen waren kurze Beschreibungen zugeordnet wie »Postkarte vom 23. 4. 68«, oder »Brief von Simon Brown vom 3. 9. 68«. Imogen suchte automatisch nach der Nummer 23: »Postkarte von G.S. an Tante Emily; abgestempelt in New Romney am 5. 6. 79.«

»Die Zahlen in Mark Zephyrs Manuskript waren also – Nummern aus dieser Liste. Richtig. Ich hab's überprüft. Stimmt alles überein.«

»Dann solltest du das ganze Material anhand dieser Liste sortieren können, oder?« Obwohl Imogen sich ehrlich für Frans Arbeit interessierte, begannen ihre Gedanken abzuschweifen. Die Frage, woraus sie ein Abendessen zaubern konnte, beschäftigte sie im Augenblick mehr.

»Stimmt. Aber leider weiß ich noch immer nicht, welches Material zu der Akte ›Zurück an JS‹ gehört.«

»Ist das wichtig?«

»Könnte wichtig werden.«

»Hm, ich verstehe. Falls JS auftaucht und die Rückgabe ihrer Dokumente verlangt, und du nicht weißt, was ihr gehört –«

»Wieso sagst du ›ihr‹?«

»Vielleicht habe ich nur voreilige Schlüsse gezogen. Aber fängt Mrs. Gideon Summerfields Vorname nicht mit J an? Ich dachte, sie hieße Janet.«

»Aha!« sagte Fran. »Darauf bin ich noch gar nicht gekommen. Ist durchaus wahrscheinlich, daß sie die JS ist, an die die Dokumente zurückgegeben werden müssen. Oder zumindest ein Teil davon. Macht Sinn.«

»Aber du wolltest mir gerade erklären, warum es von Bedeutung sein könnte, bevor die Peinlichkeit entstehen kann, daß die Dokumente zurückgefordert werden.«

»Also, nimm mal zum Beispiel die Nummer 48 auf der Liste«, sagte Fran. »Es handelt sich um eine Postkarte aus Chartres. Sie trägt keine identifizierbare Unterschrift und keine Adresse. Es steht lediglich drauf: ›Lege dies bei, um dich zu erinnern – ist alles so wunderschön, wie du gesagt hast. Wir sehen uns nächstes Semester. Dein M.‹ Nichts deutet auf eine Verbindung mit Summerfield hin. Aber sie ist ein Beweis dafür, daß er in Chartres gewesen ist.«

»Viele Leute waren in Chartres . . .«

»Nicht, daß das unwahrscheinlich wäre, Imogen. Aber um diese Information verwenden zu können, muß man den Absender kennen. Wenn die Postkarte in einer Biographie zitiert würde . . . dann nur in Verbindung mit folgender Fußnote: ›Aus einer Postkarte, einem Brief von X beigefügt, ungefähr 1978‹ – oder so ähnlich. Wenn die Postkarte dem Biographen von der Frau des großen Mannes übergeben wurde, die diese unter seinen Papieren gefunden hat, könnte man beruhigt sein, daß sie tatsächlich an ihn adressiert war. Wenn man nicht weiß, woher die Karte stammt, dann beweist sie gar nichts. Sie könnte rein zufällig zusammen mit anderen Papieren vom Schreibtisch eines Kollegen mitgenommen worden sein; sie könnte Mark Zephyr geschickt worden und unter die Summerfieldpapiere geraten sein; jemand könnte sie absichtlich untergeschoben . . .«

»Fran, warum um Himmels willen sollte jemand eine Postkarte unterschieben, um den Anschein zu erwecken, Summerfield sei in Chartres gewesen?«

»Natürlich ist das unwahrscheinlich. Es war nur ein Beispiel, eine Hypothese, um zu demonstrieren, daß die Herkunft eines Dokuments bekannt sein muß, wenn ihm eine historische Bedeutung zukommen soll. Das ist eines der Prinzipien der Geschichtsforschung. Du wärst überrascht, wie oft in der Geschichte Historiker Beweise untergeschoben, vernichtet oder einfach geschickt übergangen haben.«

»Wir könnten Makkaroniauflauf essen, wenn du Lust hast. Ich habe auch noch eine Dose Thunfisch.«

»Klasse!« sagte Fran. »Ich decke den Tisch. Noch was, Imogen. Diese Liste von der Person mit der zweiten Handschrift.«

»Mit der zweiten Handschrift? Wie soll ich das verstehen?«

»Ganz einfach. Die erste Handschrift gehört Mark Zephyr. Klein, rund, ordentlich. Verrät Klarheit und Übersicht. Von Zephyr ist wenig Handschriftliches vorhanden; sein Material besteht hauptsächlich aus Computerausdrucken.«

»Wie die Liste aus dem Material von ›MS‹, das du mir vorher gezeigt hast?«

»Exakt. Diese Liste benutzt Zahlen, die mit den Nummern dieser Liste korrespondieren ... hier auf dem gelben Papier ... Und diese Liste stammt von der zweiten Handschrift: eine energische, eckige, kräftige Handschrift in blauschwarzer Tinte.«

»Und zu wem gehört diese zweite Handschrift?« fragte Imogen und setzte einen Topf mit Wasser auf.

Fran lehnte sich gegen den Türrahmen. »Ich denke, das kann ich mit an Sicherheit grenzender Wahrscheinlichkeit sagen. Die Verweise von Zephyr auf die Nummer 23 vom ›MS‹-Material bedeutet nicht ›Manuskriptseite 23‹. Später auf der Liste haben wir Verweise auf Manuskriptmaterial mit der Bezeichnung ›IG Nummer soundso‹. ›MS‹ bedeutet ›May Swann‹. Und wenn diese Liste von May Swann geschrieben wurde, dann paßt alles perfekt zusammen. Sämtliche Verweise von Zephyr auf ›MS‹-Nummern entsprechen den Zahlen auf dieser Liste. Und Imogen, falls diese Liste in May Swanns Handschrift verfaßt wurde, dann stammen auch die Aufzeichnungen im dicken Notizbuch und einige andere Unterlagen von ihr. Damit ist klar, daß eine gewisse May Swann eine Menge privater Dokumente über Gideon Summerfield besessen und sie sorgfältig katalogisiert hat. Das heißt, daß sie ebenfalls an der Biographie gearbeitet haben muß. Stellt sich nur die Frage, wo diese Frau geblieben ist?«

»Sie muß aufgegeben und die Dokumente zurückerstattet haben«, vermutete Imogen. »Schneidest du bitte Brot, Fran?«

4

Sir William Buckmote, der Rektor des St. Agatha's College, begrüßte Imogen herzlich. »Setzen Sie sich, Imogen. Wie wär's mit einem Sherry? Nett von Ihnen, die mühsamen Pflichten dieses Abends mit uns zu teilen.«

»Wieso mühsam?« fragte Imogen lächelnd und nahm das angebotene Glas entgegen. »Die eigene Neugier befriedigen zu können ist eine reine Freude.«

»Wie kommt es nur, daß dieser berüchtigt schreckliche Dr. Maverack Sie und meine Frau so neugierig gemacht hat?« erkundigte sich der Rektor und machte es sich mit seinem Sherryglas in der Hand in einem Sessel bequem. »Ich habe mir angewöhnt, sofort Probleme im College zu wittern, sobald ihr beide gemeinsame Sache macht. Ich gestehe, ich bin besorgt.«

»William! Wie ungeheuer unfair von dir«, sagte Lady B. »Nimm das sofort zurück!«

»Tu ich nicht«, entgegnete der Rektor genüßlich. »Ihr beide habt doch während der ganzen unseligen Wyndham-Sache unter einer Decke gesteckt.«

»Zum Glück, mein Lieber«, konterte Lady B. spitz. »Wir haben den Ruf des College in mehr als nur einer Beziehung gerettet.«

»Natürlich, meine Liebe. Natürlich. Du bist zu gütig, genau wie unsere liebe Imogen. Es ist nur das Gefühl, daß was im Busche ist, das du mir vermittelst. Ich bin am glücklichsten, wenn Aufregungen aller Art Lichtjahre entfernt sind und das College sicher in seinem Dornröschenschlaf verharrt.«

»Ach, denk doch was du willst, William«, sagte Lady B. gespielt ärgerlich.

»Trotzdem! Da ist was im Gange«, bemerkte der Rektor. »Heitert mich auf. Beruhigt mich. Sagt mir, warum die Frau des Rektors und die College-Krankenschwester gemeinsam zur Inspektion von Dr. Maverack schreiten, welchem der Ruf vorauseilt, ziemlich unerträglich zu sein.«

»Von seinem Ruf hatten wir keine Ahnung«, sagte Imogen. »Inwiefern soll er denn so schrecklich sein?«

»Wenn der Mann sympathisch und charmant wäre, würde er kaum von College zu College geschoben, um irgendwo als Vollmitglied in einem Lehrkörper untergebracht zu werden«, antwortete der Rektor.

»Aber ich bitte dich, William. Du weißt, es geht dabei nicht um Dr. Maverack persönlich. Man fragt sich nur einfach, ob Biographische Studien wirklich einen Lehrstuhl wert sind.«

»Ich bin nur ein einfacher Astrophysiker«, erklärte der Rektor mit spöttischem Grinsen. »Du kannst nicht verlangen, daß ich verstehe, warum Biographie nicht als Lehrfach anerkannt werden sollte. Natürlich habe ich angenommen, daß das Fachgebiet an sich unangefochten ist und die Probleme bei der Person liegen . . .«

»William, mein Lieber!« sagte Lady B., »es ist Zeit, daß wir uns in die Höhle des Löwen begeben.«

»Gütiger Himmel! Du hast recht«, seufzte der Rektor, trank hastig seinen Sherry aus und stand auf. Er nahm seinen Talar von der Sessellehne, zog ihn umständlich an, schwenkte die Arme wie die Flügel eines Raben und ging dann voraus durch seine private Tür in den Gemeinschaftsraum, der dem Lehrkörper des College vorbehalten war. Dort warteten bereits die Dinnergäste.

Dr. Maverack war ein Mann mittleren Alters mit einem runden Gesicht, rotem Haar und Geheimratsecken und goldumrandeter Brille. Er hatte buschige Augenbrauen und einen stechenden Blick aus stahlblauen Augen. Sein Smokinghemd hatte Rüschen, und er trug goldene Manschettenknöpfe in der Form winziger Drachen, in deren Augenhöhlen rubinrote Steine leuchteten. Maverack war von den Professoren des College umgeben. Alle wandten die Köpfe, als der Rektor und seine Begleitung eintraten. Imogen, die ein wenig weiter zurück geblieben war, beobachtete die Szene aufmerksam. Die aufwendigen Manschettenknöpfe des Neuen erregten sofort ihre Aufmerksamkeit. Der Rektor hastete auf ihn zu, streckte die Hand zum Gruß aus und erkundigte sich, ob sich alle bereits bekannt gemacht hätten.

»Ah, da ist ja auch Lanyard«, fuhr er fort, als ein Nachzügler eintraf. »Lanyard ist der Leiter der Fakultät für Literatur, Dr. Maverack . . .«

Die versammelte Gesellschaft erging sich ausgiebig in Small talk.

»Wie gefällt es Ihnen in Cambridge, Dr. Maverack?« erkundigte sich der Rektor.

»Ich bin ein wenig eingeschüchtert, wenn ich die Wahrheit sagen soll«, erwiderte Dr. Maverack.

»Sie sind zu uns gekommen von . . .«

»San Diego. Und davor von Williams.«

»Williams?« fragte Lanyard.

»Western Massachusetts«, erklärte Maverack.

»Na, kein Wunder, daß Sie unseren tief verwurzelten Traditionalismus als einschüchternd empfinden . . .« bemerkte Lanyard.

»Ich mag Traditionen«, bemerkte Maverack. »Es ist der Linksverkehr, der mich verwirrt.«

Alle lachten. »Da hilft nur eines«, sagte der Dekan. »Man muß sich ein College aussuchen, das sozusagen im Zentrum des Geschehens liegt, so daß man keinen Wagen braucht. Gehen Sie einfach zu Fuß. Das ist sowieso gesünder.«

»Ausgezeichneter Rat«, antwortete Maverack. »Ich hoffe, ihn befolgen zu können. Aber natürlich kann ich es mir nicht aussuchen. Schließlich werde ich ausgesucht, wenn's um die College-Adresse geht.«

»Ich hoffe, Sie wurden freundlich aufgenommen?« erkundigte sich Plomer, der stellvertretende Leiter der Anglistischen Fakultät. Wußte Maverack, daß Plomer hartnäckig gegen die Einführung eines Lehrstuhls für Biographische Studien eingetreten war, fragte sich Imogen. Jedenfalls ließ er sich nichts anmerken.

»Freundlich, aber reserviert«, erwiderte er lächelnd.

»Wie ich höre, haben Sie bereits einige Forschungsstipendiaten?« erkundigte sich der Rektor. »Sie haben also sozusagen Interessenten für Ihr Fach?«

»O ja«, versicherte ihm Maverack. »Junge Leute sind ohne weiteres dafür zu begeistern. Es sind die älteren, die glauben, daß ein oder zwei Fußnoten in der Literaturgeschichte das Gebiet ausreichend abdecken.«

Gerade als der Butler verkündete, daß das Essen serviert sei, bemerkte Imogen, daß sich noch eine dritte Frau im Raum befand: eine elegant gekleidete Dame mittleren Alters mit aufgestecktem Haar, die schweigsam in einer Ecke stand und in die Betrachtung des Porträts von Christopher Wyndham versunken schien. Imogen trat auf sie zu, als sich die Dinnergesellschaft in Richtung Speisesaal drängte und durch die Tür zur Tafel schritt.

»Wer war Christopher Wyndham?« fragte die Fremde Imogen unvermittelt. »Ist das eine Bildungslücke? Ich kenne hier niemanden. Also ist es vielleicht nicht verwunderlich –«

»Ich bin Imogen Quy«, stellte Imogen sich vor. »Die College-Krankenschwester.«

»Holly Portland«, sagte die andere und streckte die Hand aus.

»Sind Sie als Gast eines Professors hier?« wollte Imogen wissen.

»Nicht direkt. Ich arbeite für ein paar Wochen in Cambridge, und St. Agatha's hat mir angeboten, hier zu essen. Ich dachte, ich versuch's mal . . .«

»Kommen Sie mit mir. Ich zeige Ihnen, wie das hier funktioniert«, schlug Imogen vor und führte Holly zur Tür des Gemeinschaftsraumes. »Normalerweise ist es hier nicht so voll. Jeder ist gekommen, um sich eine Meinung über Dr. Maverack zu bilden. Es geht darum, ob er in den Lehrkörper aufgenommen werden soll.«

Holly Portland lächelte. »Leo Maverack interessiert mich nicht«, seufzte Holly. »Ich hatte das Vergnügen, mit ihm zu studieren, und kann ihn wirklich nicht ganz ernst nehmen. Erzählen Sie mir lieber von Christopher Wyndham.« Sie sprach mit weichem, deutlich hörbarem amerikanischen Akzent.

»Ein Wohltäter dieses College, Zeitgenosse von Isaac Newton«, klärte Imogen sie auf.

»Und ein Ultrakonservativer, wie ich annehme«, sagte Holly Portland und lächelte erneut.

»Ja, tatsächlich. Aber woher wissen Sie das?« fragte Imogen und führte sie zum Podium am Ende des Saals. Dort waren zwei lange Buffets mit silbernen Leuchtern, schimmerndem Porzellan und

Kristallgläsern gedeckt. Der Fußboden des Saales glänzte im warmen Licht der Kerzen auf sämtlichen Tischen. Die Studenten standen bereits hinter ihren Stühlen. Über ihren Köpfen verschwand die reich verzierte Kassettendecke im Lichtschatten über den goldgerahmten Porträts und der geschnitzten Wandtäfelung.

Hollys Augen wurden groß. Als die Gäste zu ihren Plätzen geleitet wurden, fand sie sich Imogen gegenüber an einem Tisch wieder. Neben ihr saß Lanyard. »Ihr Christopher Wyndham wird mit einem ptolemäischen Astrolabium dargestellt«, bemerkte Holly. »Zumindest das macht ihn zum Konservativen – und wahrscheinlich auch zum Reaktionär.«

Der Rektor verlas das Tischgebet, und alle setzten sich.

»Ist Ihnen schon mal der Gedanke gekommen, der Mann könne mit seinem Astrolabium gemalt worden sein, bevor Newtons *Philosophiae naturalis principia mathematica* veröffentlicht wurde?« erkundigte sich Lanyard.

»Ich glaube, das Porträt ist 1692 gemalt worden. Könnte auch ein Jahr früher oder später gewesen sein«, behauptete Holly selbstsicher.

»Fragen Sie die Experten«, riet Lanyard und rief diagonal zu Dr. Bagadeuce hinüber: »Meredith, wann ist unser Wyndham-Porträt gemalt worden?«

»1691, glaube ich«, erwiderte Dr. Bagadeuce. »Quy, kennen Sie eigentlich Ti Lao schon?«, er deutete auf einen jungen Mann asiatischer Herkunft, der ihm gegenübersaß. »Li Tao bleibt ein Jahr bei uns und macht eine Forschungsarbeit in Mathematik.«

»Hoffentlich fühlen Sie sich bei uns wohl«, bemerkte Imogen. »Worüber forschen Sie denn?«

»Über das ABC-Theorem«, erwiderte Ti Lao.

»Ist das wichtig?« erkundigte sich Imogen. Sie konnte nur an die ABC-Morde denken.

»O ja«, sagte Ti Lao. »Eine starke Sache. Sie beinhaltet auch Fermats letztes Theorem.«

»Aber was ist das?« wollte Holly wissen.

»Ah, das ist ein großes Geheimnis«, behauptete Li Tao. »Fermat hat eine Notiz hinterlassen, auf der steht, daß er Beweise gefunden habe. Niemand weiß, was für ein Beweis es war.«

Mittlerweile war die Suppe serviert, und während am Kopfende der Tafel eine ernsthafte Unterhaltung begann, wurde es dort, wo Imogen saß, sehr still. Die meisten hörten den Gesprächen zu, soweit dies die mittelalterliche Akustik erlaubte. Eigentlich war die Tafel jedoch zu lang, um dem zu folgen, was am anderen Ende gesagt wurde. Die Unterhaltung blieb daher auf die jeweils nächste Umgebung begrenzt. Die Ausführungen des Rektors waren für Imogen nicht zu verstehen.

»Kann nicht hören, was der Bursche sagt«, murmelte Lanyard gereizt. »Wir müssen ihn uns beim Portwein greifen, fürchte ich.«

»Erzählen Sie, woran Sie in Cambridge arbeiten«, bat Imogen Holly Portland.

»Ich beschäftige mich mit indischen Stoffen des achtzehnten Jahrhunderts«, erwiderte Holly. »Viel mehr ist darüber nicht zu sagen. Erzählen Sie mir lieber von Ihrer Arbeit als College-Krankenschwester.«

»Ach«, seufzte Imogen mit einem Lächeln. »Die interessanten Dinge in meinem Beruf müssen streng vertraulich behandelt werden. Aber warum sollte Ihre Arbeit für eine Unterhaltung so unergiebig sein? Mich zum Beispiel interessiert das. Ich hätte nie gedacht, daß es noch viele Stoffe aus dem achtzehnten Jahrhundert gibt.«

»Gibt es auch nicht. Manchmal geht alles, was wir von einem bestimmten Stoff wissen, auf einen winzigen Rest zurück, der vielleicht in einem Saum hängengeblieben ist. Meine Arbeit besteht darin, Kriterien für eine Datierung der Stoffe zu finden. Dabei ist manchmal auch der kleinste Faden wichtig.«

Während man beim Dinner von der Suppe zu Fisch, dann zu Lammbraten und anschließend zum Dessert – süßen Teigvögeln, mit Früchten und Sahne gefüllt – überging, hielt Imogen das Gespräch mit Holly in Gang. Bald kamen sie auf das Thema Quilts zu sprechen. Hinweise für die Datierung von Stoffen, so erfuhr Imogen, boten vielfach bereits datierte Quilts. Und war die Herkunft eines Stoffs festgestellt, half das wiederum dabei, noch undatierte Quilts einer bestimmten Zeit zuzuordnen. Von 1700 an, als Zölle in England erhoben wurden, um englische Seide, Leinen und Wolle vor den weitaus populäreren indischen Kattunstoffen mit ihren intensiven, haltbaren Farben zu schützen, gab es Aufzeichnungen wie zum Beispiel Listen der bei Schmugglern sichergestellten Waren. Aus diesen Dokumenten wurde ersichtlich, welche Muster und Farben zu einer Zeit besonders beliebt waren. Die unglaublich teuren Indigo-Farben wurden beispielsweise häufig erwähnt.

Imogen interessierte sich natürlich mehr für zeitgenössische Quilts, während Holly sich mit diesen kaum beschäftigte. Die Frage der Datierung stellte sich ihrer Ansicht nach kaum.

»So ganz einfach ist das oft trotzdem nicht«, nahm Imogen das Argument auf. »Es kann durchaus etliche Jahre gedauert haben, bis der Stoff eines Kleidungsstücks, beispielsweise eines Hemdes, das geschneidert und getragen wurde und in einem Flickenkorb landete, letztendlich Bestandteil eines Quilts wurde. Eine Zeitspanne von vierzig, fünfzig Jahren dürfte nicht übertrieben sein, oder?«

»Nun, das Jahr, in dem der Stoff verkauft wurde, ergibt das frühestmögliche Entstehungsdatum für einen Quilt. Das letztmögliche Datum ist viel schwieriger zu schätzen; aber es ist nicht sehr wahrscheinlich, daß jemand einen Quilt ausschließlich aus sehr alten Hemden angefertigt hat. Man kann normalerweise das frühestmögliche Entstehungsdatum aus einem und das späteste aus einem anderen Stoff ableiten. Farben verblassen, Gewebe nutzt sich ab. Und ein Fachmann kann Stücke ziemlich exakt datieren.«

Hollys Traum, so nahm Imogen an, war es, in einem amerikanischen Quilt einen Stoff oder ein Muster zu entdecken, der oder das zweifelsfrei aus England stammte, und damit die Frage zu beantworten, ob die Tradition dieser Handarbeit mit den frühen Siedlern über den Atlantik gekommen war oder sich unabhängig von diesen in der Neuen Welt entwickelt hatte. Die Erfüllung dieses Traums allerdings erschien Imogen nicht wahrscheinlich; das älteste bekannte Patchwork waren Bettvorhänge in Levens Hall in Cumberland aus dem Jahr 1708.

Als das Essen vorüber und das Dankgebet gesprochen war, verließ die Gesellschaft den großen Saal und überquerte den Fountain Court zum Aufenthaltsraum des Lehrkörpers, wo Nachtisch, Portwein und Kaffee serviert wurden. In der weniger förmlichen Atmosphäre konnten sich die Gäste frei bewegen und unterhalten.

Wie Imogen erwartet hatte, als sie zusammen mit Holly den

Raum betrat, führte der Rektor Dr. Maverack sofort zu einem Platz ungefähr in der Mitte des ovalen Tisches, wo jeder ihn sehen und hören konnte. Die älteren Mitglieder des Lehrkörpers offerierten ihren Gästen eine Auswahl an Portweinen, Rotweinen, Früchten und Nüssen und erzählten Anekdoten über das Tafelsilber. Dr. Bagadeuce zum Beispiel erklärte allen, die es hören wollten, daß der schöne silberne Kerzenleuchter das einzige Stück aus der Silbersammlung des College war, das noch aus der Zeit vor dem Bürgerkrieg stammte. Cromwells Männer hatten das Schloß zurückerobert, das heute mit zum College gehörte, und sämtliche Wertgegenstände requiriert. Alle Gegenstände aus Edelmetall waren zur Finanzierung der Bürgerkriegsarmee eingeschmolzen worden. Der Kerzenleuchter jedoch war ihnen entgangen, versteckt hinter einer Wagenladung von Büchern, die der Rektor und die Gelehrten nach Barnwell mitnehmen durften, wo sie den Bürgerkrieg aussitzen mußten. Der Kerzenleuchter wurde pflichtschuldig bewundert. Als die Höflichkeiten ausgetauscht waren, kam der Rektor zum eigentlichen Zweck des Dinners.

»Sind Sie augenblicklich damit beschäftigt, eine Biographie zu schreiben, Dr. Maverack?«

»Augenblicklich nicht, nein.«

»Aber Sie haben vermutlich eine Persönlichkeit für eine neue Arbeit im Auge, vermute ich. Darf ich fragen, wen?«

»Niemanden. Es ist einige Zeit her, daß ich zuletzt eine Biographie geschrieben habe. Drei sind es insgesamt.«

»Warten Sie«, warf Lanyard ein. »Das Leben eines Duke of Northumberland. Das Leben von Carmichael, dem viktorianischen Landschaftsmaler. Und das Leben des Sir Humphrey Davy. Stimmt's?«

»Perfekt«, erwiderte Dr. Maverack. »Aber ich schätze, Sie haben es eher im ›Who is Who‹ nachgelesen, als sich selbst durch diese Titel zu kämpfen, oder?«

Lanyard lächelte. »Ein nützliches Werk, unser ›Who is Who‹.«

»Sehr sogar. Sehen Sie, Lanyard, selbst ein so belesener und gebildeter Mann wie Sie liest eine Biographie meist nur, wenn ihn der Mensch, um den es geht, aus irgendeinem Grund interessiert. Man kann Jahre an der wissenschaftlichen Biographie einer Persönlichkeit des neunzehnten Jahrhunderts schuften, auch wenn diese einigermaßen wichtig ist, und doch nur wenige Leser damit erreichen.«

»Sie überraschen mich, Dr. Maverack«, warf Lady B. ein. »Jedesmal wenn ich in eine Buchhandlung komme, scheint es mir, daß sich die Auslagen unter der Last der neuerschienenen Biographien biegen. Die Kataloge der Verlage sind voll davon.«

»Populäre Biographien verkaufen sich genau wie Unterhaltungsliteratur sehr gut«, antwortete Dr. Maverack. »Gute wissenschaftliche Arbeit ist der Geschmack einer Minderheit.«

»Oh, ich habe daran noch nie was Schlimmes gefunden«, erklärte Lady B. gelassen.

»Für einen Mann, der gerade den einzigen Lehrstuhl für Biographische Studien erhalten hat, scheinen Sie sich erstaunlich wenig für dieses Sujet begeistern zu können«, bemerkte Sykes. Sykes war der Dekan für die Geschichtsfakultät von St. Agatha's.

»Ja, nun ... ich selbst bin wohl eher Theoretiker als Praktiker«, erklärte Dr. Maverack.

»Es gibt eine Theorie der Biographie?« fragte Lanyard. »Ich hätte gedacht, daß sie von allen Fachrichtungen die gleichzeitig zufälligste und spezialisierteste ist. Inwiefern sollten dabei theoretische Betrachtungen nützen?«

»Aber mein lieber Kollege, ohne diese kann man kein Wort schreiben!« entgegnete Dr. Maverack plötzlich eifrig. »Wie sollte man die Bedeutung einer menschlichen Existenz darlegen ohne eine Theorie darüber, was ein menschliches Leben bedeutungsvoll macht? Alles, was man ein- oder ausschließt, die Entscheidung, welches Leben die Aufmerksamkeit wert ist, gründet sich auf gewisse theoretische Vorgaben. Man könnte tatsächlich sagen, daß die Geschichte der Theorie der Biographie die Geschichte der westlichen Moralphilosophie darstellt. Sie ist, seien Sie versichert, wesentlich interessanter als jedes Einzelschicksal – selbst wenn es sich um eine große Persönlichkeit handelt.«

Mit seinen letzten Ausführungen hatte er die Aufmerksamkeit aller endgültig auf sich gezogen.

»Können Sie uns ein Beispiel für die Interdependenz von Theorie und Biographie geben?« fragte der Rektor.

»Nichts einfacher als das«, erwiderte Maverack. »Fangen wir gleich mit Plutarch an. Er interessierte sich nur für Führerpersönlichkeiten – und im besonderen für deren Führungsstil. Seine Vergleiche zwischen großen Griechen und großen Römern sollten ein Lehrbuch voller Beispiele dafür ergeben, wie man nicht regieren sollte. Es kam ihm dabei sicher nicht in den Sinn, daß das Privatleben der Objekte seines Interesses aus irgendeinem anderen Grund interessant sein könnte als dem, wie es die offiziellen Handlungen beeinflußte. Und man darf davon ausgehen, daß er das Leben von Menschen, die kein öffentliches Amt bekleideten, als völlig uninteressant abgetan hat.«

»Sie meinen also, daß er eine Theorie über den Wert eines Menschen hatte und diesen von der Macht des jeweiligen Menschen abhängig machte?« fragte Sykes.

»Richtig. Aber gehen wir bis ins finsterste Mittelalter zurück. Da stoßen wir auf völlig andere Wertmaßstäbe. In einer Gesellschaft, geprägt von tiefer christlicher Religiosität, steht die ›Buße‹ im Mittelpunkt. Man legt Rechenschaft ab über ein vergeistigtes Leben. Die Bücher sind voll von Geschichten über Bekehrungen, voll von alles überstrahlenden Visionen auf dem Weg in die Kreuzzüge. Die Biographien werden zahlreich, und viele von ihnen handeln vom einfachen Volk. Sie muten uns heute so seltsam an, daß wir eine eigene Bezeichnung dafür haben: Hagiographie. Und das Leben der Heiligen gab ein so prägendes Muster vor, daß die wenigsten anderen Lebensberichte, die uns überliefert blieben – wie Assers Leben von Alfred oder das Leben von Karl dem Großen –, als der merkwürdige Versuch erscheinen, die Lebensgeschichten von männlichen, kriegserprobten Königen in die Schablonen eines Heiligenlebens zu pressen. Wenn wir Asser glauben sollen, war Alfred ein kränklicher, gläubiger Knabe. Und warum? Weil das einzige Vorbild für eine bedeutungsvolle Lebensgeschichte, die Asser besaß, die Hagiographie war. Alfred war zweifellos in Wirklichkeit so zäh wie altes Leder.«

»Gut, aber bleiben wir mal in der Moderne«, forderte Lanyard ihn heraus. »Wie geht da die Geschichte weiter?«

»Boswell ist ganz offensichtlich der erste moderne Biograph«, fuhr Dr. Maverack fort. »Zu seiner Zeit ist die Idee vom ›Charakter‹ aufgekommen, die Idee vom Menschen als Einzelwesen, als Individuum. Ein Individuum wird nach Lebendigkeit, nach seinem Maß an Exzentrik bewertet. Der Biograph versucht, eine umfassende Bewertung eines Menschen, eine Gesamtansicht, die jedoch von der Intimsphäre ungestört bleibt, vorzunehmen. Vermutlich hat man die Sexualität eines Menschen als nichtig erachtet – und daher als wenig informativ über die Person selbst.«

»Bis Freud die Sexualität ins Zentrum aller Dinge gerückt hat?« warf Max Allotson ein. Er war Professor für Psychologie.

»Genau!« rief Dr. Maverack begeistert. »Natürlich ist heutzutage nicht jeder Freudianer, und daher gibt es Leute, die Biographen als Schmutzfinken bezeichnen, die sich mit der Sexualhistorie ihrer Personen, deren Verwandten, Erben und Umgebung beschäftigen, und Literaturkritiker werden zu wütenden Zensoren. Aber das alles ist streng theoretisch. Eine Theorie des Lebens, die die Sexualität in den Mittelpunkt der menschlichen Persönlichkeit stellt.«

»Die Interpretation Freuds dürfte mittlerweile an Bedeutung verloren haben, oder?« fragte Lanyard. »Was wird seinen Platz einnehmen, Mr. Maverack?«

»Die Demontage«, erwiderte Maverack wie aus der Pistole geschossen. »Die Theorie, daß das menschliche Leben völlig bedeutungslos ist.«

»Aber weshalb sollte dann jemand das Bedürfnis haben, eine Biographie zu schreiben?« erkundigte sich Lanyard.

»Ich schätze, es besteht einfach ein historischer Wert in der Entdeckung und Katalogisierung von Archiven und Materialien«, bemerkte Sykes.

»Einer unserer größten Biographen, Leon Edel«, begann Maverack, »hat dies ›die Knochenarbeit‹ genannt. Seiner Ansicht nach ist es die wahre Aufgabe, die Lügen und Illusionen, mit denen sich alle Männer und Frauen gegen die Würdelosigkeit des Lebens zur Wehr setzen, offenzulegen. Ein Biograph sollte demnach die traurigen Verteidigungswälle der Selbstachtung niederreißen, die die Leute um sich errichten. Ich bin seiner Ansicht.«

»Sie meinen also, daß es keine Wahrheit gibt, mit der man leben kann«, stellte der Dekan fest. »Daß es Menschen gibt, die keinen anderen Lebensinhalt kennen, als sich etwas vorzumachen?«

»Ja«, sagte Dr. Maverack lächelnd. »Byron hat gesagt, er glaube, daß die Menschen sich selbst mehr belügen als andere. Er hatte recht.«

»Aber wollen Sie damit andeuten, daß alle Inhalte, die dem menschlichen Leben Wert verleihen, falsch sind?« Die Stimme des Dekans klang gereizt.

»Nun, es gibt so viele davon, daß nicht alle wahr sein können, und möglicherweise sind sie es auch nicht«, erwiderte Dr. Maverack. »Sowieso ist der wesentliche Punkt einfach der, daß sich die Menschen belügen, um die Gedanken an das Chaos oder ihre eigene Bedeutungslosigkeit zu verdrängen. Zweifellos sind einige Lügen profitabler als andere, einige Maskierungen weniger entstellend.«

»Gibt es denn so etwas wie menschliche Verdienste, echte Errungenschaften oder Selbstachtung auf solider Grundlage gar nicht?« wollte der Rektor wissen. Er klang eher amüsiert als wütend. War sich Dr. Maverack eigentlich bewußt, daß er mit der Erläuterung seiner Theorie vor dem versammelten Lehrkörper des St. Agatha's College von Cambridge, in dem sich hochdekorierte Persönlichkeiten mit akademischen und politischen Titeln befanden, vor Augen führte, wie viel sie zu verlieren hatten, falls er recht hatte? »Kein sonderlich ermutigender Gedanke, wenn ich mal so sagen darf«, fügte der Rektor prompt hinzu.

»Aber hatten Sie denn erwartet, daß ein Professor für Biographische Studien Sie aufheitern würde?« konterte Dr. Maverack. »Oder Ihre Selbstachtung aufbaut? Sicher nicht.«

»Ich hatte Ihnen doch empfohlen, sich nicht weiter um Professor Maverack zu scheren«, sagte Holly leise zu Imogen. »Er ist ein leuchtendes Beispiel für seine eigene Theorie.«

Aber Imogen, die erwartet hatte, ihre Vorurteile über Dr. Maverack bestätigt zu finden, war ziemlich beeindruckt. Mehrfach an diesem Abend war ihr aufgefallen, wie sein Blick wohlwollend auf ihr geruht hatte. Er hatte eine angenehme Art. Und es war nicht zu leugnen, daß er ein anregender Gesprächspartner war.

5

Zephyr, so überlegte Imogen am folgenden Morgen, kann kein häufiger Name sein. Und ausgerechnet sie hatte eine Schulkameradin namens Pamela Zephyr gehabt. Das war Jahre her. Sie erinnerte sich jedoch deutlich an ein ängstliches kleines Mädchen mit blauen Spangen im schwarzen Haar. Imogen hatte seit Jahren weder an sie gedacht noch sie je wiedergesehen. Selbst der Name auf einer Akte des Summerfield-Materials hatte nicht gleich Erinnerungen geweckt. Jetzt sah sie im Telefonbuch nach. Und dort stand – nach den Zacs, Zawadas und Zinofiefs – tatsächlich ein Zephyr. In Waterbeach ... was ganz in der Nähe lag. Imogen versuchte sich eine Einleitung zurechtzulegen, um das Eis zu brechen. Als ihr nichts einfiel, wählte sie trotzdem dreist die Nummer.

Und dann war alles unerwartet einfach. Eine Frauenstimme meldete sich.

»Spreche ich mit Pamela Zephyr?« erkundigte sich Imogen.

»Ja. Und ich kaufe keine Enzyklopädien mit Goldschnitt«, sagte die Stimme prompt.

»Hier ist Imogen Quy, Pamela.«

»Du meine Güte ... Ich erinnere mich ... Du hast mir in der Schule immer die Matheaufgaben gemacht.«

»Wirklich? Hoffentlich auch richtig.«

»Jedenfalls besser als ich. Wie geht es dir? Von wo rufst du an?«

»Ich lebe in Cambridge, Pamela, ist Mark Zephyr ein Verwandter von dir?«

Am anderen Ende war es still. Als die Antwort kam, war die Stimme völlig verändert. »Ja ... Er ist ... war ... mein Bruder.«

Imogen war verblüfft. Seltsamerweise hatte sie einen Vater oder einen Onkel erwartet. »Können wir uns mal über ihn unterhalten? Irgendwann ... möglichst bald?«

»Wir können über alles reden. Komm gleich, wenn du willst. Ich bin sehr allein.«

»Ich muß in einer halben Stunde im College sein. Wenn ich nach dem Dienst zu dir rausfahre, bin ich gegen drei bei dir. Ist das in Ordnung?«

»Wunderbar. Ich erwarte dich.«

Imogens Tag im College verlief ruhig. Der Höhepunkt war ein kurzer Meinungsaustausch mit Lady B. »Findest du ihn wirklich so schrecklich?« hatte Lady B. gefragt, als sie kurz in Imogens Praxis aufgetaucht war.

»Fragt sich im Vergleich wozu?« erwiderte Imogen vorsichtig.

»Ich meine ... im Vergleich zu anderen Universitätsprofessoren.«

»Dann habe ich schon schlimmere gekannt«, sagte Imogen.

»In St. Agatha's?«

»Ich finde, hier bei uns erweitert er die Skala nicht unbedingt nach unten. Was meinst du?«

»Hm. Nicht unbedingt. Trotzdem glaube ich nicht recht, daß sie ihn bei uns haben wollen.«

»Also einfach macht er es ihnen nicht gerade«, bemerkte Imogen.

»Ist dir aufgefallen, daß er Summerfield mit keinem Wort erwähnt hat, als sie ihn nach seiner augenblicklichen Arbeit gefragt haben?«

»Ja, ist mir aufgefallen. Komisch, was? Wo Summerfield doch –«

»Ein Professor in St. Agatha's war. Ja, das habe ich auch gedacht. Vielleicht hatte er Skrupel, weil deine Studentin die ganze Arbeit macht.«

»Aber soviel ich weiß, erscheint das Buch unter Maveracks Namen.«

»Tja dann ...« seufzte Lady B. »... dann ist es vielleicht natürliche Bescheidenheit, die ihn davon abgehalten hat, das zu erwähnen. Ich muß mich beeilen. Komm doch morgen zum Kaffee. Vor deiner Arbeit, ja?«

»So gegen zehn?« sagte Imogen. »Ich freu mich schon.«

Während Imogen mit einem Strauß Chrysanthemen auf dem Beifahrersitz zu Pamela Zephyrs Haus fuhr, dachte sie nach. Unbewußt hatte sie angenommen, daß es sich bei Mark Zephyr um einen älteren Herrn handelte. Das war, wie es schien, ein Irrtum gewesen. Vorausgesetzt allerdings, es bestand kein größerer Altersunterschied zwischen den Geschwistern und Mark war nicht

Pamelas Stiefbruder gewesen. Sie nahm sich vor, die Sache so taktvoll wie möglich anzugehen.

Im ersten Augenblick, als Pamela das Portal der schönen Villa im viktorianischen Stil und mit großem Garten öffnete, glaubte Imogen, sie gar nicht wiederzuerkennen. Ihr dunkles Haar wurde an den Schläfen bereits grau, und sie trug es im Nacken zu einem Knoten aufgesteckt. Nur die Haarspangen – elegant und aus Schildpatt –, mit denen das Haar streng nach hinten gehalten wurde, erinnerten an das Mädchen, das Imogen gekannt hatte. Pamela lächelte. »Komm rein, komm rein!« forderte sie Imogen auf. »Ich freu mich so, dich nach all den Jahren wiederzusehen.«

Sie nahm Imogens Mantel und führte sie in einen hübschen Salon, in dem ein Teetisch mit Florentinern, Sandwiches und einem schön verzierten Kuchen gedeckt war.

»Pamela, ich bitte dich! Das ist ja schon fast zuviel des Guten«, begann Imogen.

»Kommt schließlich nicht alle Tage vor, daß man eine alte Freundin wiedersieht«, erwiderte Pamela lächelnd. »Und überhaupt eine Freundin trifft«, fügte sie traurig hinzu. Und plötzlich erkannte Imogen sie wieder. Der ängstliche Ausdruck der reifen Frau erinnerte sie schlagartig an das kleine scheue Mädchen von einst. Als Pamela sagte: »Du hast dich kaum verändert, Imogen«, antwortete sie: »Du auch nicht.« Und beide lachten.

»Wie haben wir uns eigentlich aus den Augen verloren?« überlegte Imogen laut und nahm ein Sandwich und eine Tasse Tee.

»Als du nach Amerika gegangen bist. Du hast mir zwar deine Adresse gegeben, aber die habe ich bei unserem Umzug verloren.«

»Ja, da muß es gewesen sein. Ich bin nicht lange in Amerika geblieben. Meine Verlobung wurde gelöst. Ich wohne noch immer im Haus in Newnham.«

»Mark und ich sind kurz nach deiner Abreise hierhergezogen«, berichtete Pamela. »Du wolltest mich über Mark befragen. Aber du hast nicht gesagt, warum.«

»Jemand, den ich sehr gern mag, hat die Summerfield-Biographie übernommen«, begann Imogen.

»Dann kann ich dir nur raten, denjenigen zu drängen, sie abzugeben. Es war ein schrecklicher Auftrag. Praktisch Marks Verderben.«

»Marks Verderben?« fragte Imogen. Das Entsetzen in ihrer Stimme vermochte sie nicht zu unterdrücken.

»Diese Arbeit lastete wie ein Schatten über seinen letzten Tagen. Und das finde ich so bitter. Damals wußten wir natürlich nicht, daß es seine letzten Tage waren.«

»Ich möchte dir um Gottes willen nicht zu nahe treten, Pamela«, versicherte Imogen. »Es tut mir leid, wenn ich hier hereinschneie und unangenehme Fragen stelle. Trotzdem wäre ich dir dankbar, wenn du mir alles erzählst.«

»Die meisten begreifen das einfach nicht, weißt du«, seufzte Pamela. »Sie verstehen nicht, weshalb mich der Tod meines Bruders so erschüttert hat. Immerhin waren wir zwei erwachsene Menschen. Aber Mark hat immer für mich gesorgt. Er hat die Rechnungen bezahlt, unser Leben organisiert, unsere Ferien und Freunde ins Haus gebracht. Seit der Schulzeit hat er sich um mich gekümmert. Damals hat er die Jungen verdroschen, die mich geärgert haben. Er ist zu mir gezogen, nachdem ihn seine Frau verlassen hatte. Sie behielt das Haus und die Kinder. Mark zog hier ein. Und wir waren sehr glücklich, wirklich Imogen. Obwohl alle behauptet haben, es würde nie gutgehen. Es muß schlimm um die Familien heutzutage bestellt sein, wenn die Leute überrascht sind, daß Bruder und Schwester sich verstehen.«

»Mich überrascht das nicht«, erklärte Imogen. »Ich beneide dich. Ich bin ein Einzelkind. Aber ich fürchte, daß ich mich an Mark gar nicht erinnern kann. War er viel älter als du?«

»Nein. Zwei Jahre jünger. Deshalb war's ja auch so mutig von ihm, sich für mich zu prügeln. Er mußte sich mit Jungen einlassen, die viel älter waren als er.«

»Hat er die Kämpfe gewonnen?«

»Meistens ja. Er war ziemlich klein, aber er konnte schrecklich wütend werden! Sie nannten ihn den ›Feuerspeier‹ und haben einen großen Bogen um ihn gemacht.« Bei der Erinnerung lächelte sie unwillkürlich.

»Sag mal, Pamela, was war denn so Schreckliches an der Arbeit über Summerfield?«

»Mit einem ... oder vielmehr zwei Worten: Janet Summerfield!« antwortete Pamela.

»Summerfields Witwe?«

»Sie ist eine Giftschlange. Eine böse Hexe!« stöhnte Pamela. »Die Frau ist nicht normal. Sie wollte keine Biographie. Sie wollte eine Lobeshymne. Dafür war Mark nicht der Richtige. Sie ist ständig hier aufgetaucht, hat herumgeschrien, mit Anwälten gedroht und versucht, ihm Dokumente wegzunehmen. Außerdem maßte sie sich das Recht an, jedes Wort zu prüfen, das er schrieb . . . Er ist vor ihr davongelaufen, Imogen. Kannst du dir das vorstellen? Sie hat ihn dazu getrieben, sich zu verstecken? Herrgott, es war furchtbar!«

»Warum hat er die Sache nicht einfach hingeschmissen? Ich meine, wenn sie ihm das Arbeiten unmöglich gemacht hat?«

»Mark gab niemals klein bei. Er haßte Ungerechtigkeiten und schlechtes Benehmen. Und er brauchte das Geld dringend. Er mußte Unterhalt für seine Kinder bezahlen. Seine älteste Tochter ist auf einem teuren Internat.«

»Geld ist ein klares Motiv für Arbeit. Es gibt viel schlechtere Gründe, eine Biographie zu schreiben«, erwiderte Imogen.

»Tut gut, mit dir zu reden«, seufzte Pamela. »Du bist so vernünftig. Weißt du, was diese Hexe letztendlich getan hat? Es ist unvorstellbar, Imogen. Sie hat einen Anwalt mit einer gerichtlichen Verfügung und zwei Schlägern geschickt. Und zwar am Tag nach Marks Tod. Der Anwalt sollte die Summerfield-Unterlagen abholen. Gleich am nächsten Tag! Ich war entsetzt. Und natürlich hatte ich keine Ahnung, welche Papiere Marks Aufzeichnungen und welche die Summerfield-Dokumente waren. Sie haben einfach seinen Schreibtisch abgeräumt, alles in Kartons gestopft – es war schrecklich. Zum Glück ist mein Nachbar Jurist, ein Richter. Ich habe ihn sofort geholt. Als er kam, standen die Kartons bereits im Flur und sollten gerade ins Auto geladen werden. Aber Max hat das verhindert, sie gezwungen, das meiste wieder in Marks Arbeitszimmer zurückzubringen. Sie hatten ihre Befugnisse weit überschritten.«

»Das möchte ich doch meinen!« sagte Imogen entrüstet.

»Sie haben behauptet, sie hätten vor, die Papiere in der Kanzlei zu ordnen und sämtliche Unterlagen zurückzugeben, die nicht zum Summerfield-Nachlaß gehörten. Aber Max hat sie gezwungen, gleich hier alles zu sortieren, so daß sie nichts mitnehmen konnten, was nicht zu den Summerfield-Dokumenten gehörte. Es war eine harte Auseinandersetzung. Sie hatten sogar Marks Scheckbuch mitgenommen. Max hat das alles geregelt.«

»Hast du eine Idee, weshalb die Witwe Marks Arbeit unbedingt in die Finger bekommen wollte?« fragte Imogen.

»Nein. Ich kann mir nicht vorstellen, daß er irgendeine skandalöse Sache entdeckt hat . . . Er hat sich ständig darüber beschwert, wie langweilig dieser Summerfield sei. Außerdem war er fast fertig. Es gab nur noch zwei Punkte, die geklärt werden mußten, bevor er den ersten Entwurf abschließen und überarbeiten konnte.«

»Aha. Und was hat Mark unternommen? Was ist dann passiert?«

»Mark ist zu ihr gefahren. Er hoffte, mit ihr die zwei offenen Fragen klären zu können. Er war überzeugt, daß sie Bescheid wissen mußte.«

»Du weißt nicht zufällig, welche Fragen das waren?«

»Es ging um irgendeinen Ferienaufenthalt. Ich konnte mir keinen Reim draus machen. Und es hat offenbar funktioniert – Marks Charme, meine ich. Er kam nämlich gut gelaunt zurück, war wieder ganz der alte und hat mich zum Abendessen in einem eleganten Restaurant eingeladen. Wir haben uns herrlich amüsiert. Und als wir zum Wagen zurückkamen, fühlte er sich plötzlich sehr müde. Also habe ich uns nach Hause gefahren. Er ist sofort zu Bett gegangen. Aber er konnte nicht schlafen. Er hatte Fieber. Ich bin davon aufgewacht, daß er sich was zu trinken geholt hat. Ich habe am Morgen den Arzt angerufen, und er hat Mark sofort ins Krankenhaus eingewiesen. Als er dort ankam, war er bereits bewußtlos. Am Nachmittag ist er gestorben. Für mich war es ein furchtbarer Schock.«

»Und was war die Todesursache? Gehirnhautentzündung? Eine Lebensmittelvergiftung?«

»Das weiß ich nicht. Die Ärzte tippten auf Meningitis, aber ihr Scanner war belegt und er war tot, bevor sie ihn weiter untersuchen konnten. Ich dachte, nur Kinder würden an Gehirnhautentzündung sterben. Das war wohl ein Irrtum.«

»Pamela, das tut mir wirklich leid. Du hast viel mitgemacht.«

»Ich komme drüber weg. Langsam. Jetzt habe ich niemand mehr, mit dem ich was unternehmen kann. Mark ist so gern gewandert. Wir haben jedes Wochenende einen Ausflug gemacht. Allein macht das keinen Spaß mehr.«

»Ich wandere auch gern«, sagte Imogen. »Tun wir uns doch zusammen. Kennst du den Rundweg von Linton Hill zu der alten Römerstraße?«

»Ja. Aber ich bin schon lange nicht mehr dort gewesen.«

»Wie wär's mit einem Ausflug am nächsten Samstag? Wir könnten irgendwo unterwegs in einem Gasthof essen?«

»Das wäre wunderbar. Hast du wirklich Zeit?«

»Ich habe dich doch gerade erst wiederentdeckt«, seufzte Imogen. »Wir haben eine Menge nachzuholen.«

Später, als Imogen sich verabschiedete, sagte Pamela: »Paß gut auf diese Freundin auf, ja?«

»Keine Sorge. Aber du hast gesagt, Mark sei fast mit der Arbeit fertig gewesen. Also hat Fran nicht mehr viel vor sich, oder?«

»Es sind nur noch ein paar Ungereimtheiten zu klären. Und sie muß mit einer verrückten Witwe auskommen. Ich weiß nicht, vielleicht konnte nur Mark nicht gut mit ihr, und sie ist zu einer anderen Person ganz lieb und nett. Mark hat sich oft gefragt, wie seine Vorgängerin wohl mit der schrecklichen Janet ausgekommen sein mochte. Aber das konnten wir sie natürlich nicht fragen.«

Imogen stand in der Diele. Sie wollte gerade ihren Mantel anziehen, hielt jedoch abrupt inne. »Seine Vorgängerin?« wiederholte sie.

»Ach, hast du das nicht gewußt? Mark war nicht der erste, der an dem Summerfield-Buch gearbeitet hat. Eine Menge Arbeit war bereits getan, als er den Auftrag übernommen hat.«

»Und wer hat vor Mark daran gearbeitet?«

»Eine gewisse May Swann.«

»Und weshalb . . .«

»Sie ist spurlos verschwunden. Ich hatte immer gehofft, daß sie plötzlich auftauchen und das Projekt weiterführen würde. Irgendwie hätten wir's auch ohne dieses Geld geschafft. Aber sie blieb verschollen.«

»Pamela, Menschen verschwinden doch nicht einfach . . .«

»Konnte ich mir auch nie vorstellen. Aber offenbar ist genau das passiert. Die Polizei stand vor einem Rätsel. Sie hat eines Morgens ihre Wohnung verlassen und ist nie wieder aufgetaucht. Merkwürdig, was?«

Merkwürdig oder schlimmer als das, dachte Imogen auf der Heimfahrt und konzentrierte sich auf die Straße. Grübeleien am Steuer waren ebenso gefährlich wie Alkohol. Und doch kreisten ihre Gedanken ständig um die Worte »merkwürdig oder schlimmer als das«.

6

Imogen hatte ein Problem. Sie war nicht sicher, inwieweit und wann sie Fran einweihen sollte. Ihre junge Mieterin sang fröhlich in der Badewanne, als sie von Pamela nach Hause kam. Sollte sie Fran einen Dämpfer aufsetzen und ihr unverblümt mitteilen, daß ihr wunderbarer Job eine tödliche Falle sein konnte? Immerhin war ein früherer Biograph während der Arbeit am Summerfield-Buch gestorben. Aber Imogen befürchtete, daß Fran auf einen entsprechenden Rat nur mit Trotz reagieren würde.

Nach dem Abendessen setzte sich Imogen an den Schreibtisch und nahm ihr Notizbuch aus dem Bücherregal. Sie zog einen Strich unter die letzte Eintragung, die sie nach dem Tod einer jungen Studentin im letzten Jahr gemacht hatte. Auf dem Notizbuch stand in großen Buchstaben: »Krankengeschichten«. Wenn sie etwas bedrückte oder wenn sie über etwas gründlich nachdenken mußte, verfiel Imogen auf eine Methode, die sie als junge Krankenschwester gelernt hatte: Sie schrieb alles auf, was ein Patient ihr erzählt und was sie selbst beobachtet hatte, und versuchte aus beidem sinnvolle Schlüsse zu ziehen. Sie setzte über die neue Seite in ihrem Buch die Überschrift »Das Leben von G. Summerfield« und begann in ihrer ausdrucksvollen, gut leserlichen Handschrift mit ihren Eintragungen.

Was hatten ihre bisherigen Informationen ergeben? Summerfield war – abgesehen von einer einzigen brillanten Entdeckung auf dem Gebiet der Geometrie – nahezu ein Niemand gewesen. Eine Tatsache, die nachweislich einen seiner bisherigen Biographen zur Verzweiflung gebracht hatte. Mark Zephyr war völlig unerwartet gestorben; seine Vorgängerin war spurlos verschwunden. War das Zufall? Möglich. Und vielleicht war es auch reiner Zufall, daß sein gegenwärtiger (offizieller) Biograph die Arbeit am Buch delegiert hatte, sich sozusagen hinter einer Studentin versteckte. Imogen legte den Stift beiseite und starrte auf das elektrische Kaminfeuer. Ihre Aufzeichnungen muteten sie etwas wirr an. Sie schüttelte unwillkürlich den Kopf. War sie so gelangweilt, daß sie aus harmlosen Umständen einen Fall zu konstruieren versuchte? Sie zögerte und erteilte sich dann selbst Absolution, denn mit den ruhigen Bahnen, in denen ihr Leben jetzt verlief, war sie durchaus zufrieden. Und dann kam sie zu einer Entscheidung. Es war noch zu früh, sich Fran anzuvertrauen. Sie wollte erst weitere Nachforschungen abwarten.

Irgendwann erschien Fran, die Haut rosig vom warmen Bad, in einen flauschigen Bademantel gehüllt, und bot an, heiße Schokolade zu kochen. Bei heißer Schokolade hörten die beiden Frauen ein Mozartkonzert und tauschten Klatschgeschichten aus dem College aus, bevor sie zu Bett gingen.

Nach Beendigung ihrer Sprechstunde im College rief Imogen am nächsten Tag einen Freund an: Mike Parsons, Sergeant bei der Kripo von Cambridgeshire. Mike und Imogen hatten sich bei einem Erste-Hilfe-Kurs in der Ambulanz der St. John's Klinik kennengelernt, wo beide ihre Kenntnisse über Erste Hilfe bei Unfällen aufgefrischt hatten. Mike hatte Vertrauen zu Imogen gefaßt – in seiner Ehe hatte es damals heftig gekriselt –, und sie waren Freunde geworden; Freunde, die seither immer wieder Rat beieinander suchten und fanden.

»Ich brauche Hilfe, Mike. Essen wir mal wieder zusammen?«

»Ist es dringend? Ich fliege nämlich morgen zu einem wohlverdienten Urlaub nach Lanzarote. Hat es Zeit?«

»Natürlich«, antwortete Imogen und versuchte ihre Enttäuschung zu verbergen.

»Klingt nicht sehr überzeugend«, erwiderte er. »Trotzdem . . .

ich muß packen. Warum kommst du nicht zu mir? Ich koche uns Tee. Du könntest ein paar Sandwiches mitbringen.«

»Essen auf Rädern? Schon unterwegs!« Imogen legte auf.

Mike wohnte in einer Wohnung in Chesterton, die Imogen auf ihrem alten Drahtesel, bepackt mit Obstsäften und Sandwiches, unschwer erreichen konnte. An der Tür empfing er sie mit den Worten: »Du kannst nicht zufällig bügeln?« Dabei starrte er grimmig auf einen großen Brandfleck auf einem Hemd.

»Zufällig ja«, erwiderte Imogen und marschierte entschlossen in die Diele. Im Wohnzimmer war jeder freie Platz mit Kleidungsstücken bedeckt. Auf dem Tisch stand ein aufgeklappter Koffer, in dem sich Kleidungsstücke türmten. Die oberste Lage bestand aus einem Schlafanzug und einem Paar Schuhe.

»Wo ist Barbara?« fragte Imogen prompt, die erneute Probleme in Mikes Ehe befürchtete.

»Alles in Ordnung«, beruhigte er sie. »Sie ist bereits mit ihrer Mutter und den Kindern auf Lanzarote. Ich habe leider nur eine Woche Urlaub.«

»Und wie ich sehe, scheint Barbara in diesem Haus normalerweise die Koffer zu packen«, bemerkte Imogen, wickelte die Sandwiches aus und schenkte Saft ein. Mike biß sofort hungrig in ein belegtes Brot. Nach dem Essen machte sich Imogen ans Bügeln.

»Möchtest du, daß ich dir zeige, wie's geht, oder soll ich gleich alles bügeln?« erkundigte sie sich spitz.

»Jeder wie er kann«, antwortete Mike grinsend. »Du bügelst. Und ich gebe dir den dringend benötigten Rat. Was hast du angestellt? Hast du einen Professor umgebracht? Du kannst auf Notwehr plädieren.«

»Fehlanzeige. Gelehrtenblut klebt nicht an meinen Händen. Ich wurde auch nicht provoziert.«

»Wen diese Bande nicht auf die Palme bringt, muß eine Engelsgeduld haben!« Mike warf einen Pullover auf die Schuhe im Koffer. »Aber jetzt mal im Ernst, Schwester! Was ist los?«

»Eine Frau wird vermißt«, erwiderte Imogen. »Niemand, den ich kenne. Trotzdem möchte ich brennend gern mehr über die Umstände wissen, unter denen die Dame verschwunden ist ... und was die Polizei in der Sache bisher unternommen hat.«

»In meinem Revier? Handelt es sich um jemanden aus Cambridge?«

»Keine Ahnung. Dafür habe ich keinen Anhaltspunkt. Ich kenne lediglich ihren Namen. Existiert so etwas wie ein Vermißtenregister?«

»Ja, bei Scotland Yard. Der Sinn der Sache ist, daß man Einzelheiten abrufen kann, wenn man eine nicht identifizierbare Leiche findet. Aber das funktioniert nicht immer.«

»Und wenn jemand einfach aus der eigenen Wohnung verschwindet?«

»Dann ist das nicht unbedingt ein Fall für die Polizei. Ist schließlich nicht illegal, einfach unterzutauchen. Vorausgesetzt man hinterläßt keine unbezahlten Rechnungen. Die Heilsarmee hatte in solchen Fällen schon gute Erfolge. Versuch's mal dort. Aber warum interessierst du dich für diese Person? Worum geht's denn?«

»Das Interessante an der Sache ist das, woran diese May Swann gearbeitet hat«, begann Imogen. »Sie schrieb an einer Biographie über ein ehemaliges Mitglied des Lehrkörpers von St. Agatha's. Und jetzt ist sie verschwunden.«

»Langeweile?«

»Damit liegst du vielleicht richtiger, als du ahnst!« erwiderte Imogen lachend. »Ihre sämtlichen Unterlagen für das Projekt wurden aus ihrer verlassenen Wohnung geholt und an einen anderen Biographen weitergegeben. Dieser ist kurz darauf gestorben. Übrigens reichlich plötzlich.«

»Und woran? Gibt es Hinweise auf einen Mord?«

»Glaube ich nicht. Er scheint Gehirnhautentzündung gehabt zu haben.«

»Aber meine Freundin und Krimiliebhaberin sieht darin natürlich einen merkwürdigen Zufall. Ich verstehe.«

»Es *ist* ein merkwürdiger Zufall.«

»In gewisser Weise sicher. Wann ist diese Frau verschwunden?«

»Genau weiß ich das nicht. Ich schätze, vor ungefähr eineinhalb Jahren. Inwiefern könnte mir dieses Register von Scotland Yard weiterhelfen?«

»Dir? Überhaupt nicht. Es ist für Normalbürger nicht zugänglich. Und du bist weder eine Blutsverwandte noch eine gute Freundin der Vermißten. Wenn überhaupt, muß ich das für dich erledigen.«

»Also wenn du zurück bist –«

»Was du heute kannst besorgen ... Ich rufe gleich dort an. Laß du dich nur nicht vom Bügeln abhalten.«

Mike ging in die Diele und machte die Tür hinter sich zu. Imogen bügelte zwei weitere Hemden, faltete sie ordentlich zusammen und betrachtete bekümmert das Chaos im Koffer. Durch die Tür drang gedämpft Mikes Stimme: »Ja, ich warte ...«

Imogen kippte den Kofferinhalt kurzerhand auf die Couch und begann zu packen.

»Also, folgendes ...« verkündete Mike und kam mit einem Notizblock in der Hand zurück. »Alter: 41«, las er ab. »Wohnhaft in Edmonton in der Beachcroft Road 13. Zuletzt gesehen am 22. März 1992 von ihrer Hauswirtin. Von ihrem Neffen David Swann am 15. April 1992 als vermißt gemeldet. Seitdem fehlt jede Spur. Ihre Beschreibung paßt auf keine der noch nicht identifizierten Leichen. Die Ermittlungen laufen noch. Hier, du kannst es behalten. Mach damit, was du willst.« Mike riß ein Blatt vom Block und gab es ihr. Dann fiel sein Blick auf den Koffer. »Himmel, Imogen ... Barbara glaubt mir nie, daß ich den gepackt habe! Sie denkt bestimmt, daß eine andere Frau hier war.«

»Womit sie auch recht hat, oder? Schöne Grüße und viel Vergnügen«, wünschte Imogen, zog den Mantel an und steckte den Notizzettel in die Handtasche.

Im überregionalen Telefonbuch waren sieben David Swanns verzeichnet. Von Peebles bis Finchley waren sämtliche Adressen vertreten. Imogen versuchte es zuerst bei der Nummer in Peebles. Die lange Zeitspanne zwischen Verschwinden und Vermißtenmeldung gab ihr zu denken. Die Vermutung lag daher nahe, daß der Neffe nicht in unmittelbarer Nähe der Tante lebte und sie nicht allzu häufig besucht hatte. Der David Swann aus Peebles leugnete, eine May Swann zu kennen. Dasselbe galt für die folgenden vier Swanns. Imogen machte sich eine Tasse Tee, bevor sie ihr Glück bei der Nummer in Finchley probierte. Diesmal wurde sie fündig.

»Oh, natürlich!« sagte die Frauenstimme am Telefon. »Das ist Davids Tante. Haben Sie Nachricht von ihr?«

»Leider nein«, sagte Imogen. »Ich arbeite am St. Agatha's College in Cambridge. Gideon Summerfield war dort Professor, und ich versuche mehr über die Arbeit an seiner Biographie zu erfahren. Ich dachte, May Swanns Familie könnte mir vielleicht weiterhelfen.« Imogen war bei dieser irreführenden Behauptung nicht ganz wohl in ihrer Haut. Immerhin war es nicht gelogen.

»Da reden Sie am besten mit David«, schlug die Stimme vor. »Kommen Sie doch mal vorbei. Abends ist er meistens nicht vor acht zu Hause.«

»Dürfte ich es Samstag versuchen?« Fran war übers Wochenende verreist, und Imogen hatte zwei leere Tage vor sich.

»Prima. Kommen Sie am Nachmittag ... meine Mutter unternimmt was mit den Kindern. Dann sind wir ungestört.«

»Ausgezeichnet. Also nächsten Samstag gegen drei?«

»Und mit wem habe ich das Vergnügen?«

»Imogen Quy.«

»Ah, wie Quy in der Nähe von Cambridge«, antwortete die Stimme. »Ich bin Emily Swann. Ich sage David Bescheid.«

Die Swanns lebten in einem Reihenhaus aus den dreißiger Jahren in einer ruhigen Straße parallel zur North Finchley High Road. Emily Swann hatte Tee gekocht. Überall lag Kinderspielzeug, die Möbel wirkten etwas heruntergekommen, aber das Haus war hell und freundlich. David Swann war ein großer schlanker Mann mit müdem Gesichtsausdruck. Er führte Imogen ins vordere Wohnzimmer. Auf dem Schreibtisch stapelten sich Akten mit der Aufschrift »Marshall & Swann, Buchprüfer«. Er bot ihr einen Stuhl an.

»Also, worum geht es eigentlich?« fragte er.

»Wir versuchen, alles über den Fortschritt der angekündigten Biographie über Gideon Summerfield herauszubekommen. Und soviel wir wissen, hat Ihre Tante daran gearbeitet, als sie verschwunden ist«, begann Imogen. »Wir fragen uns, ob es vielleicht einen Zusammenhang zwischen ihrer Arbeit und –«

»Davon weiß ich nichts«, sagte David Swann. »Sie hat sich mir nicht anvertraut.«

Imogen schwieg abwartend.

»Wir sind überhaupt nicht gut miteinander ausgekommen«, fuhr er fort. »Ich habe gelegentliche Pflichtbesuche bei ihr absolviert, da ich ihr einziger Verwandter bin. Aber für Buchprüfer wie mich hatte sie nicht viel Zeit. Sie behauptete, wir seien alle nur geldgierig. Ich fand das dumm, wenn nicht sogar ehrverletzend. Ich hatte unvorsichtigerweise mal bemerkt, daß ihre wissenschaftliche Arbeit erstaunlich schlecht bezahlt sei. Das hat sie mir nie verziehen.«

»Sie wußten also gar nicht, daß sie an Summerfields Biographie gearbeitet hat?«

»Doch, das wußte ich. Sie dachte, weil ich Buchprüfer bin und er Mathematiker war, könnte ich seine Arbeit verstehen und sie ihr erklären. Ich war natürlich gern bereit, zu helfen – außerdem hatten wir dann wenigstens ein Gesprächsthema bei meinem Besuch. Aber Summerfields Entdeckung gehörte in den Bereich der Geometrie, hatte also mit der Mathematik eines Buchprüfers nicht das geringste zu tun. Ich mußte ihr leider sagen, daß ich davon nichts verstehe. Daraufhin hat sie angeboten, mich für meine Bemühungen zu bezahlen.«

»Weil sie annahm, daß Ihr Unvermögen, ihr zu helfen, nur –«

»Daß ich nur Geld haben wollte. Ganz richtig. Ich war, gelinde gesagt, stocksauer. Deshalb habe ich sie danach wochenlang nicht besucht. Als ich wieder einen Versuch gemacht habe, war sie fort.«

»Mit ihrer Arbeit und sämtlichen Unterlagen?«

»Soweit ich das beurteilen konnte, hatte sie überhaupt nichts mitgenommen. Dafür war sie zwei Wochenmieten schuldig geblieben. Fast alle ihre Kleider und ihr Scheckbuch waren noch da. Allerdings hatte sie an dem Tag vor ihrer Abreise 250 Pfund von ihrem Konto abgehoben. Außerdem fehlte eine Reisetasche. Sie hatte der Vermieterin gesagt, sie wolle ein paar Tage verreisen, jedoch nicht, wohin.«

»Angenommen diese Reise stand in Zusammenhang mit der Summerfield-Biographie, wäre es möglich, aufgrund ihrer Arbeitsunterlagen festzustellen, wohin sie gefahren ist?«

»Daran habe ich auch gedacht. Aber als ich auf der Bildfläche erschien, hatte der Verlag ihre sämtlichen Akten bereits abholen lassen. Im Verlag sagte man mir, sie sollte sich mit dem Lektorat in Verbindung setzen, falls sie wieder auftauche. Der Zeitdruck sei so groß, daß sie von ihrem Recht Gebrauch machen wollten, sofort einen anderen Schriftsteller zu engagieren, um das Manuskript zu beenden. Das hat mich dann letztendlich veranlaßt, zur Polizei zu gehen und eine Suchaktion zu veranlassen. Sie war eine verrückte alte Jungfer, aber ihre Arbeit war ihr heilig.«

»Hatte sie schon andere Biographin geschrieben?«

»Mehrere sogar. Irgendwo stehen hier die Belegexemplare. Ich habe keine einzige gelesen. Die Persönlichkeiten, über die sie schrieb, sind tödlich langweilig. Wenn wenigstens ein Golfspieler oder ein Jazzmusiker darunter gewesen wäre ... Sie sehen schon, ich kann Ihnen wirklich nicht helfen.«

»Sie haben mir ja schon geholfen. Wissen Sie, wie weit Ihre Tante mit dem Manuskript war?«

»Sie arbeitete bereits sechs Monate daran ... und vermutlich wie so oft für ein Handgeld. Wenn man ihren Stundenlohn hätte ausrechnen sollen ... Es war einfach idiotisch. Sie hat das nur auf sich genommen, um sich Schriftstellerin oder Biographin oder so nennen zu können. Tante May hätte mit ihren Kenntnissen jederzeit irgendwo einen Bürojob annehmen und sorglos leben können. Aber genau das wollte sie nicht.«

»Und Sie haben nie etwas von ihrem Manuskript über Summerfield gesehen?«

»Doch ... doch natürlich. Die einzelnen Teile lagen auf jedem Tisch und jedem Regal in ihrer Wohnung. Aber ich habe nichts davon gelesen – bis auf die Monographie von Summerfield, die ich ihr erklären sollte.«

»Mr. Swann, was glauben Sie, ist aus Ihrer Tante geworden?«

»Ich bin überzeugt, daß ihr etwas zugestoßen sein muß, Miss Quy. Ich glaube, sie ist entweder unter einen Bus gekommen oder wurde von einem Taschendieb ermordet, ist in einen Fluß gefallen und ertrunken oder hat ihr Gedächtnis verloren und liegt irgendwo in einem Krankenhaus ... Es ... Es sieht ... Es sah ihr einfach nicht ähnlich, eine unfertige Arbeit zu hinterlassen. Und es sah ihr überhaupt nicht ähnlich, Mietschulden zu machen. Jedenfalls nicht freiwillig. Natürlich hat sie möglicherweise angenommen, daß ich das für sie regeln würde ... Aber ihre Art war das nicht. Wissen Sie, Miss Quy, wenn Menschen mit wenig auskommen müssen, dann sind sie in Geldsachen oft sehr genau ... Die Polizei war derselben Ansicht. Sie haben eine Suchmeldung mit Beschreibung durchgegeben. Ich glaube, sie versuchen noch immer, sie zu finden. Bisher ohne Erfolg.«

7

Warum ließ jemand ein unfertiges Manuskript im Stich? Aus Langeweile? Es müßte sich schon um eine tödliche Langeweile handeln, die einen veranlaßte, alle Prinzipien über Bord zu werfen und die Flucht zu ergreifen. Imogen beschloß, Fran nur zu fragen, *wie* langweilig Summerfield tatsächlich gewesen war. Bis dahin brütete sie auf der Heimfahrt eine weitere List aus. Allerdings konnte sie diese erst Montag in die Tat umsetzen.

Als sie nach Hause kam, blinkte das Lämpchen an ihrem Anrufbeantworter ungeduldig auf. Die Sekretärin des Rektors hatte den ganzen Nachmittag in regelmäßigen Abständen versucht, sie zu erreichen. Die letzte Nachricht auf dem Anrufbeantworter stammte von Lady B. Sie lautete schlicht: »Bitte melde dich, sobald du zurück bist. Warte nicht bis Montag!« Es war reiner Selbsterhaltungstrieb, der Imogen veranlaßte, den Teekessel aufzusetzen und ein Stück Quiche in den Backofen zu schieben, bevor sie die Privatnummer des Rektors wählte.

»Schwierigkeiten, fürchte ich«, sagte Lady B. auf ihre entsprechende Frage. »Einer unserer Studenten wird beschuldigt, im Tripos* unerlaubte Hilfsmittel benutzt zu haben.«

»Wer ist es?« fragte Imogen.

»Bob Framingham. In Philosophie.«

»Ja, ich glaube, den kenne ich.«

»Seine Ausrede – oder vielmehr die Erklärung für sein gutes Ab-

* Tripos: an der Universität von Cambridge ein Examen, dem sich die Studenten freiwillig in einem Spezialgebiet unterziehen.

schneiden – hat mir dir zu tun, Imogen. Er hat behauptet, du hättest ihm ein Medikament gegeben, das ihn zu diesem geistigen Höhenflug befähigt habe.«

»Ach, tatsächlich?« Imogen war perplex.

»Behauptet er jedenfalls. Er macht das Medikament für sein ungewöhnlich gutes Abschneiden verantwortlich.«

»Also ich kann mir nicht vorstellen, daß ich ihm vor einem Examen was Ungewöhnliches gegeben habe. Bei mir kriegen die Studenten normalerweise Paracetamol-Tabletten zur Beruhigung ... für die Nacht davor. Wenn sie was anderes brauchen, schicke ich sie zum Arzt.«

»Immer?«

»Ohne Ausnahme.«

»Imogen, ich befürchte, der Junge wird Schwierigkeiten machen. Er will sich einen Anwalt nehmen.«

»Sollte ich ihm Paracetamol verabreicht haben, muß das in meinem Buch stehen.«

»Natürlich ... du führst ja Buch ...«

»Und da ist alles drin. Dosis, Datum, Tageszeit und der Grund für die Medikamentenausgabe. Wir müssen ganz besonders vorsichtig sein.«

»Wir?«

»Wir Krankenschwestern an den Colleges. Für Fehler sind unsere Colleges haftbar. Und im übrigen ... die meisten, die Paracetamol brauchen, besorgen es sich bei Freunden oder in der Apotheke. Das ist einfacher.«

»Kann Paracetamol zu unverhofften geistigen Höchstleistungen führen?«

»Nicht, daß ich wüßte. Eigentlich im Gegenteil. Deshalb sind wir ja auch zu Examenszeiten besonders vorsichtig damit. Wir fürchten immer, möglicherweise für das Versagen eines Studenten verantwortlich gemacht zu werden. Etwa nach dem Motto: ›Ich hätte viel besser abgeschnitten, aber das Beruhigungsmittel, das mir die Krankenschwester gegeben hat, hat mich außer Gefecht gesetzt.‹«

»Der Leiter der Tutoren kümmert sich um den Fall. Könntest du ihm so schnell wie möglich eine Kopie deiner Eintragungen zukommen lassen? Und Imogen ... tut mir aufrichtig leid, dich da hineinzuziehen.«

»Du kannst doch nichts dafür«, entgegnete Imogen sachlich. »Ich fahre morgen ins College und mache eine Kopie von der entsprechenden Seite in meinem Patientenbuch.«

»Dann rede doch auch gleich mit John Spandrel, ja?« bat Lady B. »Als Leiter der Tutoren ist er für diesen Mist zuständig.«

»Ich hielt es für besser, daß Sie wissen, woran Sie sind, Imogen«, erklärte John Spandrel. »Trinken Sie erst mal einen Sherry.« Er bedeutete ihr, in dem Sessel vor seinem Kamin Platz zu nehmen. Sein Zimmer mit den dunklen, schweren Herrenmöbeln wirkte düster. An den Wänden hingen Stahlstichansichten des College in den vergangenen Jahrhunderten seines Bestehens und Drucke von römischen Piazze und toskanischen Landschaften. In der dunkelsten Ecke tickte laut eine riesige Standuhr. Er bot ihr Sherry in einem schönen alten Glas mit gedrehtem Stil an, das viel zu wertvoll aussah, um daraus zu trinken.

»Danke, John«, sagte Imogen. »Was meinen Sie, führt dieser üble Bursche im Schilde?«

»Sieht nach einem klaren Fall von Examensbetrug aus«, antwortete Spandrel. »Framinghams Fähigkeiten sind bisher eher bescheiden gewesen. Im Examen hat er eine philosophische Abhandlung abgeliefert, die erstaunliche Ähnlichkeiten mit dem Aufsatz eines anderen Prüflings aufweist. Und was der Sache noch die Krone aufsetzt: Beide Arbeiten ähneln wiederum verblüffend dem Aufsatz, den ein anderer Student für den Random-Gedenkpreis eingereicht hat. Die letzteren beiden Studenten sind nicht vom St. Agatha's College. Der eine ist in Pembroke und der andere in Girton.«

»Helfen Sie mir auf die Sprünge, John ... Was ist der Random-Gedenkpreis?«

»Wird für eine Philosophiearbeit verliehen. Diese wird unter Examensbedingungen geschrieben ... Die Bewerber finden sich zum verabredeten Datum in einem Hörsaal ein und schreiben sie dort. Der Preis genießt einen ausgezeichneten Ruf und ist mit siebenhundert Pfund dotiert. Lohnt sich wirklich, ihn zu gewinnen.«

»Findet er vor dem Tripos statt?«

»Einen ganzen Monat davor. Dieses Jahr hat ihn ein gewisser Melvin Luffincott gewonnen. Und seine Abhandlung scheint praktisch die Vorlage für diese anderen beiden Prüfungsarbeiten gewesen zu sein. Reiner Zufall, daß die Schummelei überhaupt entdeckt worden ist. Gelegentlich kommt es eben vor, daß unter den Korrektoren des Random-Gedenkpreises auch einer der Korrektoren des Tripos ist. Normalerweise werden die beiden Arbeiten von unterschiedlichen Personen beurteilt, um die Arbeitslast innerhalb einer Fakultät gerecht zu verteilen. Heuer allerdings mußte Peter Prestwick bedingt durch einen Krankheitsfall beide Jobs übernehmen. Natürlich sind ihm die Ähnlichkeiten sofort aufgefallen, und er hat Alarm geschlagen. Daraufhin hat wiederum ein anderer Korrektor Übereinstimmungen zwischen zwei Aufsätzen festgestellt . . . Und zu allem Übel wies ein Blatt aus der Examensarbeit des Burschen, der behauptet, durch Ihre Pillen eine unerwartete Erleuchtung erfahren zu haben, Spuren auf, die darauf hindeuten, daß es vierfach gefaltet gewesen war. Er erklärte das damit, daß er früh fertig gewesen sei und das Stück Papier aus purer Langeweile gefaltet, anschließend wieder geglättet und abgegeben habe. Wie finden Sie das?«

»Das kapiere ich nicht ganz . . .« murmelte Imogen.

»Sie würden sich wundern, wie oft es bei Prüfungsschwindeleien vorkommt, daß ein oder mehrere Blätter gefaltet oder zerknittert waren. Es ist nahezu unmöglich, vorher verfaßte Arbeiten unbeschädigt und glatt in den Examensraum zu schmuggeln.«

»Jetzt verstehe ich. Und was haben die beiden anderen Studenten dazu zu sagen?«

»Der Typ von Girton hat überhaupt keine Erklärung, nicht mal einen Schimmer, wie das passieren konnte. Seine Blätter waren fehlerlos glatt, und er hatte bei der Prüfung direkt neben Framingham gesessen. Allerdings kennen sich die beiden gut. Sie gehören angeblich beide zu derselben Arbeitsgruppe in Philosophie wie Luffincott. Luffincot weist alle Verdächtigungen empört von sich. Er leugnet, irgend jemandem geholfen oder eine Kopie seiner Arbeit überlassen zu haben.«

»Luffincott hatte eine Kopie? Wie denn das? Er hat die Arbeit doch unter Aufsicht geschrieben und abgegeben?«

»Im Gegensatz zu einem Examen erhalten die Bewerber bei einem Preiswettbewerb ihre Arbeiten nach der Korrektur zurück, Imogen.«

»Und die Aufsätze für den Random-Preis wurden zurückgegeben?«

»Drei Tage vor dem Tripos.«

»Ich beneide Sie nicht um diese Aufgabe, John.«

»Zum Glück bleibt nicht alles an mir hängen. In diesen Dingen hat die Universität, nicht das College Entscheidungsbefugnis. Es wird ein Disziplinarverfahren geben.«

»Was soll ich darunter verstehen?«

»Ein Gremium aus Juristen und anderen erfahrenen Universitätsprofessoren wird gebildet und eine Anhörung anberaumt. Framingham hat das Recht, dabei vertreten zu sein. Sein Tutor wollte das übernehmen. Aber Framingham hat abgelehnt. Er hat die Absicht, einen Anwalt zu nehmen. Damit ist Emlyn Bent jedenfalls aus dem Schneider. Ich glaube, man muß schon Anwalt sein, um jemanden erfolgreich zu verteidigen, obwohl man von seiner Schuld überzeugt ist. Trotzdem bleibt das College involviert. Das Universitätsgericht muß Sie als Zeugin hören, und zwar aufgrund von Framinghams Behauptung bezüglich Ihrer bunten Pillenmischung.«

»Verstehe.«

»Imogen, wir . . . das College ist besorgt. Es ist nicht klar, ob Sie gezwungen werden können, bei einer solchen Anhörung auszusagen. Schließlich handelt es sich um kein ordentliches Gericht . . .«

»Ihre Sorge ist unbegründet. Ich weigere mich ja gar nicht, vor dem Gremium zu erscheinen. Das gehört zu meinem Job. Schließlich werde ich vom College bezahlt.«

»Glauben Sie nicht, daß das ein Spaziergang wird. Der Vertreter des Beschuldigten wird eiskalt versuchen, den Eindruck zu erwekken, daß Sie den Jungen unsachgemäß mit Medikamenten behandelt haben. Wir sind der Meinung, das College sollte Ihnen einen Anwalt zur Seite stellen.«

»Verzeihen Sie, John, aber da bin ich anderer Meinung. Was mich betrifft, ist alles ganz simpel. Jede meiner Behandlungen ist in meinem Patientenbuch dokumentiert. Ich bin absolut sicher, keine Tabletten mit der behaupteten Wirkung verabreicht zu haben. Und das kann ich anhand meines Buches beweisen. Wenn ich mit einem Anwalt erscheine, könnte nur der Eindruck entstehen, ich hätte was zu verbergen.«

»Hm. Überlegen Sie es sich trotzdem, Imogen. Wie leicht kann jemand behaupten, Sie hätten Tabletten ausgegeben, ohne das in Ihrem Buch zu verzeichnen ... weil Sie es zum Beispiel einfach vergessen haben? Das College ist bereit, einen Anwalt für Sie zu engagieren. Sie brauchen nur ein Wort zu sagen.«

»So etwas passiert mir nicht«, erklärte Imogen. »Das wäre in meinem Beruf grobe Fahrlässigkeit. Und das würde ich mir nie zuschulden kommen lassen. Aber wenn Sie wollen, überlege ich's mir noch mal.«

Das alles lenkte Imogen doch stark von der Sache mit May Swann ab. Fran kam am Sonntagabend nicht nach Hause, so daß Imogen Montagmorgen noch immer nicht mit ihr gesprochen hatte, als sie bei Recktype & Diss anrief. Sie fragte nach dem für Biographien zuständigen Lektorat und wurde mit einer Angela Kingsweir verbunden.

»Vielleicht können Sie mir weiterhelfen«, begann Imogen. »Ich versuche eine alte Freundin zu finden. Soviel ich weiß, hat sie an einer Biographie über Gideon Summerfield gearbeitet ...«

»May Swann?« fragte die Stimme.

»Ja!« stimmte Imogen eifrig zu. »Haben Sie ihre Adresse?«

»Nein, haben wir nicht«, erwiderte Miss Kingsweir. »Hätten wir selber gern.«

»Aber die Biographie ...«

»Miss Swann hat die Arbeit daran aufgegeben. Sie hat uns ohne Angabe von Gründen versetzt und nicht einmal eine neue Adresse hinterlassen. Damit hat sie uns erhebliche Probleme und Ausgaben verursacht. Und die Hälfte des Vorschusses haben wir noch immer nicht zurück. Wir würden selbst brennend gern mit der Dame sprechen.«

»Oh«, sagte Imogen. »Wie unangenehm! Das sieht ihr aber gar nicht ähnlich ... Glauben Sie, es ist alles in Ordnung mit ihr?«

»Keine Ahnung«, erwiderte Miss Kingsweir. »Mit dieser Biographie haben wir wirklich nur Ärger. Es ist wie verhext. May Swann ist nicht die erste, die mit Vorschuß in der Tasche abgetaucht ist.«

»Was meinen Sie mit ›verhext‹?« fragte Imogen.

»Die Schwierigkeiten reißen nicht ab. Sie haben ja keine Vorstellung, wie schwierig es war, die Unterlagen aus May Swanns Wohnung zu bekommen. Wir mußten einen Anwalt einschalten ... Der Nachlaßverwalter ist fast verrückt geworden.«

»Unterlagen?« Imogen stellte sich dumm.

»Dokumente über Summerfield und sein Leben. Sie gehören seinem Nachlaßverwalter. Miss Swann war das Material in gutem Glauben und in der Annahme übergeben worden, daß sie es benutzt und dann zurückerstattet.«

»Nachlaßverwalter?« fragte Imogen.

»Von Summerfields Vermächtnis an die Nachwelt natürlich. Ohne diese Unterlagen kann kein Biograph arbeiten. Ihre Freundin ist mit dem Geld auf und davon. Den ganzen Rest hat sie zurückgelassen.«

»Oh, ich bin sicher, sie hätte niemals –«

»Autoren«, erklärte sie verächtlich, »sind so etwas von unzuverlässig.«

Imogen sah Fran erst Montagabend wieder. Sie stürmte ins Haus, verkündete, einen Bärenhunger und nichts im Kühlschrank zu haben ... und Imogen lud sie lachend zum Essen ein. Fran deckte den Tisch, während in der Küche ein Curry-Gericht brutzelte.

Als sie gemütlich im Frühstückszimmer bei Tisch saßen, erkundigte sich Imogen nach Frans Arbeit.

»Kann ich nicht sagen. Habe noch nichts aufs Papier gebracht. Mir geht es fast wie meinem Freund Mitchell.«

»Und warum fällt dir das Schreiben so schwer? Du machst doch seit Jahren nichts anderes. Und wer ist Mitchell?«

»Ein Freund. Oder vielmehr ein Freund von Josh. Sein Vater ist geradezu ekelhaft reich, und Mitch will Schriftsteller werden. Also bezahlt sein Vater das Studium in Cambridge, damit er an einem Buch arbeiten kann. Mitch ist sehr klug und hat viele Ideen. Aber er bringt nichts zu Papier. Er macht immer nur Recherchen und Notizen. Vielleicht geht es mir wie ihm.«

»Das denke ich nicht. Bei Mitch ist der Vater schuld. Wenn der Junge Geld verdienen müßte, könnte er sich diese Art von Schreibhemmung nicht leisten.«

»Sieht dir gar nicht ähnlich, so unfreundlich zu sein, Imogen«, bemerkte Fran.

»Du hast also noch nicht mal angefangen?« fragte Imogen neugierig.

»Dafür habe ich mittlerweile eine gute Übersicht über das Material. Da ist nur eine Lücke. Ich muß herausfinden, wo Summerfield ein paar Tage im Sommer 1978 verbracht hat. Damit wäre sein Lebenslauf komplett, und ich kann anfangen.«

»Und Mark Zephyrs Aufzeichnungen geben dir in diesem Punkt keinen Aufschluß?«

»Nein. Niemand scheint Informationen darüber zu haben.«

»Weder Zephyr noch Swann?«

Fran sah Imogen nachdenklich an. Schließlich sagte sie: »Darf ich bitte von dem Mango Chutney haben?«

»Übrigens hat sich herausgestellt, daß Mark Zephyr der Bruder einer ehemaligen Freundin von mir ist«, erklärte Imogen und reichte ihr das Chutney. »Der arme Kerl ist von einem Tag auf den anderen an einer Gehirnhautentzündung gestorben. Während der Arbeit an der Biographie hatte er offenbar Probleme mit Janet Summerfield. Im übrigen war er nicht der erste Summerfield-Biograph. Vor ihm hatte May Swann diesen Auftrag – wie wir schon vermutet hatten. Du hattest dich doch noch gewundert, was mit ihr passiert sein könnte.«

»Stimmt. Das werden wir wohl nie erfahren.«

»Da kannst du allerdings recht haben. Ich habe mich umgehorcht. May Swann ist spurlos verschwunden. Sie hat den Vorschuß von Recktype & Diss kassiert und sämtliche Dokumente aus Summerfields Nachlaß in ihrer Wohnung zurückgelassen. Wer sie gekannt hat, behauptet, es sähe ihr gar nicht ähnlich, so etwas zu tun. Nur der Verlag meint, Autoren seien zu allem fähig.«

»Du hast dich umgehört, Imogen? Weshalb?« wollte Fran wissen.

»Aus freundschaftlichem Interesse.«

»Für mich?«

»Jedenfalls nicht für Summerfield. Hast du was dagegen?«

»Kann ich noch nicht sagen. Erzähl mir lieber die Wahrheit.«

Imogen berichtete knapp von ihrer Unterhaltung mit Pamela Zephyr und David Swann. Sie waren mit dem Essen fertig und räumten den Tisch ab, als sie zum Ende der Geschichte kam.

»Großartig«, kommentierte Fran trocken. »Einfach großartig. Und was ist mit Ian Goliard passiert?«

»Mit wem?«

»Dem Mann, der vor May Swann an diesem Buch gearbeitet hat.«

»Großer Gott, Fran . . . wirklich?«

»Selbstverständlich. Die Hinweise sind eindeutig. Jedenfalls wenn man alles sortiert und geordnet hat. Ich hatte drei Vorgänger. Alle haben mittendrin das Handtuch geworfen.«

»Diese Häufung von Zufällen gefällt mir nicht. Trotzdem scheint es zumindest bei Zephyr Zufall zu sein. Meningitis holt man sich nicht von Dokumenten. Da bin ich sicher.«

»Die Verkettung von Zufällen ist noch erstaunlicher, als du denkst«, behauptete Fran. »Alle drei haben ihre Arbeit an der gleichen Stelle ihrer Recherchen unterbrochen.«

»Ich verstehe nicht . . .«

»Kurz bevor jeder dieser drei aus unbekannten Gründen die Arbeit an der Biographie aufgegeben hat, versuchten sie herauszukriegen, wo der große Summerfield die fraglichen Tage im Sommer 1978 verbracht hat. Ian Goliard war nicht sehr weit gekommen. Er hat eine Art Kalender angelegt und damit Summerfields Leben von seiner Geburt über Schulzeit, College und Ferienadressen nachzuzeichnen versucht. Vermutlich hatte er die Absicht, jedem Lebensabschnitt bestimmte Informationen und Dokumente zuzuordnen. Jedenfalls ist sein Kalender sehr detailliert . . . bis zum Frühjahr 1978. Dort bricht er plötzlich mit dem Eintrag ›August: verreist?‹ ab.«

»Fran, woher weißt du, daß ein Goliard und nicht May Swann oder Mark Zephyr diese Chronologie erstellt hat?«

»Anderes Papier. Andere Arbeitsmethode. Andere Handschrift . . .«

»Ich verstehe.«

»Außerdem hat er seinen Namen in winziger Schrift auf die untere linke Ecke sämtlicher Seiten in seinen Akten geschrieben. Natürlich könnten da mehr Unterlagen gewesen sein, auf die seine Nachfolger glaubten, verzichten zu können. Aber der Kalender ist da, und darauf steht sein Name. Und er ist bis zum letzten Eintrag vollständig.«

»Und er geht bis . . .«

»August 1978. Summerfield ist in den Urlaub gefahren. Er und seine Frau haben ein Häuschen in den Malvern Hills gemietet. Steht jedenfalls bei Goliard. Und zwar für einen Monat. Etliche Freunde haben sie dort besucht und sind jeweils ein paar Tage geblieben. Dann gab es plötzlich Streit, und Summerfield hat sich eine Weile aus dem Staub gemacht. Leider wissen wir nicht, wohin.«

»Allein?«

»Vermutlich nicht. Aber ich weiß nicht, mit wem. Der Rest ist Schweigen. Jedenfalls bei Goliard.«

»Er hat das Projekt also aufgegeben, und die Unterlagen wurden an May Swann weitergereicht?«

»Siehst so aus. May Swann ist sehr systematisch vorgegangen. Wie du weißt, hat sie sämtliche Originale aus dem Nachlaß numeriert. Sie hat Goliards Kalenderüberschriften in ein Notizbuch übertragen, hat Daten und Orten das entsprechende Material zugeordnet. Sie ist über den Sommer 1978 hinausgekommen und hat die Methode bis zu Summerfields Tod durchgehalten. Jede Eintragung ist dokumentiert, und sei es nur durch einen Geschäftsbrief oder die Ankündigung einer Vorlesungsreihe. In einem zweiten Notizbuch hat sie begonnen, den Text für das Buch zu entwerfen.«

»Aber sie ist über den August 1978 hinausgekommen?«

»Nur bedingt. ›August '78‹ ist eine Überschrift ohne auch nur einen Eintrag.«

»Aber du weißt nicht, ob sie versucht hat, diese Informationslücke zu schließen, als sie verschwand?« Imogen klammerte sich an jeden Strohhalm.

»Und ob ich das weiß!« erwiderte Fran beinahe triumphierend. »Sie stand unter großem Zeitdruck. Das geht aus ihrem Arbeitsfortschrittskalender hervor, den sie geführt hat. Ihr letzter Eintrag vom 20. März lautet: ›Herausfinden, was im Sommer '78 war.‹ Das ist dick unterstrichen. Zwei Tage später ist sie verschwunden.«

»Fran . . .«

»Was Zephyr betrifft, kann ich nur spekulieren«, kam Fran Imogen zuvor. »Er hat May Swanns Material übernommen, geprüft und geordnet. Dabei muß er gesehen haben, daß sie absolut verläßlich gearbeitet hatte, und hat wohl beschlossen, ihre Version der Dinge zu übernehmen, sie einfach nur abzuschreiben.«

»Aber er konnte ihre Version der Sommerferien '78 nicht akzeptieren . . .«

»Weil es keine gab. Richtig. Und hast du nicht gesagt, daß seine Schwester behauptet hat, er habe nur noch eine Kleinigkeit klären wollen, um das Buch fertig schreiben zu können? War's nicht so?«

»Ja«, antwortete Imogen. »So ähnlich hat sie sich ausgedrückt.«

»Ich wette, mit der Kleinigkeit war der August '78 gemeint.«

»Wir können Pamela ja fragen«, bemerkte Imogen.

Aber Pamela, die Imogen anrief, während Fran weiter den Tisch abdeckte, konnte sich nicht erinnern.

8

»Du kannst mir nicht zufällig den Wagen leihen?« fragte Fran am nächsten Morgen. »Und zwar für einen ganzen Tag?«

»Heute? Das ist in Ordnung. Ich brauche ihn erst morgen«, erwiderte Imogen geistesabwesend. Sie kaute an einem Toast und las den *Independent*.

»Danke«, sagte Fran. »Sonst wär's eine halbe Weltreise.«

»Eine Weltreise? Wohin?« erkundigte sich Imogen. Sie war müde. Die Unterhaltung über Zufälle war am Vorabend noch sehr philosophisch geworden und hatte bis spät in die Nacht gedauert.

»Nach Castle Acre. Vor dem Abendessen bin ich kaum zurück. Ich tanke den Wagen wieder auf.«

»Danke. Weißt du schon, wie du mit dem ungeklärten Summerfield-Sommer umgehen willst?«

»Ja. Ich werde Fragen stellen. Was sonst?«

»Vergiß ihn. Pfusch einfach drüber weg. Laß ihn einfach unter den Tisch –«

»Da solltest du mich besser kennen.«

»Wen kannst du denn fragen?«

»Janet Summerfield. Deshalb brauche ich ja den Wagen. Sie wohnt in Castle Acre, und sie steht nicht im Telefonbuch. Ich muß sie unangemeldet überfallen.«

»Nach allem, was wir von ihr wissen, reißt sie dir den Kopf ab«, seufzte Imogen. »Muß das denn sein?«

»Natürlich. Selbst wenn sie persönlich bei Summerfields Ausflug nicht dabeigewesen sein sollte, weiß sie doch vermutlich, wo er sich aufgehalten hat.«

»Fran, dir ist doch klar, daß du an dem Punkt angelangt bist –«

»An dem die anderen die Waffen gestreckt haben? Eine ziemliche Herausforderung, findest du nicht?«

»Also . . .« Imogen verkniff sich eine Antwort auf Frans Frage und sagte statt dessen: »Fahr vorsichtig.« Da es ihr Wagen war, glaubte sie, ein Recht auf diese Warnung zu haben.

Auf dem Weg zum College am späteren Morgen sah Imogen, daß der Garten von Clare College offenstand. Sie bog in die Einfahrt ein, um die Herbstfärbung der Bäume am Flußufer, den Anblick der blaßlila Herbstzeitlosen in den Wiesen und den anderen Herbstblumen an den Rändern zu genießen. Einer der Vorzüge von Imogens gegenwärtigem Lebensstil war, daß sie Muße hatte. Ihre Arbeit am St. Agatha's College war ein Halbtagsjob, der ihr viele Freiheiten ließ.

An diesem sonnigen Herbsttag hatte sie beschlossen, vor Beginn ihrer Sprechstunde im Büro etwas aufzuräumen und die Aktenablage aufzuarbeiten. Daher konnte sie spontan umdisponieren und die Herbstfärbung im Park betrachten. In der Sonne war es so warm, daß Imogen sich auf eine noch feuchte Bank setzte und die würzige Luft einatmete. Die herbstliche Schönheit des Parks vermochte sie jedoch nicht ganz von den Sorgen um Fran abzulenken. Natürlich konnte es eine vernünftige und logische Erklärung für Janet Summerfields Verärgerung über Mark Zephyr geben. Hätte sie ihn gekannt, hätte sich vielleicht erklären lassen, warum Janet

Summerfield ihm derart zugesetzt hatte. Zum Schluß allerdings schienen sie sich wieder vertragen zu haben ... Hatte Pamela nicht erwähnt, daß ihre letzte Begegnung am Tag, als er krank geworden war, zufriedenstellend verlaufen war? Und warum sollte die unkomplizierte Fran nicht mit ihr auskommen?

Imogen seufzte. Plötzlich fiel ein Schatten über sie. Sie hob den Blick. Vor ihr stand Lady Buckmote.

»Du siehst so nachdenklich aus, Imogen«, begann Lady B. »Hoffentlich bedrückt dich diese Aufregung um den Examensbetrug nicht allzusehr.«

»Nein, nein«, wehrte Imogen ab und stand auf. »Es ist ganz was anderes. Was für eine Sünde, unter diesen herrlichen Bäumen Trübsal zu blasen.«

»Stimmt. Bist du auf dem Weg ins College? Gehen wir zusammen?«

»Ja, gern.«

»Ich habe Neuigkeiten«, sagte Lady B., als sie die Clare College Bridge überquerten. »Das College hat Dr. Maverack einen ständigen Lehrstuhl angeboten.«

»Wirklich?« Imogen war überrascht. »Ich dachte, die Stimmung sei eher gegen ihn.«

»Haben wollte ihn eigentlich keiner. Aber letztendlich war er das kleinere Übel. Von Colleges wird erwartet, freien Wissenschaftlern wie Maverack eine Heimat zu bieten, sie fair unter sich aufzuteilen. Dieses System der gerechten Verteilung wird nur dann angewandt, wenn jemand nicht unbedingt willkommen ist. Normalerweise besteht ein heißer Wettbewerb um beliebte Hochschullehrer.«

»Aber nicht im Fall Maverack?«

»Nein, wirklich nicht. Aber dann wurde bekannt, daß die nächste heimatlose Eminenz, die an die Collegetore klopfen würde, Hugo Obverse ist – und der Gedanke, ihn nehmen zu müssen, war so abschreckend, daß das College bei Maverack sofort zugegriffen hat. Niemand kann von uns erwarten, daß wir zwei Schreckgespenster auf einmal aufnehmen, verstehst du?«

»Maverack aufzunehmen war sozusagen eine vorbeugende Maßnahme?« Imogen lachte. »Woher weiß man denn, daß Obverse noch schlimmer ist?«

»Obverse ist das Schreckgespenst der gesamten englischsprechenden akademischen Welt«, behauptete Lady B.

Und Lady B. erzählte auf dem ganzen Weg zum St. Agatha's College von den Schandtaten Hugos des Schrecklichen. Demnach gab es praktisch nichts, was dieses akademische Monster nicht schon verbrochen hatte. Die Liste reichte von Verführung von Abhängigen beiderlei Geschlechts über Zänkereien mit Kollegen, Trunkenheit in der Mensa und bei Vorlesungen bis zum Verlust von Examenspapieren und dem Hinterlassen von obszönen Witzen in den Computerdateien von Kollegen. Außerdem hatte er sich sein Flugticket in die Vereinigten Staaten von vier verschiedenen Universitäten des Mittleren Westens bezahlen lassen und hatte die versprochenen Vorlesungen dann nicht gehalten . . .«

»Und warum läßt man ihm das durchgehen? Warum kann er sich überhaupt um einen Lehrstuhl in Cambridge bewerben?«

»Weil er auf seinem Gebiet einfach brillant ist, seinesgleichen sucht. Und in Cambridge ist ein Hort des Intellekts, nicht der Nettigkeit. Aber wir nehmen lieber Maverack auf. Obverse muß ein anderes College ertragen.«

»Aber Maverack ist ein Umstandskrämer«, entgegnete Imogen. »Und Obverse –«

»Klingt wenigstens interessant, meinst du? Ich fürchte, der Lack wäre bald ab.«

Hugo Obverse allerdings, dachte Imogen, während sie den Hof zu ihrer Praxis überquerte, schien der Stoff zu sein, aus dem interessante Biographien gemacht sind. Ganz im Gegenteil zu Gideon Summerfield, dessen einzige Eskapade keine Spuren hinterlassen und sich auf einen einzigen Sommer seines Lebens beschränkt hatte.

Natürlich saß Imogen wie auf glühenden Kohlen, während sie auf Frans Rückkehr wartete. In dem Augenblick, da sie endlich die Haustür hörte, stürzte sie in die Diele, wo Fran gerade ihr Jackett an die Garderobe hängte. »Na, wie war's?«

»Gemischt«, antwortete Fran. »Hast du etwas Tonic da, Imogen? Ich habe noch einen Schluck Gin. Ich kann jetzt einen Drink vertragen.«

»Kein Tonic, aber Bitter Lemon. Oder Whisky.«

»Danke, ich hol mir lieber meinen Gin. Ich erzähl dir gleich alles.«

Imogen hatte keine Lust, ein Abendessen zu kochen. Sie holte Brot und Käse hervor und schnitt Schinken ab.

»Ich kann nur ein schlichtes Abendessen bieten«, verkündete sie, als Fran wiederkam. »Aber du ißt doch mit, oder?« Sie selbst hatte kaum Hunger.

»Machen wir ein Tauschgeschäft«, erklärte Fran. »Du kriegst einen Schluck Gin von mir und ich Abendessen von dir.«

»Einverstanden«, antwortete Imogen. »Und jetzt erzähl!«

»Den Vormittag habe ich vertrödelt, weil sie nicht zu Hause war. Von ihren Nachbarn habe ich erfahren, daß sie donnerstags immer in King's Lynn einkaufen geht. Ich habe mir das Dorf angesehen ... ist sehr hübsch. An einem Ende eine große Kirche, am anderen ein normannisches Schloß. Außerdem gibt's ein gutes Gasthaus. Ich habe Kaffee getrunken und mich umgesehen. Sie hat ein kleines Cottage aus dem achtzehnten Jahrhundert. Ein wahres Schmuckstück. Irgendwann ist sie dann heimgekommen.«

»Wie ist sie?«

»Ziemlich korpulent. Bläulich gefärbtes Haar. Trägt Samt und orientalisch Gemustertes. Sieht aus wie eine aufgetakelte alte Fregatte.«

Imogen lächelte. »Und? Hat sie dich freundlich empfangen?«

»Zuerst ja. Ich habe ihr geholfen, die Einkaufskörbe aus dem Auto ins Haus zu tragen. Sie ist etwas kurzatmig, die Gute. Als sie gemerkt hat, worauf ich aus war, wurde sie immer reservierter.«

»Was hast du gesagt?«

»Zuerst habe ich gesagt, daß ich aus Cambridge komme und mich für das Werk ihres Mannes interessiere«, antwortete Fran. »Prompt hat sie angenommen, daß ich Mathematikerin bin. Als wir die Einkäufe verstaut hatten und bei einer Tasse Tee im Wohnzimmer saßen, mußte ich mich natürlich etwas mehr offenbaren. Sie hatte offenbar keine Ahnung, daß Professor Maverack die Arbeit an der Biographie an mich delegiert hatte, und ich mußte retten, was zu retten war. Also habe ich behauptet, nur eine Assistentin zu sein, die die Vorarbeit für ihn leistet.«

»Hm ... komisch ...«

»Sehr komisch. Aber dann wurde sie sehr freundlich und hilfsbereit und hat mir ein Album mit Familienfotos gezeigt. Sie sagte, sie habe viele Familiendokumente herausgegeben und soviel sie wisse, seien sie im Augenblick im Besitz von Professor Maverack. Dabei befänden sich allerdings nur lose Fotos. Die Alben habe sie behalten. Also haben wir uns die ganzen Bilder zusammen angesehen. Wie alte Freundinnen. Natürlich hatte ich gehofft, daß eine der kleinen Bildunterschriften ›Sommer '78‹ lauten würde. Aber weit gefehlt. Und ich habe dafür gesorgt, daß die Quelle Janet Summerfield reichlich sprudelte. Schon deshalb übrigens, weil ich sie auf den Bildern so gut wie nie erkennen konnte.«

»Kleine, verwackelte Schwarzweißaufnahmen von der Größe einer Briefmarke?« fragte Imogen.

»Teilweise deshalb. Aber meistens, weil sie ganz anders aussah. Ich meine, die Frau, die fast die Hälfte des Sofas neben mir einnahm, war auf den Fotos aus dem Jahr 1955 plötzlich eine gertenschlanke junge Frau im Badeanzug am Strand von Brittany.«

»Die Zeit geht nur an wenigen von uns spurlos vorüber«, meinte Imogen.

»Ja, aber ...«

»Aber was?« fragte Imogen.

»Sie hat es mehr als nur einmal getan. Sie tat es laufend.«

»Was denn?«

»Sie hat sich laufend verändert, hat eklatant zugenommen und ebenso radikal wieder abgenommen. Nur auf den ganz frühen Fotos war sie durchgehend sehr schlank. Später variiert ihr Gewicht von mollig bis fett. Sie hat mir gesagt, wer die Leute auf den Fotos sind, und ich habe gefragt: ›Und wer ist das?‹ Und da wurde sie ein bißchen sauer. ›Das bin ich‹, hat sie erklärt, als sei ich geistig behindert. Dabei war sie von einem Foto zum anderen kaum wiederzuerkennen. Ihr gegenwärtiger Zustand ist eine Art Kompromiß zwischen den Extremen.«

»War denn ein Foto aus dem Sommer '78 in den Alben?«

»Nein. Also habe ich sie schließlich danach gefragt. Und da ist sie durchgedreht.«

»Wie meinst du das? Erzähl mehr.«

»Sie hat einen Schreikrampf gekriegt. Sie hat gesagt ... Also wenn ich ehrlich sein soll, war ich so konsterniert, daß ich mich an ihre genauen Worte gar nicht mehr erinnern kann. Die Quintessenz jedenfalls war, daß sie den Leuten schon tausendmal gesagt habe, daß dieser Sommer nicht wichtig sei, daß man ihn übergehen und nicht weiter darüber nachdenken solle, weil er keine Bedeutung habe. Aber auf sie höre ja niemand, als habe sie keine Rechte, als sei ihre Meinung nichts wert. Dabei wisse sie doch alles, was man über den armen Gideon wissen müsse, da sie ihm jede Minute ihres Ehelebens geopfert habe ... Und so weiter und so weiter. Ich bin aufgestanden und wollte Reißaus nehmen.«

»Kann ich dir nicht verdenken, Fran.«

»Aber da ist sie erst richtig in Rage geraten. Die Papiere gehörten ihr, hat sie gebrüllt, und die Biographie könne ohne ihre Zustimmung nicht geschrieben werden und sie werde dafür sorgen, daß der Sommer '78 unerwähnt bliebe, denn sonst würde sie die Veröffentlichung verhindern, eine einstweilige Verfügung erwirken. Sie sei bitter enttäuscht von Dr. Maverack, man habe ihr versprochen, er sei ein diskreter Mann, und sie habe gedacht, er habe verstanden, daß die Biographie die Karriere eines großen modernen Denkers nachvollziehen und nicht die Trivialitäten seines Privatlebens breittreten solle ... Dann hat sie mich rausgeworfen.«

»Ohne handgreiflich zu werden?«

»Dazu habe ich es erst gar nicht kommen lassen. Ich habe einfach mein Jackett und Notizbuch gepackt und die Flucht ergriffen. Sie ist mir mit geballten Fäusten und schreiend bis zum Gartentor gefolgt.«

»Die Dame hat wohl eine Schraube locker. Pamela hat schon angedeutet, daß sie nicht ganz dicht ist.«

»Möglich.« Fran klang skeptisch. »Ich bin nicht sicher, Imogen. Es klingt irre, wenn ich es erzähle, und doch ...«

»Du hältst sie für völlig normal?«

»Natürlich nicht. Aber ich hatte nie den Eindruck, daß sie bei ihren Tiraden kopflos war. Sie ist nicht bekloppt! Hinter der Szene steckte System. Alles war dazu angetan, mich einzuschüchtern.«

»Und was schließt du daraus?«

»Gleich morgen früh informiere ich Professor Maverack. Ich

muß ihm meine Version erzählen, bevor sie ihn einseift. Außerdem müssen wir unbedingt herauskriegen, was in diesen Sommerferien wirklich passiert ist . . . Nichts auf der Welt kann mich davon abhalten.«

»Fran, dir muß doch klar sein, daß es unangenehm, ja sogar gefährlich sein kann, die Sache weiter zu verfolgen, oder?«

»Imogen, was steckt dahinter?« Fran wurde heftig. »Was zum Teufel könnte der alte Langweiler in diesen Ferien nur gemacht haben? Und das vor so langer Zeit?«

»Vielleicht hat er eine Bank überfallen?« vermutete Imogen. »Oder ein Kind gezeugt?«

»Du hast ja fast nichts gegessen«, bemerkte Fran unvermittelt. »Geht es dir gut?«

»Ich fühle mich nicht ganz wohl«, gestand Imogen. »Vielleicht sollte ich lieber gleich ins Bett gehen.«

»Hurra!« sagte Fran. »Die Stunde der Revanche ist gekommen. Endlich kann ich mal *dich* bemuttern! Ins Bett mit dir! Ich bringe dir gleich eine Wärmflasche.«

9

Grippe ist eine Heimsuchung. Glücklicherweise vergißt man von einem zum anderen Mal, wie übel es einen erwischen kann. Imogen hatte am nächsten Morgen Fieber und Gliederschmerzen und hütete das Bett. Fran hatte offensichtlich größeres Vergnügen daran, Imogen ihre Fürsorglichkeit heimzuzahlen als Mitleid mit ihrem Elend zu zeigen. Sie brachte der Kranken das Frühstück ans Bett – Toast und Marmelade und Milchkaffee – und kam anschließend mit einem feuchten Handtuch zurück, so daß sich Imogen etwas waschen konnte, ohne aufstehen zu müssen. Dann setzte sie sich in den blauen Korbsessel in einer Ecke von Imogens Schlafzimmer und fragte: »Kann ich dich kurz mal allein lassen?«

»Selbstverständlich. Ich schlafe mich einfach gesund.«

»Ich muß unbedingt Dr. Maverack erwischen und ein paar Dinge besprechen.«

»Ich bin okay. Viel Glück in der Höhle des Löwen . . .« Imogen war wieder eingenickt, bevor sie den Satz beenden konnte.

Anhaltendes heftiges Pochen an der Haustür weckte sie auf. Imogen erkannte, daß nicht nur der viktorianische Türklopfer mit Wucht bedient wurde, sondern daß jemand zusätzlich mit der flachen Hand gegen die Tür schlug. Sie schätzte die Chance, daß einer, der sich mit einer solchen Beharrlichkeit bemerkbar zu machen versuchte, in naher Zukunft aufgeben und unverrichteter Dinge abziehen würde, für sehr gering ein. Was zum Teufel war los? Brannte ihr Kamin? Imogen setzte sich mühsam auf und schlüpfte in die Hausschuhe. Dann ging sie auf wackeligen Beinen zur Zimmertür, nahm ihren Morgenmantel vom Haken und zog ihn an. Der Krach an der Haustür hielt unvermindert an. Gegen wachsendes Schwindelgefühl ankämpfend stieg sie die Treppe hinunter. Jeder Schritt schmerzte. Schon in gesundem Zustand wäre das Gehämmere an ihrer Tür beängstigend gewesen. Jetzt war sie nahe daran, in Panik zu geraten. Imogen schleppte sich daher zuerst ins Wohnzimmer, wo sie vom Erkerfenster aus in den Vorgarten sehen konnte.

Vor ihrer Haustür stand ein Mann und schlug gegen die Tür. Hinter ihm erkannte sie eine Frau in weitem, wehendem Mantel. Beide waren ihr unbekannt. Langsam und zögernd schlurfte Imogen zur Tür.

»Wer ist da?« rief sie.

»Machen Sie bitte auf!« forderte eine Stimme.

Imogen legte die Kette vor und öffnete die Tür einen Spaltbreit. Noch im selben Augenblick versuchte die Person draußen die Tür mit einem kräftigen Tritt aufzustoßen. Die Kette knirschte gefährlich in ihrer Verankerung.

»Wer sind Sie, und was wollen Sie?« erkundigte sich Imogen mit schwacher, zittriger Stimme.

»Wohnt hier eine Frances Bullion?« fragte die Frau.

»Ja. Sie ist nicht zu Hause.«

»Das ist nicht wichtig. Sie hat Dokumente in ihrem Besitz, die mir gehören«, erklärte die Frau. »Wir wollen sie abholen. Bitte lassen Sie uns rein. Sie brauchen uns nur Miss Bullions Wohnung zu zeigen. Wenn wir gefunden haben, was wir suchen, sind Sie uns sofort wieder los.«

»Sie wollen während Frans Abwesenheit ihre Wohnung durchsuchen und Sachen mitnehmen?« wiederholte Imogen. »Kommt nicht in Frage. Bitte gehen Sie!«

»Ich habe das Recht, mir mein Eigentum zurückzuholen!« behauptete die Frau. Imogen war plötzlich klar, wen sie vor sich hatte: Janet Summerfield.

»Dieses Haus ist *mein* Eigentum«, konterte sie. »Und Sie haben kein Recht, es ohne meine Einwilligung zu betreten.«

»Die Kette ist billig und wenig stabil«, drohte ihr Begleiter.

»Das wäre Hausfriedensbruch«, erklärte Imogen. »In Tateinheit mit Körperverletzung, falls Sie versuchen sollten, sich gegen meinen Widerstand Zutritt zu verschaffen. Und mit meinem Widerstand können Sie rechnen. Sollten Ihre Forderungen gegenüber Miss Bullion rechtmäßig sein, setzen Sie diese gefälligst auf legale Weise durch.«

Janet Summerfields Gesicht verzog sich zu einem gezwungenen Lächeln, das offenbar dem Zweck dienen sollte, Imogen arglos zu stimmen. »Hören Sie, das ist den Aufwand doch gar nicht wert«, säuselte sie. »Es ist alles ganz einfach, Miss Bullion hat Dokumente von mir geliehen. Ich möchte sie wiederhaben. Ich kann sie ohne weiteres identifizieren. Dazu müssen wir nicht die ganze Wohnung durchsuchen oder Schlösser aufbrechen. Ich nehme mir nur meine Papiere . . .«

»Vielleicht können Sie die Unterlagen identifizieren«, entgegnete Imogen kalt, »aber ich kann es nicht. Ich weiß nicht, was Ihnen und was Miss Bullion gehört. Außerdem kann ich nicht zulassen, daß Sie ohne Miss Bullions Zustimmung etwas aus ihrer Wohnung entfernen. Bitte gehen Sie!«

Die kalte Luft, die durch den Türspalt hereinkam, machte Imogen frösteln. Sie begann heftig zu zittern. Janet Summerfields Feindseligkeit war offensichtlich. Ihr namenloser Begleiter war ein muskulöser Kerl mit riesigen Fäusten. Die Intelligenz schien er nicht gerade gepachtet zu haben.

Dann nahte aus heiterem Himmel die Rettung für Imogen. Von der Straße rief eine Stimme: »Alles in Ordnung, Miss Quy?« Im selben Moment tauchte Simon, ihr ehemaliger Untermieter, mit drei Freunden hinter ihrer Gartentür auf. Sie waren allesamt junge, athletisch gebaute Männer. Simon schwang sich elegant über den Zaun und kam zur Tür.

»Gibt's Probleme?« erkundigte er sich bei Imogen.

»Die Herrschaften wollten gerade gehen«, sagte sie.

»Prima. Worauf warten Sie dann noch?« Einer von Simons Freunden, ein besonders kräftiger, breitschultriger Bursche, öffnete mit einer höflichen Verbeugung galant die Gartenpforte.

»Das letzte Wort ist noch nicht gesprochen!« zischte Janet Summerfield. »Wir kommen wieder!« Damit trat sie den Rückzug an. Ihr Begleiter folgte zögernd. Offensichtlich hätte er lieber die Tür eingetreten.

»Meine Güte, Imogen«, sagte Simon. »Wer war dieser Schlägertyp? Etwa der Gerichtsdiener? Ein Glück, daß wir gerade vorbeigekommen sind. Darf ich Ihnen Jason und Wace vorstellen?«

Imogen hakte die Kette aus und ließ die jungen Leute herein. »Kommt rein«, sagte sie. »Aber ihr müßt euch selbst versorgen. Ich will wieder ins Bett . . .« Sie schwankte.

»Stell Wasser auf, Jason«, sagte Simon, hob Imogen hoch, trug sie die Treppe hinauf und legte sie vorsichtig in ihr Bett. »Eine Wärmflasche und heiße Zitrone dürften das Richtige für Sie sein«, bemerkte er. »Wir legen die Kette vor die Tür und gehen nachher zur Hintertür raus. Besser wir warten damit noch ein paar Minuten. Nur für den Fall, daß das Schwergewicht zurückkommt. Was war eigentlich los?«

Imogen zog sich die Decke bis unters Kinn und kuschelte sich in die wohltuende Wärme ihres Bettes. »Sie wollten gar nicht zu mir, sondern zu Fran.«

»Das wird ja immer schöner«, sagte Simon. »Wir wohnen jetzt gleich in der Chedworth Street. Ich schreibe Ihnen die Telefonnummer auf. Für den Fall, daß Sie einen Knüppel aus dem Sack brauchen.«

»Danke. Sie sind ein Schatz. Sie hat der Himmel geschickt.«

»Für Heldenrollen bin ich wie geschaffen!« seufzte Simon. »Ruhen Sie sich jetzt erst mal aus, ja?«

Imogen lag noch eine Weile wach. Die Gliederschmerzen waren schlimmer geworden. Simon kam mit einem Becher heißer Zitrone und der Wärmflasche, die sie sich unter die Füße legte. Die Sonne tauchte ihr Zimmer in warmes vormittägliches Licht. Draußen auf der Straße hörte sie Schritte und gelegentlich ein Auto. Vom Parterre drangen die Stimmen von Simon und seinen Freunden und das Klappern ihrer Becher und Löffel tröstlich zu ihr herauf. Seit ihrer Kindheit liebte sie das Gefühl, allein in einem Zimmer zu liegen und die Stimmen und Geräusche der anderen zu hören. Sie merkte es jedoch nicht, als die jungen Leute gingen. Sie war längst wieder fest eingeschlafen.

Imogen wachte auf, und Fran war im Zimmer. Sie mußte gerade nach Hause gekommen sein, denn sie hatte noch ihr Jackett an. »Möchtest du was essen?« erkundigte sie sich. »Es ist Mittag.«

»Nein, aber was zu trinken«, antwortete Imogen. Ihre Kehle war trocken. »Wie war's beim Professor?«

»Unerfreulich«, sagte Fran. »Ich bringe dir einen Teller Suppe und erzähle dann alles.« Imogen setzte sich schwerfällig auf und wartete. Fran kam mit einer Schale Fleischbrühe, einem Glas Wasser und Aspirin zurück.

»Möchtest du sonst noch was?« erkundigte sie sich.

»Erzähl mir, wie's gegangen ist«, bat Imogen.

»Er war wütend auf mich. Stocksauer.«

»Und weshalb?«

»Weil ich Janet Summerfield ›belästigt‹ habe, wie er es nannte. Ich sei eindeutig zu weit gegangen, meinte er. Niemand erwartet von mir, daß ich eigene Nachforschungen anstelle. Ich solle lediglich das vorhandene Material zu einem Text verarbeiten. Er hat angeblick sein Wort gegeben, daß keinerlei unangenehme Ermittlungen durchgeführt werden. Ich hatte meine liebe Mühe, ihn zu überzeugen, daß ich ihr nicht gesagt habe, daß er die Biographie nicht selbst schreiben wollte. Allerdings . . .«

»Hattest du ihr genug erzählt, daß sie wußte, wo sie nach ihren Dokumenten suchen mußte, Fran«, fiel Imogen ihr ins Wort.

»Was soll das heißen? War sie hier?«

Imogen erzählte Fran von dem morgendlichen Auftritt vor ihrer Tür, verharmloste jedoch eher, als daß sie dramatisierte.

»Was soll ich jetzt nur machen?« Fran war niedergeschlagen. »Wenn Professor Maverack mich nicht deckt, gibt es eine Katastrophe. Dabei vertritt ausgerechnet er die Theorie, daß der Biograph dazu da ist, den Menschen die Masken vom Gesicht zu reißen und hinter die Kulissen ihrer Lügengeschichten zu sehen, die sie uns gewöhnlich auftischen.«

»Vielleicht hält er einen nicht weiter dokumentierten Urlaub für uninteressant.«

»Und was ist mit drei verschwundenen Biographen?« entgegnete Fran. »Warum ist das passiert, wenn die Sache nicht wichtig ist? Weißt du, zuerst hatte ich den Verdacht, daß er meinen Namen auf der Titelseite nicht erwähnen, das ganze Lob einheimsen und meine Arbeit nicht würdigen will. Allmählich frage ich mich, ob nicht das Gegenteil der Fall ist . . .«

»Wie meinst du das, Fran? Ich bin heute nicht die Hellste . . .«

»Ich meine damit, daß er möglicherweise die ganze Verantwortung für das Buch auf mich abwälzen und seinen Namen gar nicht dafür hergeben will. Das würde erklären, warum er seinen Prinzipien untreu wird.«

»Hör zu«, überlegte Imogen. »Ich glaube, du mußt die Dokumente aus Familienbesitz zurückgeben. Schließlich gehören sie Janet Summerfield. Aber du solltest dafür sorgen, daß von den Unterlagen der früheren Biographen nichts in ihre Hände gerät. Schließlich dürfte sie keinerlei Ansprüche auf Mark Zephyrs Akten oder May Swanns Notizbücher haben, oder? Sieh zu, daß du alles gründlich aussortierst, ja?«

»Meinst du, sie kommen zurück? Sie versuchen es wieder?«

»Keine Ahnung, was sie vorhaben«, sagte Imogen und gähnte schläfrig. Im nächsten Moment nickte sie wieder ein. Sie merkte nicht einmal, wie Fran das Zimmer verließ.

Am darauffolgenden Morgen fühlte Imogen sich besser – jedenfalls gut genug, um ein Bad zu nehmen, sich anzuziehen und für eine Weile hinunterzugehen. Die Gliederschmerzen waren überwunden. Trotzdem fühlte sie sich noch schwach und matt. Sie frühstückte eine Kleinigkeit und saß noch am Tisch, das Kreuzworträtsel aus der Zeitung gegen ein Marmeladenglas gelehnt, als es heftig an der Tür klopfte.

Sie machte auf. Draußen stand Janet Summerfield. Diesmal

wurde sie von einem Herrn im dunklen Anzug und einem Polizeibeamten begleitet. »Meine Klientin hat gestern einen Gerichtsbeschluß erwirkt«, eröffnete der Herr im Anzug Imogen. »Wir möchten einer gewissen Frances Bullion einen gerichtlichen Befehl überreichen. Ist Frances Bullion zu Hause?«

Fran war hinter Imogen die Treppe heruntergekommen. »Ja, das bin ich«, sagte sie prompt.

»Ich muß Ihnen eine gerichtliche Verfügung aushändigen«, erklärte der Mann im Anzug.

»In Ordnung«, erwiderte Fran und trat neben Imogen an die Tür. Aber Imogen streckte die Hand aus und verhinderte, daß Fran den länglichen Umschlag ergriff.

»Was ist das?« erkundigte sie sich.

»Das ist ein Gerichtsbeschluß, der Frances Bullion daran hindert, die strittigen Unterlagen zu vernichten, beschädigen, verändern oder an einen anderen Ort zu schaffen, bis ein Gericht über den Streit zwischen Janet Summerfield und besagter Frances Bullion entschieden ist. Er sichert die Rückgabe der Papiere in vollständigem und intaktem Zustand an Janet Summerfield, es sei denn, Frances Bullion kann vor Gericht glaubhaft darstellen, weshalb diese nicht zurückerstattet werden sollten.«

»Das ist alles gar nicht nötig«, erklärte Frances. »Ich weigere mich nicht, die Unterlagen zurückzugeben. Aber Mrs. Summerfield ...« Fran hob die Stimme und sprach Janet Summerfield direkt an. »Wenn Sie mir das Material für die Biographie wegnehmen, bevor die Arbeit fertig ist, kann ich für eine wissenschaftliche Korrektheit nicht garantieren.«

»In die Verlegenheit kommen Sie erst gar nicht«, erklärte Janet Summerfield. »Wir finden einen anderen Biographen.«

»Ich übergebe Ihnen damit diesen Schriftsatz, Miss Bullion«, sagte der Anwalt. »Sie müssen ihn nehmen. Bitte.«

Fran nahm den Umschlag, und die drei machten Anstalten zu gehen. »Was ist? Wollen Sie die Dokumente nicht mitnehmen?« erkundigte sich Fran. Damit steckte sie Imogen den Umschlag zu und rannte die Treppe hinauf.

»Wie kommt jemand dazu, Ihnen einen solchen Gerichtsbeschluß auszustellen? Miss Bullion hat sich nie geweigert, die Papiere zurückzugeben?« Diesmal zitterte Imogen nicht vor Schwäche, sondern vor Wut.

»Aufgrund der eidesstattlichen Erklärung meiner Klientin, daß eine Bitte um Rückgabe der Dokumente abgelehnt wurde, und sie sich bereit erklärt hat, mögliche Schäden zu übernehmen, falls sich ihre Sache als nichtig erweisen sollte –«

»Sie muß verrückt sein!« entfuhr es Imogen. »Die Herausgabe wurde ihr nur verweigert, weil Miss Bullion nicht zu Hause war, als sie kam . . .«

Fran stellte einen Karton mit Papieren auf die Türschwelle.

»Ist das alles?« fragte der Anwalt.

»Nein«, widersprach Fran. »Es gibt noch einen zweiten Karton. Ich hole ihn.«

»Wir möchten dafür eine Quittung«, erklärte Imogen einer plötzlichen Eingebung folgend.

»Woher sollen wir wissen, daß alles komplett ist?« entgegnete Janet Summerfield. »Sie kann Sachen zurückbehalten haben.«

»Diese Kartons«, sagte Fran und stellte den zweiten neben den ersten, »enthalten dreihundert und sechs Dokumente. Das gesamte Material, das der Verlag mir auf Dr. Maveracks Veranlassung übergeben hat.«

»Aber wir überlassen Ihnen die Sachen nur gegen eine schriftliche Quittung!« erklärte Imogen.

»Ich gebe keine Quittung für mein Eigentum!« wehrte Janet Summerfield ab.

»Die Forderung nach einer Quittung ist legitim. Sie sollten ihr entsprechen«, meldete sich der Gerichtsdiener in Uniform unvermittelt zu Wort. »Sie können eine Quittung über zwei Kartons mit ungeprüftem Inhalt über dreihundertsechs Dokumente ausstellen.«

»Ich . . .« begann Janet Summerfield.

»Tun Sie lieber, was ich Ihnen sage«, wiederholte der Gerichtsdiener mit steinerner Miene. »Wir kriegen Schwierigkeiten vor Gericht, wenn die Tatsachen Ihrer eidesstattlichen Erklärung nicht entsprechen. Falls Sie sich unvernünftig verhalten, gelten Sie nicht als glaubhafte Zeugin . . .« Dabei schrieb er etwas in sein Notizbuch, riß die Seite heraus und reichte sie Janet Summerfield zur Unterschrift.

Damit war der Spuk vorbei. Fran hielt die Quittung in der Hand. Die Kartons wurden zum Mercedes getragen, der am Straßenrand parkte.

Imogen machte die Haustür zu. »Ist sowieso zu spät«, seufzte Fran. »Ich habe alles gelesen und von den brauchbaren Unterlagen Kopien angefertigt. Und ich werde eine angemessene Biographie über Gideon Summerfield schreiben, darauf kannst du Gift nehmen, Imogen. Und wenn sich die Witwe, der Professor mit dem Heiligenschein oder der ganze verdammte Verlag Recktype & Diss auf den Kopf stellen!«

»Oder ich«, ergänzte Imogen.

»Oder du!« sagte Fran in einem Ton, der keinen Widerspruch zuließ.

10

Nach einer überwundenen Grippe stellt sich meist ein seelisches Tief ein. Imogen fühlte sich nicht fit genug, um aufzustehen, und nicht schlecht genug, um im Bett zu bleiben. Fran hatte sich in ihre Mansarde zurückgezogen. Die Post brachte drei Werbesendungen und eine Vorladung – die schriftliche Aufforderung der Universität, nach Ablauf von zehn Tagen vor dem Disziplinargericht zu erscheinen. Imogen starrte bewegungslos auf das Schreiben. Sie nahm es beinahe teilnahmslos zur Kenntnis. Nach den dramatischen Auftritten von Janet Summerfield konnte sie sich nicht einmal mehr über die Dreistigkeit des Studenten erregen, der sie für sein Fehlverhalten verantwortlich zu machen versuchte.

Einem plötzlichen Impuls folgend zog sie ihren Mantel an und ging aus dem Haus. Es war ein herrlicher Tag. Sie marschierte bis zum Ende der Straße, um dort den Fußweg nach Grantchester einzuschlagen. Natürlich hatte sie nicht vor, sich am ersten Tag der Besserung zu übernehmen. Nur ein Stück weit wollte sie spazierengehen. Sie hatte gerade die erste Weide erreicht, auf der ein paar Ponys standen und wo sich hinter der Wegbiegung der Blick auf die Weiden und den mäandrierenden Fluß öffnete, als sie erschöpft innehielt. Sie beschloß umzukehren. In diesem Augenblick sah sie, wie sich Shirl und Pansy aus der entgegengesetzten Richtung auf der Straße ihrem Haus näherten. Sie winkte ihnen zu, und sie blieben stehen. Imogen hatte die Verabredung völlig vergessen.

»Du siehst ja schrecklich aus, Imogen«, begrüßte Pansy sie. »Ist es nicht etwas unvernünftig, in dem Zustand spazierenzugehen?«

»Eigentlich schon«, sagte Imogen. »Aber ich habe auch schon genug. Kommt mit! Fangen wir gleich an.«

»Geht es dir denn gut genug?« erkundigte sich Shirl. »Hast du Grippe?«

»Ist schon wieder vorbei. Bin nicht mehr ansteckend.«

»Wir brauchen deinen Rat. Zwölf Musterblocks sind fertig. Die müssen wir in die richtige Reihenfolge bringen und die Ränder entwerfen.«

»So ein bißchen beratend zu wirken hat noch keinen umgebracht«, erwiderte Imogen lächelnd. »Der Tisch im Wohnzimmer ist frei. Breitet alles aus.«

Aber der Tisch war nicht groß genug. Als Fran eine halbe Stunde später herunterkam, krochen die drei Damen zwischen Patchworkblocks auf dem Fußboden herum.

»Donnerwetter«, sagte Fran. »Was ist denn hier los? Das Sternmuster gefällt mir.«

»Einzeln betrachtet sehen sie wie Windrosen aus«, bemerkte Pansy. »Aber paß mal auf, was passiert, wenn du die Blocks aneinanderlegst.« Sie deutete auf eine Stelle, wo mehrere Musterblocks bereits zusammengefügt worden waren. Die Wirkung war verblüffend. Der Stoff, der den Hintergrund bildete, schien sich plötzlich an den Ecken der Blocks kaleidoskopähnlich in kleine geometrische Teile aufzulösen; schmale Dreiecke tauchten zwischen den Spitzen der Mustersterne auf, fügten sich wieder zusammen, sobald sie aneinandergelegt wurden, und ließen klare Sterne zwischen dem dominierenden Muster entstehen. Auf diese Weise bot sich das Quiltmuster dem Betrachter entweder als eine Ansammlung bunter Windrosen auf einfarbigem Grund oder als ein Teppich aus schlichten Sternen in einem komplizierten geometrischen Mosaik von Farben. Je nachdem, worauf sich das Auge des Betrachters konzentrierte, kam das eine oder andere visuelle Bild zustande.

»Wow!« entfuhr es Fran. »Was für ein Quilt! Einfach phantastisch! Ich hatte ja keine Ahnung . . .«

»Gut, was?« sagte Shirl selbstgefällig.

»Wirklich gut«, bestätigte Fran. »Meine Großmutter hat Quilts gemacht, und ich dachte, alle müßten wie diese aussehen. Sie hat immer dieselbe Formen, aber in unterschiedlichen Farben zu Mustern verbunden. Ich hatte keinen Schimmer, daß man visuelle Effekte dieser Art damit erzielen kann.«

»Der hier ist für den Basar vom Roten Kreuz«, warf Pansy ein. »Hast du Lust mitzumachen?«

»Sofort. Sagt mir, was ich tun kann.«

»Wir müssen noch eine passende Umrandung aussuchen«, antwortete Pansy. »Schau mal nach, welche Stoffe wir dafür benützen könnten, und rechne aus, wieviel wir insgesamt brauchen. Dann kannst du die entsprechenden Musterschablonen aus Pappe machen und die Formen ausschneiden. Wenn du soweit bist, muß eine jeweils gleiche Anzahl von Formen und Farben auf die Plastiktüten für unser Team verteilt werden.«

»Mehr nicht?« Fran lachte. »Gebt mir lieber eine einfachere Aufgabe. Ich glaube, ihr traut mir zuviel zu.«

»Wie wär's, wenn du die Stoffreste für uns bügelst? Das macht das Ausschneiden einfacher«, schlug Imogen vor.

»Haben alle Vorlagen solche Musterwiederholungen wie diese hier?« erkundigte sich Fran und betrachtete von ihrem Platz hinter dem Bügelbrett nachdenklich das Arrangement auf dem Teppich.

»Es gibt viele unterschiedliche Effekte«, antwortete Shirl. »Aber jedes Muster wiederholt sich. Das Muster deiner Großmutter hat sich mit jeder einzelnen Form wiederholt. Dieses hier wiederholt sich mit jedem Block. Es gibt auch Muster, die erst nach jedem zweiten oder dritten Block erneut auftauchen . . .«

Und nach und nach arbeitete sich Fran vom Bügeln zum Aufzeichnen der Muster und Ausschneiden der Formen hinauf. Die Frauen arbeiteten fleißig und unterhielten sich dabei. Irgendwann kam die Rede auf die Summerfield-Biographie und die dramatischen Auftritte von Janet Summerfield. Fran vermied es, wie Imogen bemerkte, die früheren Biographen zu erwähnen, sprach jedoch offen über das Rätsel jenes ungeklärten Sommers im Jahr 1978. Da ließ Pansy plötzlich eine kleine Bombe platzen.

»Also, wenn ich etwas über den alten Gideon wissen wollte, würde ich Melanie fragen«, sagte sie.

»Welche Melanie?« erkundigte sich Fran.

»Melanie Bratch. Sie war jahrelang seine Geliebte. Sie könnte was wissen.«

Fran stand wie vom Donner gerührt, die Schere in der Hand, und starrte Pansy an. »Er hatte eine Geliebte?« fragte sie.

»Mehr als eine, der alte Lustmolch. Aber Melanie war sozusagen seine Nebenfrau.«

»Aber ... in den Papieren, von denen ich euch erzählt habe, gibt es nicht einen Hinweis darauf.«

»War wohl ein perfekt gehütetes Geheimnis«, warf Imogen ein.

»Kann man nicht gerade behaupten. Er kam einmal pro Woche zu ihr zum Tee. Und wenn er keine Zeit hatte, hat Janet bei ihr angerufen und einen anderen Termin für ihn vereinbart. Komische Konstellation, aber Melanie schien das nichts auszumachen. Außerdem war sie mehr als einmal mit den beiden in den Sommerferien. Zum Beispiel wenn das Paar ein Sommerhaus in der Toskana gemietet hatte. Ob man das nun frivol oder besonders modern findet, kommt wohl auf den Standpunkt an.«

»Pansy, woher weißt du denn das alles?« fragte Imogen.

»Melanie ist meine ... eine meiner besten Freundinnen.«

Fran wandte sich an Imogen und runzelte die Stirn. »Janet Summerfield muß die entsprechenden Unterlagen zurückbehalten haben. Sie hat sämtliche Hinweise auf seine Geliebte verschwinden lassen ...«

»Warum dann dieser Zirkus wegen den Dokumenten, die sie zurückhaben wollte, wenn sie alles Interessante längst aussortiert hatte?«

»Vermutlich hatte sie was übersehen ...« Fran hielt verblüfft inne. »Aber was kann das gewesen sein? Da war nichts ... Ich hatte nicht den Schimmer eines Verdachts.«

»Pansy, bist du deiner Sache ganz sicher?« fragte Shirl.

»Absolut. Melanie war verrückt nach ihm.«

»Sie hat nicht zufällig geschwindelt?«

»Über zehn Jahre lang? Warum sollte sie? Wäre verdammt anstrengend gewesen. Aber fragt sie doch selbst!«

»Worauf ihr euch verlassen könnt«, erklärte Fran. »Wo wohnt sie?«

»In der Histon Road. Sie hat Jahre in Buckden gelebt, aber dann ist sie in ein Seniorenheim gezogen. Ich habe die Adresse.« Pansy zog ihr Adreßbuch aus der Handtasche. In ihrem Eifer, die Anschrift zu notieren, ließ Fran das Bügeleisen auf einem Stoffflicken stehen und verbrannte ihn.

Shirl tadelte sie lächelnd und schnitt den versengten Stoffteil ab.

»Ich weiß nicht, was ich davon halten soll«, sagte Fran später zu Imogen, als sie die Fäden und Stoffschnipsel im Wohnzimmer aufräumten, nachdem Shirl und Pansy gegangen waren. »Immerhin ist diese Geliebte bisher das einzig Interessante an dem großen Gideon.«

11

Aufgrund ihrer Grippeerkrankung war Imogen etliche Tage nicht im College gewesen, wo sie ein hoher Stapel von Formularen erwartete, die die neuen Studenten ausgefüllt hatten. Sie arbeitete den ganzen Vormittag eisern daran, diese durchzusehen, sie auf medizinisch relevante Informationen zu prüfen und in Akten abzulegen. Um zwölf Uhr mittags war sie erschöpft. »Geschieht dir recht, Imogen«, schalt sie sich. Jeden anderen warnte sie stets davor, sich nach einer Grippe nicht zu schonen. Sie beschloß daher spontan, ihr Privileg zu nutzen und sich bei einem Drink im Gemeinschaftsraum des Lehrkörpers zu erholen.

Der Gemeinschaftsraum lag im viktorianischen Flügel des College. Die Fenster des eleganten, lichten Raums führten auf jenen Teil des Gartens hinaus, in dem der Castle Mound lag. Die Sonne sandte ihre warmen Strahlen durch die hohen Scheiben, in deren schräg einfallendem Licht feine Staubpartikel wie winzige Insekten tanzten. Der Raum bot den anonymen Komfort eines guten

Clubs. Auf einem Tisch lagen sämtliche nationalen Zeitungen einschließlich der letzten Ausgabe der *Cambridge Evening News.*

Imogen schenkte sich aus einer großen Auswahl an Karaffen am Buffet einen Sherry ein, nahm sich den *New Scientist*, der auf der Titelseite einen Artikel über den Pollenflug von einem Mitglied des College versprach, und setzte sich in einen der tiefen, bequemen Sessel. Sofort erhob sich eine Gestalt am entgegengesetzten Ende des Raumes aus einem Sessel und kam auf sie zu. Es war Professor Maverack. Imogen hielt den Blick auf die Zeitschrift gesenkt. Obwohl sie vorgab, in einen Artikel vertieft zu sein, konnte ihr kaum entgehen, daß er sich ihr gegenüber niederließ und sagte: »Darf ich mich zu Ihnen setzen?«

Imogen nickte. Schließlich hatte er bereits Platz genommen.

»Wie ich erfahren habe«, begann er, »wohnt Frances Bullion bei Ihnen zur Untermiete.«

»Das ist richtig«, antwortete Imogen.

»Ich nehme an, Sie haben ein freundschaftliches Verhältnis zu ihr?«

»Das möchte ich doch meinen«, erwiderte Imogen kühl und sah ihm direkt in die Augen.

»Verzeihen Sie, wenn ich aufdringlich wirke. Ich habe mich ehrlich gesagt ein wenig umgehört. Ich suche jemanden, der Einfluß auf Miss Bullion hat. Und Dr. Bent hat Sie genannt.«

»Sie sind doch so etwas wie ihr Doktorvater, oder?« konterte Imogen. »Haben Sie denn keinen Einfluß auf sie?«

»Nicht genug«, sagte er. »Ich falle ungern mit der Tür ins Haus, aber ich muß mit jemandem über Miss Bullion sprechen. Die Angelegenheit ist heikel. Das ist mir klar. Aber ...«

Imogen wurde neugierig. »Mit mir kann man immer reden«, erklärte sie etwas freundlicher. »Das gehört zu meinem Job.«

»Danke«, murmelte er. »Ich fürchte nämlich, Miss Bullion ganz unabsichtlich in Schwierigkeiten gebracht zu haben. Aber vielleicht ist das nur Einbildung. Hoffentlich ... aber ...« Er verstummte und machte ein unglückliches Gesicht.

»Dr. Maverack«, sagte Imogen streng. »Sie wollen doch hoffentlich damit nicht sagen, daß Sie Frances die Summerfield-Biographie gegeben haben, obwohl Sie wußten, daß das mit Gefahr für

Leib und Leben verbunden sein könnte. Sollte dem so sein, was erwarten Sie dann eigentlich von mir ... ihrer Freundin?«

Maverack schien seltsam erleichtert zu sein. »Ich muß offenbar weniger erklären, als ich angenommen habe«, begann er. Er sah sich um, um sich zu vergewissern, daß sie niemand hören konnte. »Bitte glauben Sie mir ... Ich hatte nicht die Absicht, sie in Gefahr zu bringen. Ich dachte, sie könne das Geld gebrauchen. Natürlich wußte ich, daß bei diesem Projekt Probleme aufgetreten waren. Aber ich hatte keine Ahnung, welcher Art. Eigentlich kann ich noch immer nicht glauben ... Vermutlich bilde ich mir das alles nur ein ...« Er runzelte die Stirn. »Frances hat mich in doppelter Hinsicht überrascht. Einmal ist sie auf die Existenz von einer ganzen Reihe von Biographen gestoßen, die vor ihr an dem Projekt gearbeitet haben. Ich zum Beispiel wußte nur von einem Vorgänger. Gestern habe ich von ihr erfahren, daß es drei gewesen sind ... drei! Zum anderen hält sie sich nicht an meine Anweisungen. Immerhin hat sie einen Forschungsauftrag von mir. Ich hätte schon erwartet, daß sie sich danach richtet, wenn ich ihr sage, daß sie gewisse Dinge übergehen, keine schlafenden Hunde wecken soll. In jeder Biographie gibt es ungeklärte Punkte. Statt dessen hat sie klargemacht, daß sie, entgegen meinem ausdrücklichen Rat, weiter und unter allen Umständen ›nach der Wahrheit‹ suchen will – wie sie sich ausdrückte.«

»Und ich soll Fran nun von weiteren Nachforschungen abhalten? Finden Sie nicht, daß diese Hingabe an die Wahrheitsfindung erst den guten Wissenschaftler ausmacht? Sollten Sie Fran daher nicht lieber ermuntern als bremsen?«

»Ich gehe davon aus, daß Sie von Statistik keine Ahnung haben«, bemerkte Maverack. »Aber wie hoch ist Ihrer Ansicht nach die Chance, daß es sich um einen reinen Zufall handelt, daß drei Personen auf die eine oder andere Art von der Bildfläche verschwunden sind, während sie sich allesamt mit demselben Problem befaßt haben?«

»Das ist in der Tat sehr merkwürdig«, stimmte Imogen ihm zu. »Genaueres weiß ich allerdings nur über Mark Zephyr. Und er ist an Meningitis gestorben. Wie das mit seiner Arbeit an der Biographie zusammenhängen soll, ist mir schleierhaft.«

»Ich kenne die Hintergründe dieser Verkettung von Mißgeschikken wirklich nicht«, sagte Maverack. »Sollte da jedoch ein Zusammenhang bestehen, scheint mir die Arbeit an dem Summerfield-Buch gefährlich zu sein. Und Miss Bullion ... Ich habe da ein ausgesprochen ungutes Gefühl.«

»Dr. Maverack«, sagte Imogen. »Warum haben Sie diese Aufgabe eigentlich einer Doktorandin aufgehalst, anstatt sie selbst zu erledigen?«

»Sie meinen, das wirft ein schlechtes Licht auf mich? Da haben Sie recht. Das ist Ironie des Schicksals. Ich habe die Sache für langweilig gehalten. Beruflich interessiert mich an Biographien, daß man mit Lügen und Falschheiten aufräumen kann. Ich will irreführende Idealisierungen aufdecken, den betreffenden Menschen so darstellen, wie er wirklich war. Und ich war der Meinung, daß der alte Summerfield dafür nichts hergibt. Ich hielt ihn für viel zu phantasielos, um die übliche Fassade falscher Selbstachtung aufgebaut zu haben. Ich habe mich bei einigen Mathematikern erkundigt und erfahren, daß seine Entdeckung auf dem Gebiet der Geometrie als eine ehrliche und gute Arbeit gilt ... Penrose hat diese komischen Muster entdeckt, die sich zwar nicht endlos in jede Richtung fortsetzen, dafür jedoch eine geradezu verblüffende Dimensionalität gewinnen, wenn man sie um die eigene Achse dreht. Jedenfalls sollen diese Muster ein großer Spaß sein. Summerfield hat eine neue Variante entdeckt. Schattenheptagone. Auch amüsant.«

»Und daran ist nicht zu rütteln?«

»Jedenfalls sicher nicht von einem mathematischen Laien.«

Beide schwiegen nachdenklich.

»Dr. Maverack ...« begann Imogen schließlich.

»Sagen Sie doch Leo zu mir. Dr. Maverack klingt so ungewohnt.«

»Warum? Steckt nichts hinter Ihrem Doktortitel? Ist er auch nur Fassade?« bemerkte Imogen unfreiwillig belustigt. Er errötete. »Leo, sollten wir die Polizei einschalten?«

»Das habe ich schon versucht. Ich habe mit einem jungen Polizeibeamten gesprochen und ihm meine Ausführungen schriftlich zukommen lassen. Er wollte es an die Beamten weiterleiten, die mit den entsprechenden Ermittlungen befaßt sind. Leider scheinen die Herren mich nicht ernst zu nehmen.«

»Hm. Janet Summerfield jedenfalls scheint wild entschlossen –«

»Aber gerade sie will doch diese Biographie. Sie drängt leidenschaftlich darauf, daß sie noch rechtzeitig zur Verleihung des Waymark-Preises herauskommt«, seufzte er.

»Und falls es irgendein dunkles Geheimnis in Summerfields Leben gibt, will sie, daß es im dunkeln bleibt?«

»Welches dunkle Geheimnis?«

»Seine Geliebte zum Beispiel«, half ihm Imogen.

»Ach das. Aber jeder, der ihn gekannt hat, wußte davon. Keiner konnte erwarten, daß das geheim bleibt.«

»Fran hat gesagt, daß nichts, absolut nichts in den Unterlagen, die sie bekommen hat, auf eine Geliebte hindeutet. Sie hat es rein zufällig herausbekommen.«

»Wirklich? Wie komisch. Die Sache mit Melanie muß man doch nicht vertuschen . . . schon gar nicht in unserer Zeit. War doch eher eine Schmuckfeder, die sich der alte Gideon an seinen Hut geheftet hat . . . Melanie war eine ungewöhnlich schöne Frau.«

»Sie haben sie gekannt?«

»Ich habe sie alle gekannt . . . früher. Vor langer Zeit, als wir alle noch jung waren. Bevor ich nach Amerika ging. Hören Sie, Imogen. Was auch immer dahintersteckt, es ist das beste für Frances, wenn sie so schnell wie möglich ein Manuskript abliefert, das auf Wertungen jeder Art verzichtet. Sie muß damit aufhören, weiter im trüben zu fischen. Dann kann ihr nichts passieren, und wir brauchen uns keine Sorgen zu machen. Sie war völlig aus dem Häuschen, als ich ihr das gesagt habe. Ich hoffe inständig, daß Sie sie zu Vernunft bringen.«

»Ich kann es versuchen. Die Aussicht auf Erfolg ist allerdings gering. Sie ist sehr eigenwillig.«

»Wem sagen Sie das?« seufzte er mutlos.

Imogen stand auf. Ein gedämpfter Gong kündigte das Mittagessen an. Sie hatte sich entschlossen, in der Mensa zu essen. Leo Maverack war ihr nicht unsympathisch. »Ich habe einen Freund bei der Kripo«, begann sie unvermittelt. »Ich versuche herauszufinden, ob Ihre Aussage in den Müll gewandert ist oder ob was unternommen wird.«

»Gute Idee.« Dr. Maverack hievte sich aus den tiefen Polstern seines Sessels. »Wäre gut zu wissen. Aber die Hauptsache ist, Frances zu schützen, für den Fall . . .«

»Daß Vorsatz statt Zufall am Werk ist?«

»Richtig.«

»Ich tu, was ich kann«, versprach sie.

Später, als Imogen das College verließ und durch den Torbogen schlenderte, entdeckte sie am schwarzen Brett die Ankündigung einer Sondervorlesung im Mill-Lane-Auditorium von Dr. Holly Portland über die Datierung von bedruckten Seiden- und Baumwolltextilien aus dem achtzehnten und neunzehnten Jahrhundert. Imogen blieb stehen und notierte sich Datum und Zeit. Der Vortrag interessierte sie. Sie nahm sich vor, Shirl und Pansy Bescheid zu sagen.

Imogen hatte erwartet, daß das Gespräch mit Fran schwierig werden würde. Auf einen Eklat allerdings war sie nicht gefaßt gewesen. Bereits nach wenigen Minuten hatte Fran ihr das Geständnis entlockt, daß sie mit Professor Maverack gesprochen hatte. Ihre Miene wurde starr, ihr Blick war eiskalt.

»Ach ja? Und wann können wir mit deiner Monographie über den Beitrag von Vermieterinnen zur Wissenschaft der Biographie im zwanzigsten Jahrhundert rechnen?«

»Fran . . .«

»Imogen, hier handelt es sich nicht um einen medizinischen Notfall. Schuster bleib bei deinen Leisten. Laß die Finger von Dingen, von denen du keine Ahnung hast. Und hör gefälligst auf, mich zu bevormunden. Ich weiß am besten, was ich tun muß.«

»Fran, jetzt beruhige dich erst mal . . .«

»Du besitzt die Frechheit, hinter meinem Rücken mit meinem Doktorvater über mich zu tratschen, und ich soll mich beruhigen?«

»Fran!«

»Wäre schon schlimm genug, wenn du meine Mutter wärst, Imogen. Aber wir sind nicht mal entfernt verwandt. Also kümmere dich gefälligst um deine Angelegenheiten, ja?«

Damit stürmte Fran aus dem Zimmer und knallte die Tür hinter sich zu.

»Heiliger Strohsack!« seufzte Imogen und ließ sich in den nächstbesten Sessel fallen. Bevor sie in düstere Grübeleien versinken konnte, klingelte das Telefon.

»Ich bin wieder da.« Es war Mikes Stimme. »Wie wär's mit einem kleinen Mittagessen und einem Spaziergang?«

»Riesig gern, Mike. Wann? Nächsten Sonntag?«

»Lieber gleich heute, wenn du willst.«

»Hast du keinen Dienst?«

»Ich habe noch ein paar Tage frei, um mich vom Urlaub zu erholen. Ist mit dir alles in Ordnung, Imogen? Du klingst so komisch. Ich hatte etwas mehr Begeisterung erwartet.«

»Mike, natürlich freue ich mich. Du hast nur gerade einen ungünstigen Zeitpunkt erwischt. Aber das hat nichts mit dir zu tun. Wo treffen wir uns?«

»Klingt, als könntest du Aufheiterung gebrauchen. Wenn es nichts mit mir zu tun hat, hat es dann was mit verschwundenen Personen zu tun?«

»Indirekt ja. Ich erzähle dir alles weitere auf unserem Spaziergang.«

»Natürlich kann ich rauskriegen, ob jemand Professor Maveracks Bericht bearbeitet«, erwiderte Mike. »Aber ich bin ziemlich sicher, daß sein Eindruck richtig ist. Sie haben seine Aussage aufgenommen, um ihn zu beruhigen. Jetzt verrottet das Protokoll in irgendeinem Aktenordner.«

Sie standen oben auf dem Linton Hill vor dem Wasserturm und genossen die herrliche Aussicht.

»Aber Mike, warum? Warum interessiert das die Polizei nicht?«

»Aufgabe der Polizei ist es, Verbrechen aufzuklären, nicht Rätsel zu lösen.«

»Aber es könnte sich durchaus um ein Verbrechen, sogar um mehrere Verbrechen handeln.«

»Ich bitte dich, Imogen. Wir brauchen Fakten. Und was habt ihr? Ein paar komische Zufälle. Und die Sorge, daß deiner Freundin etwas zustoßen könnte.«

»Aber –«

»Geduld, Geduld. Sollte Ian Goliard etwas zugestoßen sein, was wir nicht wissen, sollte das Verschwinden von May Swann nicht freiwillig gewesen sein und sollte der Tod von Mark Zephyr keine natürliche Ur –«

»Das habe ich nie behauptet. Gehirnhautentzündung ist –«

»Aber du implizierst das. Also, falls es sich um Verbrechen handelt, dann ist das Motiv des Täters ungewöhnlich . . . geradezu bizarr. Es ist absolut nicht mit den Motiven vergleichbar, mit denen sich die Polizei normalerweise befaßt – wie zum Beispiel Lust, Eifersucht, Geld, Rache oder Wut. Es ist auch nicht Notwehr. Es ist irgendeine geheimnisvolle Geschichte, die was mit einer Biographie zu tun hat. Mit der Biographie eines toten Universitätsprofessor, mit einem langweiligen und rechtschaffenen Leben. Ehrlich, Imogen, das klingt alles schon verdammt weit hergeholt.«

»Ich verstehe. Und wenn Frances was zustößt? Was dann?«

»Dann stehen wir dumm da, das stimmt.«

»Drei Tote können Zufall sein, aber ein vierter . . .«

»Aber wir haben nicht drei Leichen, meine Liebe! Deine May Swann kann jeden Moment auftauchen . . . tot oder lebendig. Und wer weiß, was mit Ian Goliard passiert ist? Vielleicht hat er im Lotto gewonnen und sich nach Florida abgesetzt.«

»Könnte man das herausbekommen?«

»Möglich. Also gut, ich versuch's. In Ordnung? Was ist, willst du gar nicht wissen, wie mein Urlaub war?«

12

»Es tut mir leid«, sagte Fran.

»Nein, ich muß mich entschuldigen«, sagte Imogen.

»Aber ich wollte nicht . . .« begannen beide gleichzeitig. Sie lachten.

»Natürlich habe ich kein Recht, mich einzumischen«, erklärte Imogen.

»Seit wann darf sich die beste Freundin keine Sorgen mehr machen?« entgegnete Fran. »Ich bin nur ziemlich nervös. Ich bin so entschlossen, mich nicht einschüchtern und zwingen zu lassen, eine schlechte Arbeit abzuliefern, daß ich beim geringsten Widerstand anfange, wild um mich zu schlagen.«

»Gut getroffen«, murmelte Imogen. »Trotzdem, war schon in Ordnung, daß du mir einen Schuß vor den Bug verpaßt hast.«

»Vergessen wir's. Ich muß dir eine Menge erzählen«, seufzte Fran.

Es war ein schöner Morgen. Die beiden Frauen traten aus der Küchentür in den kleinen Garten. Dort setzten sie sich auf eine verwitterte Holzbank an der Südseite unter dem Küchenfenster. Eine Kletterrose an der Hausmauer trieb noch ein paar späte Blüten. Sie schlossen die Augen und wandten das Gesicht der warmen Oktobersonne zu.

»Ich bin bei Melanie gewesen«, verkündete Fran.

»Und?« fragte Imogen. Sie setzte sich auf.

»Ich habe viel erfahren. Sie hat geredet ... ohne Punkt und Komma. Ich hatte Mühe, mich wieder loszueisen.«

»Erzähl schon!«

»Sie hat Summerfield ein ganzes Leben lang gekannt. Schon aus der Zeit vor dem Studium aus dem Tennisclub in Palmer's Green. Sie war ihm durchaus zugetan, hatte aber noch zahllose andere Verehrer. Als er nach Cambridge ging, hat sich Janet ihren Gideon geschnappt. Trotzdem haben sich ihre Wege wieder gekreuzt. Offenbar hielt der Freundeskreis um Gideon Summerfield zusammen wie Pech und Schwefel. Professor Maverack hat bis zu seiner Übersiedlung in die Staaten ebenfalls dazugehört. Hast du das gewußt?«

»Er hat es erwähnt«, sagte Imogen.

»Du hast nichts davon erzählt –«

»Du hast mir nicht die geringste Chance dazu gegeben. Also weiter.«

»Ein anderer Freund aus dieser Clique war Ian Goliard.«

»Interessant. Die Dinge verdichten sich.«

»Kann man wohl sagen. Melanie weiß eine ganze Menge über Ian Goliard.«

»Zum Beispiel auch wo er steckt?«

»Nein. Aber sie weiß, daß er als erster an dieser unseligen Biographie gearbeitet hat, sozusagen als Hommage an einen alten

Freund. Offenbar ist Goliard ein reicher Mann. Ihm ging es nicht ums Geld. Aber dann hat er die Idee schnell aufgegeben. Wie Melanie erzählt, war Janet geradezu eine Heimsuchung für den guten Ian. Sie hat ihn mit Familiendokumenten, Fotos, alten Notizbüchern und weiterem eingedeckt, bis er keine Luft mehr bekam. Das Material jedenfalls hätte für eine Enzyklopädie gereicht. Goliard dagegen hatte sich einen schmalen Band vorgestellt, der nur dem Beitrag des großen Gelehrten zur Wissenschaft gewidmet sein sollte ... Janet dagegen verlangte von ihm ein umfassendes Werk. Jede Wäscheliste ihres Giddys hatte sie zu diesem Zweck aufbewahrt.«

»Wessen Wäschelisten?«

Fran lachte. »Klingt blödsinnig, was? Ich habe mir Summerfield immer als den Prototyp des Machos vorgestellt, und sie nennt ihn ›Giddy‹! Wo war ich stehengeblieben?«

»Bei Goliard, der gezwungen war, Wäschelisten zu studieren ...«

»Richtig. Völlig durchgedreht ist Janet Summerfield wohl, als Goliard vorschlug, Giddys Karriere anhand der Orte zu rekonstruieren, die in seinem Leben eine Rolle gespielt haben. Melanie behauptet, Goliard habe eine sehr poetische Ader. Sie vermutete, daß er sich mehr auf die Schilderung der Landschaften und Orte – also auf die Kulisse von Summerfields Leben – konzentrieren wollte, denn darin lag das eigentlich Interessante. Als jedenfalls klar wurde, daß Janet das verhindern wollte, hat er sich ins Ausland abgesetzt, hat dem Verleger den ganzen Kram vor die Füße geworfen. Melanie weiß das alles, weil Goliard sie gebeten hat, das Material an den Verlag zurückzuschicken.«

»Und wo ist er hin?«

»Vermutlich nach Ostasien. Er ist reich. Er hat überall Freunde. Wer ihn erreichen will, muß an seine Bank in London schreiben.«

»Damit ist die Vorgeschichte dieser Biographie komplett. Jetzt wissen wir über jeden Bescheid, der daran gearbeitet hat.«

»Richtig. Und mir ist klarer denn je, daß es etwas geben muß, das Janet Summerfield um jeden Preis geheimhalten möchte ...«

»Etwas, das mit einem bestimmten Ort zusammenhängen muß«, ergänzte Imogen.

»Mit dem Ort, wo er den Sommer 1978 verbracht hat? Sieht ganz so aus, oder?«

»Hast du Melanie danach gefragt? Was hat sie gesagt?«

»Sie war sehr hilfreich. Trotzdem bringt es mich nicht weiter.«

»Wie soll ich das verstehen?«

»Offenbar sind sie immer alle zusammen in den Urlaub gefahren.«

»Alle?«

»Janet, Giddy und Melanie – sie nannten sie Melon –, Ian und mehrere andere Freunde aus den Cambridger Zeiten. Dazu jemand namens Meredith und einmal auch unser guter Maverack. Sie haben meist ein Chalet in den Alpen oder ein Cottage in Exmoor oder im Seendistrikt gemietet, haben mit Wein und Schinken und dem Scrabble-Brett – Gideon muß ein fanatischer Scrabble-Spieler gewesen sein – die Tage verbracht, haben sich nachts kreuz und quer durch alle Betten geschlafen, sind spät aufgestanden und haben nachmittags Wanderungen gemacht. Der alte Giddy hat diese Ferien gewöhnlich die ›Sommerorgien‹ genannt.«

Etwas an Frans Ton ließ Imogen fragen: »Und wie findest du das? Ich meine diese Art zu leben?«

»Bedauernswert.«

»Ich nehme an, sie kamen sich damals schrecklich modern vor.«

»Ja, den Eindruck hatte ich auch. Jedenfalls hatte Melanie dadurch die Chance, weiter an Summerfields Leben teilzunehmen. Ein fragwürdiges Vergnügen, wenn du mich fragst. Muß doch verdammt deprimierend für sie gewesen sein, nach den Ferien allein in eine Wohnung zurückzukommen.«

»Wo sie wöchentlich einmal besucht wurde.«

»Und wozu er von seiner Frau abkommandiert wurde.«

»Wie bitte?«

»Janet hat ihn geschickt. Sie war der Meinung, da der alte Lustmolch sie entjungfert hatte, habe er auch die Pflicht, ihr's zu besorgen, bis sie eine andere Quelle der Befriedigung gefunden habe. Da Melanie niemand anderen gefunden hat, ging das jahrelang so weiter. Bis zu seinem Tod.«

»Der Mensch ist ein komisches Tier«, murmelte Imogen.

»Richtig«, seufzte Fran. »Es kommt noch komischer, Imogen.

Melanie und der gute alte Giddy hatten bald keine Lust mehr, es jedesmal miteinander zu treiben. Nur weil es ein paarmal unter dem Einfluß von Wein und toskanischer Sonne während einer dieser sogenannten ›Sommerorgien‹ passiert war, mußte das Blut schließlich nicht immer in Wallung geraten.«

»Schön und gut, aber weshalb –«

»Er hat es Janet nie gesagt, daß seine Männlichkeit nicht mehr regelmäßig gefragt war. Und Melanie hatte nicht die Absicht, ihrer Erzrivalin auf die Nase zu binden, daß ihre Macht über Giddy auf ein Normalmaß reduziert war. Sie mochten sich. Also war ihr Treffen gelegentlich nur die Tarnung für ein anderes Tête-à-tête. Ebensooft haben sie einfach nur Tee miteinander getrunken und sich unterhalten. Ursprünglich hatten sie wohl die Absicht, es Janet eines Tages zu gestehen. Aber dazu ist es nie gekommen.«

»Kannst du das für die Biographie verwenden? So, daß es das Publikum und Janet goutieren können?«

»Die Entscheidung liegt bei mir. Melanie jedenfalls hat nichts dagegen. Als Summerfield noch lebte, wollte sie keinen Streit mit Janet. Jetzt ist es ihr egal.«

»Wie merkwürdig!« bemerkte Imogen nachdenklich. »Daß man geheimhalten möchte, daß man *nicht* mit jemandem schläft . . .«

»Also für mich sind diese Leute alle irgendwie verrückt«, erklärte Fran gut gelaunt. »Trotzdem . . . Wenn Gideon Melanie all die Jahre regelmäßig besucht hat, ohne daß Sex dahintersteckte, dann muß es fast so etwas wie Liebe gewesen sein, oder? Das allerdings wäre für eine Ehefrau wie Janet kaum zu ertragen gewesen.«

»Da ist was dran«, stimmte Imogen zu. »Klingt sehr romantisch, aber nicht unwahrscheinlich. Klug gedacht . . . Melanie scheint einfach alles gewußt zu haben. Aber was ist dann mit dem Sommer '78? Was hatte sie dazu zu sagen?«

»Hm. Sie erinnert sich an den August 1978. Sie hatten ein Cottage in Colwall in den Malvern Hills gemietet. Sie wollten Bergwanderungen machen. Aber dann kam es zu einem furchtbaren Streit. Das Cottage war zu klein. Es herrschte qualvolle Enge. Irgend jemand beschuldigte Gideon beim Scrabble zu betrügen. Ein Wort gab das andere, und Gideon ist auf und davon. Auch Melanie und einige andere sind abgereist.«

»Und Gideon? Mit oder ohne Janet?«

»Ohne Janet. Trotzdem war Gideon offenbar nicht lange allein. Melanies Angaben sind vage. Jedenfalls schien der Eklat allen den Ferienspaß gründlich verdorben zu haben.«

»Kann ich mir vorstellen. Aber wie geht es jetzt weiter, Fran?«

»Das weiß ich noch nicht. Ich muß es mir überlegen.«

»Wie ich dich kenne, hast du wohl kaum vor, dich mit dem vorhandenen Material zufriedenzugeben und die ungeklärten Tage im Sommer '78 unter den Tisch fallen zu lassen, oder?«

»Nein«, wehrte Frances ab, reckte sich und stand auf. Sie wanderte zum Klettergerüst und roch an einer großen, blühenden Rose.

»Ich glaube, ich bin weiter gekommen als alle anderen. Wenn ich jetzt aufgebe, dann habe ich wirklich nur Pudding in den Knochen.«

»Mir hat man schon Pudding vorgesetzt, den zu verzehren eine Menge Mut erfordert hat . . .«

»Wem sagst du das . . .« murmelte Fran düster.

13

Hollys Vorlesung fand um fünf Uhr nachmittags im Mill-Lane-Hörsaal statt. Es war ein kalter, stürmischer Abend mit heftigen Regenschauern, begleitet von Sturmböen, den ersten Vorboten des Winters. Als Shirl und Pansy kamen, um Imogen abzuholen, beschlossen die drei Freundinnen, mit dem Auto zu fahren. Eine düstere, dramatische Atmosphäre mit Wetterleuchten und dunklen, dahinjagenden Wolkengebirgen lag über der Stadt.

Der Hörsaal war spärlich besetzt, was bei dem Wetter nicht verwunderlich war. Imogen saß zwischen Shirl und Pansy, und alle drei hatten Notizbücher und Bleistifte in Erwartung neuer Erkenntnisse gezückt. Holly saß an einem Tisch vor den Zuhörerreihen und schob Dias in einen Diakasten, während ein Techniker den Projektor aufbaute. Dann hob sie plötzlich den Blick und winkte jemandem zu. Als Imogen in die Richtung sah, entdeckte sie Professor Maverack, der auf die vorderen Reihen zuging. Der Hörsaal hatte sich doch noch zu füllen begonnen. Professor Maverack fiel schon deshalb auf, weil die Zuhörerschaft fast ausschließlich aus Frauen bestand. Imogens Überraschung angesichts seiner Anwesenheit war nur von kurzer Dauer, denn sie erinnerte sich, daß Holly ihn als ehemaligen Studienkollegen bezeichnet hatte. Vermutlich hatte ihn eher die Vortragende als der Vortrag gelockt. In der letzten Minute kamen noch einige Professoren der Universität. Holly stand auf und begann.

Imogen lernte in der folgenden Stunde unglaublich viel Neues. Zum Beispiel, wie begehrt indische bedruckte Baumwollstoffe in Europa bis ins achtzehnte Jahrhundert gewesen waren – weich, tragbar, waschbar mit attraktiven Mustern und Farben. Daß die Inder lange vor den Europäern die Kunst des Färbens beherrscht hatten. Wie Versuche fehlschlugen, das Tragen dieser Stoffe zu verbieten, wie sie mit hohen Zöllen belegt wurden, um die Woll- und Seidenweber zu Hause zu schützen. All das bewirkte, daß die Leute jeden Fetzen Baumwollstoff horteten und die Stoffe zerschnitten, um sie in Quilts zu verwenden. Hollys Dias gaben einen anschaulichen Überblick über die Geschichte der Druckmuster, die die Männer der East India Company nach dem englischen Geschmack hatten fertigen lassen.

Die englischen Handarbeiterinnen imitierten bald indische Muster in ihren Stickarbeiten, und die indischen Hersteller von Musterstöcken ahmten englische Stickmuster in ihren bedruckten Baumwollstoffen nach, bis es unmöglich war, den Geschmack der Hersteller vom Geschmack der Kunden zu unterscheiden. Die Geschichte der Mode konnte vage durch das Inventar von Baumwollgütern nachvollzogen werden, die der Zoll bei Schmugglern sichergestellt hatte ...

Imogen starrte fasziniert auf die Leinwand, wo Holly Dias alter Stoffe vorführte. Die letzte Diaserie war besonders interessant. Holly informierte dabei über einen neuen Industriezweig in Amerika, der alte Quilts nachmachte. Alte Quilts waren zu begehrten Sammlerstücken geworden. Also versuchten Leute Geld damit zu machen, indem sie neue Quilts auf alt trimmten. Holly zeigte verblichene und abgewetzte Quilts von großem Charme neben nachgemachten Stücken in Großaufnahme. Wer einmal darauf aufmerksam gemacht worden war, erkannte den Unterschied sofort. Auf den Fälschungen waren die Abnutzungserscheinungen rein zufällig verteilt, während sie sich auf den echten alten Stücken an den Rändern der Blocks konzentrierten, wo die Reibungsfläche am größten und der Stoff über der Füllung aus ungesponnener Wolle am dicksten war.

Holly beendete ihren Vortrag mit einer langen Sequenz von Dias von Quilts, angefangen mit den Bettvorhängen aus Levens Hall, dem ältesten noch vorhandenen Patchwork aus dem Jahr 1708, bis zu Quilts aus den fünfziger Jahren. Wie Zeitlupenaufnahmen im Biologieunterricht zeigte die Bilderfolge die wechselnden Formen und Farben der Mode. Als Hollys historischer Abriß bei der Zeit angekommen war, die Imogen bereits bewußt erlebt hatte, erkannte sie verblüfft, wie vertraut doch alles war – die Quilts hätten aus ihren eigenen Kleidern und denen ihrer Freundinnen gemacht worden sein können. Aber trotz der modischen Veränderungen der Muster und Farben blieben die Blocks der Quilts und ihre sich wiederholenden Strukturen in einem Kaleidoskop von Farben und Formen stets streng traditionellen Macharten unterworfen, die von Frauen von Generation zu Generation überliefert worden waren.

Nach dem Vortrag wurde Holly von Bewunderern umringt. Leo Maverack war unter ihnen. Imogen machte sich unauffällig aus dem Staub und nahm mit ihren Freundinnen noch einen Drink in einem Gasthof, bevor sie nach Hause fuhr. Dort legte sie sich mit einem Buch ins Bett. Aber statt zu lesen, wanderten ihre Gedanken immer wieder zu den zahllosen Quilts, die sie auf Hollys Dias gesehen hatte. Einige davon waren natürlich von wohlhabenden Hausfrauen allein zum Zeitvertreib gemacht worden. Aber die meisten stammten von armen, einfachen Frauen mit ganz praktischen Bedürfnissen. Und wer waren all diese Frauen wohl gewesen, die mit feinen Nadeln und viel Sinn für Farben und Muster die Tradition dieser Handarbeit aufrechterhalten hatten? Noch der einfachste Quilt entwickelte einen Charme und eine Schönheit, die man in industriell hergestellten Dingen kaum wiederfand. Und die Schönsten unter ihnen vermittelten erstaunliche visuelle Effekte, die sogar in Kunstausstellungen gezeigt wurden. Imogen hatte erst kürzlich ein ganzes Buch darüber gelesen, warum alle großen Maler Männer gewesen waren. Die Autorin hatte zahllose Gründe von unterschiedlicher Plausibilität angeführt, jedoch mit keinem Wort erwähnt, daß Frauen früher eher mit Textilien statt mit Öl- oder Aquarellfarben gearbeitet hatten.

Plötzlich ertönte ein leises Klopfen an ihrer Zimmertür, und Frans Stimme fragte leise: »Imogen? Bist du wach?«

»Komm rein!« rief Imogen. Fran trat ein und setzte sich auf den kleinen Sessel, auf dem Imogen allabendlich ihre Kleider auslegte, indem sie diese einfach beiseite schob.

»Dachte mir schon, daß du noch nicht schläfst«, begann sie. »Ich habe noch Licht bei dir gesehen.«

»Ich denke nach«, murmelte Imogen.

»Was für ein Zufall. Ich habe auch nachgedacht.«

»Worüber denn?«

»Über das Los der Biographen. Nimm mal an, man schreibt über einen Menschen, dessen ganzer Erfolg sich praktisch auf ein Jahr in seinem Leben konzentriert, und man verbringt zehn Jahre mit Recherchen und dem Schreiben seiner Biographie. Ein komischer Gedanke, findest du nicht? Dieses Mißverhältnis ... Da verbringt man endlose Jahre des eigenen Lebens damit, Licht in das Leben eines anderen zu bringen. Das kann doch nur dann sinnvoll sein, wenn diese andere Person wirklich bedeutender und interessanter war als man selbst. Aber wenn man sich heute umsieht, entdeckt man, daß eine Menge der publizierten Biographien Menschen von eher bescheidener Bedeutung zum Thema haben, Menschen, von denen die meisten kaum je etwas gehört und die man fast vergessen hat. Warum verbringen Menschen viele Jahre damit, kleine Sterne am Firmament anzuhimmeln?«

»Um Geld zu verdienen?«

»Um sich als Schriftsteller zu profilieren?«

»Um einen wertvollen Beitrag zum Wissensstand zu leisten?«

»Um der Vergänglichkeit entgegenzuwirken? Sowohl was den Gegenstand ihrer Arbeit als auch sie selbst betrifft ...«

»Also die Biographie, an der du arbeitest, scheint mir eher ein Abkürzer zu sein, der geradewegs in die Vergänglichkeit führen könnte.«

»Ich bin vorsichtig ... ehrlich. Ich weiß wirklich nicht, womit ich so viel Fürsorge verdient habe, Imogen«, seufzte Fran. »Aber warum ich eigentlich gekommen bin: Hast du Lust, mit mir für ein paar Tage nach Wales zu fahren?«

»Mit dir? Klingt gut. Wann?«

»Morgen oder übermorgen.«

Imogen griff nach ihrem Terminkalender und sah sofort, wo der Hund begraben lag. »Ich muß übermorgen unbedingt in Cambridge sein, Fran«, antwortete sie. »Hat es nicht bis nächste Woche Zeit?«

»Mist!« schimpfte Fran. »Dann muß ich allein fahren. Es sei denn, du kannst deine Verabredung verschieben.«

Das war die Verabredung mit dem Disziplinargericht der Universität. »Wenn ich könnte, würde ich das sofort tun, Fran«, sagte Imogen niedergeschlagen. »Aber Wales läuft uns nicht davon ...«

»Dann ein andermal«, bedauerte Fran. »Gute Nacht.«

Das Disziplinargericht tagte in den sogenannten Old Schools. Obwohl Imogen auf ihrem Hin- und Rückweg zum St. Agatha's College zahllose Male die Trinity Lane hinunter und durch das King's College gefahren war oder den besonders schönen Weg durch das Clare College genommen hatte, war sie seltsamerweise niemals durch den eigentümlich abschreckend wirkenden Toreingang getreten, der in das düstere viktorianisch-gotische Gebäude der Old Schools führte. Drinnen im Hof allerdings fand man sich unvermittelt einem schönen, kirchenähnlichen Gebäude aus dem Mittelalter gegenüber, das in bescheidener Beschaulichkeit einen Innenhof komplettierte, den die viktorianischen Baumeister unbedingt monumental hatten gestalten wollen. Imogen trat durch eine Tür im Südflügel ein und fand sich in einer Umgebung wieder, die die Meldestelle der Universität offenbar vergeblich versucht hatte, büromäßig einzurichten. Von dort verwies man sie in den ersten Stock.

Der beschuldigte junge Mann hatte, wie das üblich war, um Nichtöffentlichkeit der Sitzung gebeten. Auf diese Weise waren auch die beiden anderen, wenn auch nicht direkt beteiligten Studenten ausgeschlossen. Als Imogen eintraf, thronten daher drei Männer hinter dem Richtertisch – der Vorsitzende und zwei Professoren –, während der Beklagte steif und bleich neben seinem Tutor saß. Auf den Anwalt, mit dem er gedroht hatte, hatte er offenbar nun doch verzichtet.

Der Präfekt trug eine förmliche Beschwerde der Universität vor, und der Anwalt der Universität, der als Ankläger fungierte, begann die Klage zu erläutern.

Der Beklagte hatte eine brillante, fehlerfreie Prüfungsarbeit geschrieben. Die Fragestellung hatte einer logischen Ausarbeitung bedurft, und die diesbezüglichen Ausführungen des Beklagten waren auf einem Bogen Papier niedergeschrieben, der gefaltet und später wieder geglättet worden war. Der fragliche Bogen war das dritte von neun Blättern, die der Prüfling benutzt hatte. Keine anderen Blätter waren gefaltet worden. Auf dem gefalteten Bogen jedoch befand sich der Teil der Ausarbeitung, der die hervorragende Note rechtfertigte. Zusätzlich zu der Tatsache, daß der Bogen gefaltet gewesen war, wies er in allen vier Quadraten schwach sichtbare Druckspuren auf. Der Justitiar der Universität nahm ein sauberes Blatt Papier, faltete es, steckte seinen Stift an das gefaltete Papier, nahm den Stift wieder ab, glättete den Bogen und bat das Gericht, dieses Blatt Papier mit dem Prüfungsbogen des Beklagten zu vergleichen.

Die beiden Blätter wurden herumgereicht, sorgfältig geprüft und gegen das Licht gehalten. Imogen saß schweigend im Hintergrund und beobachtete alles aufmerksam. Vor allem Framingham ließ sie nicht aus den Augen. Er saß sehr aufrecht und hatte die Lippen fest aufeinandergepreßt. Vor ihm auf dem Tisch lag ein Notizblock, auf den er gelegentlich etwas kritzelte. Er hielt den Kopf so merkwürdig, als habe er einen steifen Nacken – das Gesicht leicht aufwärts gewandt und den Blick niedergeschlagen. War das Trotz? Oder Halsstarrigkeit? Wie elend ihm zumute sein mußte, war aus seiner Miene unschwer abzulesen. Wer wurde schon gern des Prüfungsbetrugs bezichtigt?

Das Gericht tastete sich vorsichtig weiter. Luffincotts Arbeit, mit der dieser den Random-Preis gewonnen hatte – die erstaunliche Ähnlichkeit zwischen Framinghams Examensarbeit und Luffincotts preisgekröntem Aufsatz –, das gefaltete Examenspapier ... es sah nicht gut aus für Framingham.

Der Anwalt der Universität begann mit seinem Kreuzverhör: »Mr. Framingham, warum haben Sie den Papierbogen gefaltet?«

»Ich war früh fertig. Ich habe in meinen Papieren gekramt, mit den Papierbögen gespielt. Dabei muß ich das Papier ganz unbewußt gefaltet haben.«

»Genau viermal?«

»Ich war nervös. Manche kauen dann an ihren Stiften. Ich falte Papier.« Er hielt ihm seinen Notizblick hin. Die Seite, auf die er geschrieben hatte, war einmal gefaltet.

Komisch, dachte Imogen. Sie hatte nicht einmal bemerkt, wie er das getan hatte. Auch der Anwalt der Universität schien überrascht.

»Ihre Nervosität hat Sie also dazu veranlaßt, nur ein einziges von neun Blättern zu falten, und zwar ausgerechnet das mit den entscheidenden Ausführungen über das Thema?«

»Ich habe das unbewußt getan. Es ist purer Zufall, daß es ausgerechnet dieser Bogen war. Vermutlich lag er obenauf.«

»Und Ihre nervöse Angewohnheit besteht auch darin, daß Sie Ihren Stift an das gefaltete Papier heften?«

»Ich habe Ihnen doch gesagt . . . Ich habe mit allem möglichen herumgefingert.«

»Die meisten verbringen die Zeit damit, das Geschriebene noch einmal durchzulesen. Der Gedanke ist Ihnen wohl nicht gekommen?«

»Nein«, erwiderte der junge Mann. »Warum auch? Ich wußte, daß ich gute Arbeit geleistet hatte.«

»Sie wußten, daß Sie exakt das geschrieben hatten, womit ein anderer den Random-Preis gewonnen hatte.«

»Gewissermaßen. Aber nicht so, wie Sie denken. Ich hatte mit Luffincott das Thema durchgesprochen . . . und übrigens auch mit anderen in unserer Gruppe. Wir hatten die beste Art, das Thema anzupacken, in gemeinsamen Gesprächen herausgearbeitet. Was ist daran falsch? Sie beschuldigen doch auch Luffincott nicht, seine Gedanken von mir zu haben.«

»Luffincott ist offenbar während seiner gesamten Studienzeit in Cambridge ein Überflieger gewesen, und wenn er eine blendende Lösung für ein logisches Problem ausarbeitet, ist das nicht weiter verblüffend. In Ihrem Fall allerdings war Ihr Tutor doch sehr überrascht, daß Sie sich so gut geschlagen haben.«

»Wir haben kein gutes Verhältnis zueinander«, erklärte Framingham. »Er mag mich nicht.«

»Wollen Sie damit sagen, daß er aus persönlicher Antipathie gegen Sie falsches Zeugnis über Ihre Fähigkeiten abgelegt hat?«

»Nicht unbedingt. Aber da ich mich nicht mit ihm verstanden habe, habe ich bei ihm auch nicht fleißig gearbeitet. Schon aus diesem Grunde weiß er gar nicht, wozu ich fähig bin.«

»Sie behaupten also, diese Arbeit ganz allein gelöst zu haben? Obwohl Ihr Tutor Ihnen das nicht zutraut?«

»Ja, aber unter dem Einfluß eines Medikaments. Ich erinnere mich, daß ich mich besonders wach und konzentriert gefühlt habe. Ich konnte plötzlich sehr schnell denken und kombinieren.«

»Möchten Sie einen Zeugen aufrufen?«

»Ja. Miss Quy.«

Imogen wurde nach vorn gebeten.

»Erinnern Sie sich, daß Sie mir Tabletten gegeben haben?« fragte Framingham sie.

»Meine Aufzeichnungen belegen, daß ich Ihnen etwas zum Schlafen gegeben habe. Sie sind am späten Nachmittag des 4. Juni zu mir gekommen und haben mir erzählt, Sie machten sich Sorgen wegen der Prüfung und könnten nicht schlafen. Daraufhin habe ich Ihnen zwei Paracetamol gegeben.«

»Es kann unmöglich Paracetamol . . . es muß eine bewußtseinsverändernde Droge gewesen sein. Ich war danach wie berauscht.«

»Ich habe eine Notiz in meinem Patientenbuch«, erklärte Imogen. Sie spürte, daß sie vor Erregung zitterte. Es kam nicht häufig vor, daß jemand sie der Lüge bezichtigte. »Zwei Paracetamol.«

»Es kann nicht nur Paracetamol gewesen sein. Das kriegt jeder in der Drogerie. Warum sollte man die College-Krankenschwester um ein Allerweltsmittel bitten? Jeder weiß, daß man von Ihnen Sachen kriegen kann, die einem beim Examen helfen.«

»Dann ist das ein weitverbreiteter Irrtum«, entgegnete Imogen. »Eine College-Krankenschwester kann kein rezeptpflichtiges Mittel ausgeben. Was man in der Drogerie nicht bekommt, kann man auch bei mir nicht bekommen. Und zu Examenszeiten sind wir doppelt vorsichtig – für den Fall, daß sich jemand durch Medikamente beeinträchtigt fühlen sollte und nicht sein Bestes geben kann.«

Der Cheftutor räusperte sich. »Miss Quy, dürfen wir Ihren Ausführungen entnehmen, daß ein Irrtum ausgeschlossen ist? Daß Sie vollkommen sicher sind, daß Sie Mr. Framingham keine andere Tablette gegeben haben?«

Imogen schwieg. Sie dachte nach. »Ich kann mich leider nicht erinnern, Mr. Framingham Tabletten gegeben zu haben. Aber das ist nichts Ungewöhnliches. Ich werde viele Male pro Woche das ganze Semester über konsultiert – besonders häufig in den Wochen vor den Examen. Deshalb führe ich Buch über jede einzelne Tablette, die ich ausgebe. Ich stütze mich bei meiner Aussage daher auf zwei Dinge: erstens auf die Eintragungen in meinem Patientenbuch –« sie zog das Buch aus der Tasche und legte es auf den Tisch »– und zweitens auf die Tatsache, daß ich mich an den Vorfall nicht erinnere. Es wäre sozusagen ein Novum, wenn ich Mr. Framingham oder irgend jemandem sonst ein starkes Medikament gegeben hätte. So etwas vergißt man doch nicht. Abgesehen davon ist es ausgeschlossen, daß ich zu irgendwelchen bewußtseinsverändernden Medikamenten gegriffen habe.«

»Besteht die Möglichkeit, daß Sie die Absicht hatten, Paracetamol auszugeben, und unbewußt etwas anderes aus dem Schrank geholt haben?« wollte Framinghams Tutor wissen. »Sie sind schließlich keine ausgebildete Apothekerin.«

»Nein, das bin ich nicht«, bestätigte Imogen. »Und das ist auch ein triftiger Grund dafür, daß ich auf keinen Fall Medikamente an Studenten ausgeben darf, die verschreibungspflichtig sind. Aber der Fehler, den Sie gerade angedeutet haben, kann gar nicht passieren – oder vielmehr, er kann nicht passieren, ohne bemerkt zu werden. Wir College-Schwestern haben sozusagen eine doppelte Buchführung. Die Menge der gekauften Medikamente wird hier eingetragen –« sie zeigte die entsprechende Seite –, »die Menge der ausgegebenen Medikamente wird hier verzeichnet«, sie deutete auf die Seite gegenüber. »Und wir machen regelmäßig Inventur im Medizinschrank, um sicherzugehen, daß die Mengen dort mit denen im Buch übereinstimmen. Jede Abweichung würde sofort überprüft werden müssen.«

»Miss Quy«, sagte der Tutor. »Steht es denn unzweifelbar fest, daß Paracetamol keinerlei günstigen Einfluß auf die Psyche haben kann? Dem Laien wird oft gesagt, daß die individuellen Reaktionen auf Medikamente sehr unterschiedlich und daher unvorhersehbar sein können.«

»Ich bin keine Pharmakologin«, erwiderte Imogen. »Ich kann dazu nur sagen, daß ich weder während meiner Ausbildung noch in meiner langjährigen Praxis gehört habe, daß es eine solche Wirkung jemals gehabt hat. Soweit ich weiß, ist Paracetamol ein reines, einfaches Schmerzmittel.«

»Danke, Miss Quy«, sagte der Cheftutor. Imogen setzte sich. Framinghams Tutor faßte das Gesagte zusammen. Er bat das Gericht, die schwerwiegenden Konsequenzen eines Schuldspruchs für seinen Schüler zu bedenken, und führte aus, daß diesem nicht nur sein akademischer Grad aberkannt, sondern er auch unverzüglich exmatrikuliert werden würde. Und mit diesem Makel bestünde für ihn kaum Aussicht, in Zukunft einen angemessenen Job zu bekommen. Er schloß damit, daß das Gericht seine Entscheidung gewissenhaft bedenken und im Zweifel für den Beklagten entscheiden möge ...

Das Gericht zog sich zur Beratung zurück, und Imogen verließ den Saal. Sie ging in ihr Büro im College und schloß ihr Patientenbuch sorgfältig wieder in den Aktenschrank ein. Nachdem sie realisiert hatte, wie wichtig das Buch war, wollte sie kein Risiko eingehen, es zu verlieren.

Später, als sie das College nach getaner Arbeit verließ, erwartete sie eine böse Überraschung. Vor dem College-Portal standen ein Schrankkoffer und ein Fahrrad neben einem Berg von Gerätschaften. Am Torbogen lehnte Framingham mit gesenktem Kopf.

Als Imogen an ihm vorbeiging, begann er plötzlich zu schreien: »Hexe! Verdammte, gefühllose Hexe! Sie hätten mir da raushelfen können. Ein Wort von Ihnen, und sie hätten im Zweifel für den Angeklagten entschieden! Was hätte Sie das schon gekostet? Aber Sie denken nur an sich!«

Imogen war wie gelähmt vor Schreck. Dann stürzte der Hausmeister wie der Erzengel Gabriel persönlich aus seiner Portiersloge. Bevor er jedoch den Schauplatz der Szene erreichte, hatten einige Studenten Framingham gepackt, vom College-Gelände auf die Straße und in das Taxi befördert, das gerade angehalten hatte. Viele Hände bugsierten seine Habseligkeiten in den Kofferraum des Wagens.

14

»Sie zittern ja, Miss Quy. Kommen Sie! Ich bringe Sie in den Gemeinschaftsraum. Sie brauchen jetzt einen Drink.« Die Stimme gehörte Dr. Bagadeuce, dem Mathematikprofessor von St. Agatha's. Imogen merkte, daß sie tatsächlich am ganzen Körper zitterte. Der Haß, der ihr von Framingham entgegengeschlagen war, war eine neue, schwer zu verkraftende Erfahrung. Willig ließ sie sich von Dr. Bagadeuce in den Gemeinschaftsraum führen, wo er ihr ein Glas Whisky einschenkte.

»Was für ein widerlicher Zeitgenosse«, schimpfte Bagadeuce. »Vergessen Sie ihn so schnell wie möglich. Er hat es nicht besser verdient.«

»Vermutlich . . .«

»Er hat es ja nicht zum ersten Mal getan.«

»Nicht zum ersten Mal?«

»Es hat schon einmal einen ähnlichen Vorfall gegeben. Scheint wie eine Sucht bei ihm zu sein. Schon im Vorexamen hatte er Probleme. Damals konnte ihm der Betrug nicht zweifelsfrei nachgewiesen werden.«

»Was stimmte denn mit seinem Vorexamen nicht?« wollte Imogen wissen.

»Es waren etliche gefaltete Papierbogen dabei. Ausgerechnet die entscheidenden Seiten. Wie diesmal.«

»Hat das Entscheidungsgremium davon gewußt?«

»Nein. Wir versuchen fair zu sein. Vor einem ordentlichen Gericht dürfen Vorstrafen keine Rolle spielen. Und bei Framingham hatten ja erhebliche Zweifel an seiner Schuld bestanden. Wenn wir uns nicht strikt an die Regeln gehalten hätten, wäre er sicher bis zum Gerichtshof für Menschenrechte in Straßburg gegangen . . .

Im Mittelalter hätten wir ihn teeren und federn lassen können. Und recht wäre ihm damit geschehen.«

Imogen hob erstaunt den Kopf und musterte ihr Gegenüber prüfend. Seine letzte Bemerkung erschien ihr reichlich übertrieben und unpassend. Bagadeuce schien ihre Ablehnung zu spüren, denn er sagte: »Einige von uns lieben das College über alles, Miss Quy, und dienen ihm ein Leben lang. Seinen guten Namen in den Dreck gezogen zu sehen . . .«

Imogen starrte ihn nur schweigend an. Seine Züge waren hart. Es bestand kein Zweifel daran, wie ernst ihm die Sache war. »Aber niemand würde doch das College für Framinghams Verfehlungen verantwortlich machen, oder?« entgegnete sie leise. »Das geht nur ihn etwas an. Es wirft kein schlechtes Licht auf irgendein anderes Mitglied des College. Weder sein Tutor noch der wissenschaftliche Assistent konnten wissen, was er vorhatte . . .«

»Vermutlich haben Sie recht«, gab er zu. »In unserer verkommenen Welt sind solche Vergehen sowieso schnell vergessen. Und diesmal zumindest war es wenigstens nur ein Student des College . . .«

»Diesmal?« entfuhr es Imogen erstaunt.

Dr. Bagadeuce wurde rot und biß sich auf die Lippe. Dann sagte er: »Ich hoffe, es geht Ihnen wieder besser . . . Es ist ziemlich spät geworden.«

»Mir geht's bestens«, erwiderte sie. »Danke für Ihre Hilfe.«

Daraufhin stand er auf und ging.

»Diesmal?« dachte Imogen. Wann war das letzte Mal gewesen? Aber sie war es leid, an Betrug zu denken. Sie trank ihr Glas aus und schob ihr Fahrrad in der Abenddämmerung nach Hause.

Das Haus war dunkel und leer, als sie ankam. Keine Lichter empfingen sie im ersten Stock, keine freundliche Stimme oder Schritte im Treppenhaus. Fran war natürlich verreist. Imogen hätte sie begleiten können, wäre die unselige Sitzung des Disziplinargerichts nicht gewesen. Imogen setzte Wasser auf. Dann machte sie es sich mit einer Tasse Tee und der Zeitung im Frühstückszimmer bequem. Plötzlich wurde an die Haustür geklopft. Imogen stand zögernd auf und öffnete. Draußen stand Josh.

»Oh, komm rein, Josh. Ich habe gerade Tee gekocht. Möchtest du eine Tasse?«

»Bitte ohne Tee, aber mit viel Gin Tonic«, erwiderte er grinsend.

»Schnorrer«, sagte sie. »Warum gebe ich mich mit dir überhaupt ab?«

»Wir haben viel gemeinsam«, erwiderte er.

»Aha. Und das wäre? Eis?«

»Ja, bitte. Wir lieben beide Fran. Ich als der große Verführer und Sie auf mütterliche Art.« Er setzte sich in den abgenutzten Sessel. »Und da wir gerade von Fran sprechen. Ich bin vorbeigekommen, um zu fragen, ob sie Ihnen zufällig gesagt hat, wann sie von diesem idiotischen Detektivspiel zurückzukommen gedenkt.«

»Nein, das hat sie nicht«, erwiderte Imogen stirnrunzelnd und versuchte sich zu erinnern. »Sie hatte mich eingeladen, mitzufahren, und hat von ein paar Tagen gesprochen. Aber ich habe gar nicht daran gedacht, zu fragen, was sie unter ›ein paar‹ versteht. Hat sie denn dir nichts gesagt?«

»Nur, daß sie nicht wisse, wie lange es dauert.«

»Wie lange was dauert? Und was heißt ›idiotisches Detektivspiel‹?«

»Sie sucht ein Dorf in Wales.«

»Welches Dorf in Wales?«

»Das Dorf, in dem dieser unselige Summerfield im Sommer 1978 ein paar Tage zugebracht hat.«

»Wie kommt sie denn darauf, daß er in Wales gewesen ist?«

»Diese Melanie hat wohl irgendwas von Wales gesagt . . .«

»Josh, wie um Himmels willen glaubt sie denn herausfinden zu können, um welches Dorf es sich handelt? Wales ist groß! Hatte sie irgendwelche Anhaltspunkte?«

»Sie hat sich den Wagen ihres Vaters geborgt und wollte damit einfach irgendwo anfangen. Gästebücher von Hotels durchsehen –«

»Ich kann mir nicht vorstellen, daß Hotels ihre Gästebücher so lange aufbewahren . . . Aber warum fragen wir nicht einfach Bullion senior, für wie lange sie sich seinen Wagen geliehen hat?«

»Bullion senior ist für drei Monate im Ausland. Deshalb war der Wagen ja verfügbar.«

»Also, sie ist vorgestern gefahren. Am ersten Tag mußte sie den Wagen abholen . . . Ist noch zu früh, um sich Sorgen zu machen, Josh.«

»Sorgen? Wieso Sorgen? Ich frage mich nur, wann ich anfangen muß, mir Sorgen zu machen. Ich dachte eigentlich, daß Fran mittlerweile bei Ihnen angerufen hat.«

»Wieso mich? Wenn, dann ruft sie doch dich an«, entgegnete Imogen.

»Also um ehrlich zu sein . . .« begann Josh. Er machte ein betretenes Gesicht. »Wir haben uns vor ihrer Abreise gezankt. Und solange sie wütend auf mich ist, ruft sie mich vermutlich nicht an. Aber je länger sie ihr blödes Dorf in Wales nicht findet, desto wütender wird sie vielleicht . . . Wenn sie doch nur anrufen würde! Oder zurückkäme! Ich kann es nicht ausstehen, wenn man sich böse ist. Ich will mich wieder mit ihr vertragen.«

Imogen musterte ihn mitfühlend. Sie konnte ihn gut verstehen. »Worum ging der Streit, Josh?« fragte sie. »War's was Ernstes?«

»Ganz und gar nicht. Total idiotisch. Ich habe nur gesagt, daß die Reise lächerlich sei. Blödsinnig. Sinnlos. Ich habe gesagt, ich würde mit ihr ans Ende der Welt fahren, wenn sie mir ein genaues Ziel nennen könne. Aber einfach so ins Blaue . . . Daraufhin hat sie gesagt, ich solle bleiben, wo der Pfeffer wächst, und ist gegangen.«

»Hm. Noch einen Gin?«

»Nein danke. Zuviel von dem Zeug macht depressiv. Imogen, darf ich Sie bitten . . . Sagen Sie mir, falls sie schreibt, anruft oder zurückkommt?«

»Selbstverständlich. Und umgekehrt?«

»Ehrensache. Hoffentlich habe ich Sie jetzt nicht beunruhigt. Sie sind sonst immer so vernünftig . . .«

»Noch mache ich mir keine Sorgen . . . Und Vernunft ist eine raffinierte Tarnung. Hinter der Vernunft verschanzt man ein weiches Herz und den blödsinnigen Wunsch, von allen geliebt zu werden . . .«

Josh lachte und gab ihr einen Kuß auf die Wange, bevor er ging.

Sorgen sind in den frühen Morgenstunden am schlimmsten. Imogen lag wach und grübelte. Fran war ein vernünftiges Mädchen;

trotz ihres Überschwangs und ihrer Leidenschaftlichkeit. Fuhr sie wirklich kreuz und quer durch Wales, ohne den geringsten Anhaltspunkt für ihre Suche? Wales war nicht Cambridge. Imogen dachte wütend an das Disziplinargericht, das sie daran gehindert hatte, Fran zu begleiten. Sie hätten sich gemeinsam auf die Suche machen können. Dieser verdammte Junge! Prüfungsbetrug war ein gemeines Vergehen ... eine Verfehlung, die letztendlich immer auf den Täter zurückfiel.

Imogens Gedanken begannen um den Fall Framingham zu kreisen. War es richtig gewesen, eine aufputschende Wirkung von Paracetamol so kategorisch auszuschließen? Was, wenn es in Kombination mit anderen Mitteln diesen Effekt besaß? An Schlaf war jetzt wirklich nicht mehr zu denken. Imogen stand auf, zog ihren Morgenmantel und die fellgefütterten Hausschuhe an und ging ins Parterre hinunter.

Der Eintrag im medizinischen Hausbuch bestätigte ihre Aussage vor Gericht. Es gab keine Nebenwirkungen bei Paracetamol. Imogen ging in die Küche, nahm einen Schokoriegel und trank ein Glas Milch. Sie fühlte sich einsam und verlassen. Sie haßte es, in einem leeren Haus zu leben.

Noch immer wütend auf sich ging Imogen ins Gästezimmer, nahm aus der untersten Schublade der Kommode einen abgegriffenen Pappordner, der ihre Notizen in Toxikologie enthielt, die sie während ihrer Schwesternausbildung gemacht hate. Unter der vertrauten Mappe lag eine andere mit der Aufschrift »Verschiedenes über Tox«. Sie stammte noch aus Imogens Zeit als Medizinstudentin. Sie nahm beide Ordner heraus und zündete den Gasofen an. Irgendwo unten am Fluß schrie eine Eule.

In Imogens Notizen als Schwesternschülerin fand sich wenig über Paracetamol. Das Mittel wurde lediglich als in zahllosen Fällen schmerzlindernd beschrieben. Sie schlug die andere Mappe auf und nahm einen Stapel Blätter heraus. Antiseptische Mittel, Barbiturate, DNOC ... »DNOC-Unkrautvernichtungsmittel, Insektizid«, las sie, »früher zur Bekämpfung von Fettleibigkeit verwendet. Aufnahme durch die Haut wie auch als Injektion oder durch Inhalieren ... anfängliches Wohlbefinden gefolgt von Müdigkeit, Hyperpyrexie, Krampfzuständen, Koma und Tod ...«

Imogen las diesen Eintrag wieder und wieder durch. Schließlich ging sie sehr nachdenklich zu Bett, wo sie paradoxerweise sofort einschlief.

15

Imogen flüchtete sich in Hausarbeit, um auf andere Gedanken zu kommen. Sie wuchtete den schweren Staubsauger treppauf und treppab und saugte selbstvergessen den moosgrünen Läufer, den sie in einem Anfall von Modebewußtsein hatte legen lassen und auf dem man jedes Staubkorn sah. Aus Frans »ein paar« Tage in Wales war mittlerweile fast eine Woche geworden, ohne daß Josh oder sie ein Anruf erreicht hätte. Imogen kämpfte daher mit dem Staubsauger, bis sie atemlos, müde und wütend wieder unten im Parterre angelangt war.

Dort arbeitete sie sich durch die Diele weiter, wo sich hinter der Scheuerleiste im Staub ein Stück Papier verfangen hatte, das selbst mit der Polsterdüse des Staubsaugers nicht herauszukriegen war. Imogen versuchte es hartnäckig im zweiten Anlauf und merkte plötzlich, daß es sich nicht wie zuerst angenommen um einen Papierschnipsel handelte, der hinter der Leiste steckte, sondern um die Ecke eines größeren Stücks, die nur wenige Zentimeter herausragte. Sie stellte den Staubsauger ab, versuchte vergeblich, mit den Fingern die Ecke zu fassen zu bekommen, und holte schließlich ihre Pinzette aus der Hausapotheke.

Es schien so etwas wie eine Postkarte zu sein. Die Scheuerleiste hatte sich einen Spaltbreit von der Tapete gelöst, so daß sie in die Öffnung hatte schlüpfen können. Als Imogen sie endlich herauszog, war es keine Postkarte, sondern ein Foto: ein verblichenes, zerknittertes Foto mit abgeknickten Ecken, ein etwas unscharfes Schwarzweißbild. Es zeigte eine Gruppe von Leuten, die alle gegen ein Weidegatter lehnten. Die Personen waren verhältnismäßig klein im Gegensatz zu den Weiten des Hintergrunds. Da waren ein Mann mit einer Heugabel in der Hand, eine junge Frau in einem bunten Kleid und Gummistiefeln und zwischen den beiden ein Mann mit offenem Hemdkragen und Flanellhosen, die Hände in den Taschen. Imogen setzte sich auf die unterste Treppenstufe, glättete das Foto und starrte es an. Zuerst konnte sie sich nicht vorstellen, wer die Personen sein sollten – Freunde ihrer Eltern? Aber obwohl sie nicht häufig staubsaugte, konnte das Bild so lange nicht hinter der Leiste gesteckt haben. Wie war es überhaupt dorthin gekommen? Imogen fiel plötzlich ein, wie der Karton mit all dem Material über Summerfield in den Armen des Kuriers geplatzt war und sich sein Inhalt in der ganzen Diele verteilt hatte. Dabei mußte das Foto unbemerkt hinter die Leiste gerutscht und steckengeblieben sein.

Das Foto mußte also zu den Summerfield-Unterlagen gehören. Der lächelnde junge Mann war Gideon. Trotzdem hatte Imogen das Foto instinktiv der Hutschachtel auf ihrem Schrank im Schlafzimmer zugeordnet, in der sie die alten Ferienbilder aufbewahrte, die während der regelmäßigen Urlaubsaufenthalte ihrer Familie in Wales gemacht worden waren. Sie kannte nämlich die vertraute Bergsilhouette im Hintergrund über dem Weidegatter mit den drei Personen nur allzu gut. Imogen konnte auf mindestens eine Meile genau sagen, wo das Bild aufgenommen worden war. Sie hatte in ihrer Kindheit das Tanat-Tal durchstreift, während ihr Vater geangelt und ihre Mutter im Liegestuhl im Bauerngarten gedöst hatte, das Strickzeug im Schoß.

Während sich der Nebel der Erinnerung allmählich lichtete, wurde Imogen eines klar: Vermutlich hielt sie den Beweis in den Händen, wo Summerfield jene geheimnisvollen Tage in einem längst vergangenen Sommer verbracht hatte. War es Zufall, daß Fran sich plötzlich entschlossen hatte, nach Wales zu fahren, und – ein schrecklicher Gedanke – war es Zufall, daß sie länger fortblieb als erwartet? Imogen wurde plötzlich elend zumute. Was konnte sie tun? Mit wem sollte sie reden? Wen sollte sie um Hilfe bitten? Josh? Mike?

Josh zuerst ... möglicherweise wußte er etwas.

Wie sich herausstellte, war das nicht der Fall. Er hatte Fran dummerweise nie gefragt, ob sie irgendeinen Anhaltspunkt für die Suche in Wales hatte.

»Weißt du, das hier kann sie nicht gekannt haben . . .« sagte Imogen und wedelte mit dem Foto herum. »Falls sie also eine Spur hatte, muß es etwas anderes gewesen sein.«

Josh schüttelte den Kopf. »Ich weiß nichts. Aber da stimmt doch was nicht. Sie ist nicht nachtragend. Normalerweise vertragen wir uns nach wenigen Stunden wieder. Ich habe wirklich angenommen, daß sie anrufen würde . . .«

Imogen absolvierte ihre Sprechstunden im College und fuhr dann zu Mike. Sie wurde in sein Büro geführt, wo sich Aktenordner auf dem Schreibtisch und auf jeder freien Fläche stapelten. Mike teilte sich den winzigen Raum mit einem Kollegen namens Robinson, der kaum von ihr Notiz nahm.

»Eine Vermißtenanzeige hat erst Sinn, wenn die betreffende Person wirklich vermißt wird«, erklärte Mike, als Imogen ihre Geschichte erzählt hatte. »Trotzdem gefällt mir die Sache nicht recht. Vor allem nicht nach dem, was du mir von den anderen Biographen dieses Burschen erzählt hast. Trotzdem geht sie vermutlich ihren Recherchen nach oder ist vielleicht in diesem Moment gerade auf dem Heimweg.«

»In dem Tal gibt es nur ein Motel«, sagte Imogen. »Und die Kneipe. Aber zahllose Privatleute vermieten Zimmer mit Frühstück. Der Polizist am Ort –«

»Was du mir alles zumutest!« seufzte Mike. »In Wales gibt es Tausende von Polizisten. Ich kenne keinen einzigen. Aber gut, ich lasse mal meine Beziehungen spielen. Zufrieden?«

»Dazu bin ich viel zu beunruhigt«, sagte Imogen und lächelte flüchtig. »Aber dankbar.«

Imogen wußte längst, daß sie es selbst in die Hand nehmen mußte. Sie mußte nach Wales fahren, sich in dem Gasthof einmieten, Fragen stellen und herausfinden, ob sich Fran in dem Tal aufgehalten hatte oder noch aufhielt. War alles in Ordnung, würde sie Fran schnell finden, und Fran würde wütend auf sie sein. Der letzte Krach war dann eine Lappalie im Vergleich zu dem, was eine Vermieterin erwartete, die ihrer Untermieterin wie ein aufgescheuchtes Huhn bis nach Wales folgte. Die Alternative jedoch waren Sorgen und Schlaflosigkeit. Warum hatte sie nicht schon längst Panik gekriegt und war viel früher losgefahren? Die Tatsache, daß es vorher keinen vernünftigen Grund zur Besorgnis gegeben hatte, überzeugte sie längst nicht mehr.

Imogen bereitete ihre Abreise vor. Sie informierte den Personalchef von St. Agatha's und sorgte dafür, daß ihre pensionierte Freundin und ehemalige Kollegin Mary ihre Vertretung im College übernahm. Dann erzählte sie Lady B., was sie vorhatte. Sie verabschiedete sich bei Shirl und Pansy und bestellte die Milch ab. Als sie gepackt, das Haus abgeschlossen hatte und mit ihrem Koffer zum Wagen ging, stand Mike vor der Gartentür.

»Hab mir schon gedacht, daß du so etwas vorhast«, sagte er. »Wäre mir lieber, du würdest es lassen.«

»Wenn du dir schon um Fran keine Sorgen machst, wieso dann um mich?« fragte Imogen gereizt. »Was soll dieser plötzliche Sinneswandel?«

»Ich will mich jetzt wirklich nicht streiten«, entgegnete Mike. »Ich komme nur schnell auf dem Heimweg vorbei, um dir zu sagen, daß sie weder im Hotel noch im Gasthaus abgestiegen ist. Constable Emlyn Jones hat mir versprochen, die Augen offenzuhalten. Ich habe ihm ihre Beschreibung durchgegeben. In Ordnung?«

Imogen fühlte geradezu, wie sie bleich um die Nasenspitze wurde. Solange jeder verantwortungsbewußte Erwachsene in ihrem Umfeld die Angelegenheit nicht ernst genommen hatte, hatte auch sie die Sache zumindest teilweise auf die leichte Schulter genommen. Aber wenn Mike plötzlich Bedenken zeigte, war wirklich Gefahr im Verzug. »Es gibt kein Gesetz, das es mir verbietet, nach Wales zu fahren«, erklärte Imogen, aber ihr robuster Ton wirkte aufgesetzt.

»Es ist doch immer dasselbe«, stöhnte Mike. »Zuerst liegst du mir in den Ohren, weil du meine Hilfe brauchst. Aber sobald dir die Polizei nicht mehr in den Kram paßt, heißt es, ich soll mich raushalten. Vergiß ja nicht, mich täglich anzurufen, meine Liebe. Sonst ist Constable Emlyn Jones dir auf den Fersen – Polizei hin oder her. Kapiert?«

»Mike, es tut mir sehr leid, ich wollte nicht . . .«, begann sie, doch er schritt bereits zu seinem Wagen. Vor dem Einsteigen winkte er ihr noch einmal lächelnd zu.

Imogen, die spürte, wie schwankend sie geworden war, schwang energisch den Koffer auf den Rücksitz ihres Autos und setzte sich ans Steuer.

Imogen mochte keine Autobahnen. England flog an ihrer Windschutzscheibe vorbei. Große Teile der Strecke hatten sich seit ihrer Kindheit nicht verändert. Von Cambridge aus war es immer eine sehr lange Reise gewesen. Sie hatte sich damals mit Mutter und Vater auf den Weg gemacht, die Thermosflasche im Weidenkorb, Decken über den Knien, das Gepäck auf den Dachgepäckträger gebunden, in dem der Fahrtwind jaulte. Der Straßenatlas aus Vorkriegszeiten hatte stets aufgeschlagen im Schoß der Mutter gelegen. Als Kind war ihr immer übel geworden. Seit sie selbst den Wagen lenkte, hatte sich das gegeben.

Die Landschaft westlich von Cambridge zog sich sanft und unspektakulär dahin. Kirchtürme ragten zwischen Bäumen und Hausdächern am Rand von weiten Ackerflächen empor. Die kalkige Blässe der gepflügten Böden schimmerte unter dem geradezu fluoreszierenden Grün des Winterweizens hindurch. Der Gesang der Vögel aus ihrer Kindheit fehlte teilweise ebenso wie die Wildblumen an den Feldrainen. So viel sicherer die A5 auch war, den Charakter der großen Telford-Landstraße hatte sie verloren, die einst durch England und Wales bis Holyhead geführt hatte. Die kleinen Mauthäuschen standen jetz schmutzverspritzt und verloren an den Seiten der zweispurigen Asphaltbänder, auf denen der moderne Verkehr dahindonnerte. Weiter nach Westen begann sich der Charakter der Landschaft zu wandeln. Es wurde hügelig, gab weniger Felder und mehr Weideland und Vieh, die Kirchen wirkten kleiner und geduckter zwischen den umliegenden Erhebungen. Imogen war beruhigt. Dieses friedliche Land von Dörfern, Wiesen und Gasthöfen vermittelte eine Atmosphäre von Ruhe und Rechtschaffenheit, in der kaum je etwas Unvorhergesehenes passierte, in der Mord und Totschlag Fremdworte zu sein schienen.

Imogen unterbrach ihre Fahrt in Shrewsbury, aß in einem Gasthof zu Mittag und registrierte überrascht, daß an den umliegenden Tischen hitzig über Viehdiebstahl diskutiert wurde. Der friedliche Schein hatte wie so oft getrogen.

Sie setzte ihre Fahrt schließlich fort und fuhr einem spektakulären Sonnenuntergang entgegen, der sie mit seinem gleißenden Licht blendete. In Oswestry suchte sie sich ein Quartier für die Nacht. Die kleine Pension aus ihrer Kindheit gab es noch immer. Nur die Besitzer hatten gewechselt. Die Zimmer waren ebenso schäbig, aber gemütlich wie früher. Imogen verdrängte aufkommende ängstliche Gedanken, indem sie im Wohnzimmer der Familie mit den Großeltern fernsah, bis sie kaum noch die Augen offenhalten konnte.

16

Da war nichts, was ihr an dem Tal nicht vertraut gewesen wäre, was sich nicht tief in ihr Bewußtsein eingeprägt hatte. In dem Moment, als sie den ersten Blick darauf warf, war alles wieder präsent: die Berghänge, die geduckten viereckigen Häuser, die schwarzweiß gestrichenen Kapellen, der rauschende Fluß, dessen Wassermassen sich tosend in vielen Windungen durch den Talboden schlängelten und die bizarren Formen der Schatten, die die Gipfel, welche das Tal zur Südseite hin abschlossen, über die Straße warfen. Die dem Tal zugewandten steilen Felswände glänzten im ewigen Licht, während ihre schroffen Nordseiten den ganzen Tag, ja das ganze Jahr im Dunkeln lagen. Verschüttet gewesen war in ihr das Gefühl, das diese Umgebung stets ausgelöst hatte: die innere Anspannung, die aus dem Glück über die Schönheit der Natur und aus klaustrophobischen Anwandlungen entstand. Wie konnten Menschen es ertragen, auf der schattigen Seite des Tals zu leben?

Mit einem Mal wurde ihr klar, weshalb sie seit dem Tod der Eltern nie wieder hergekommen war. Das jedoch änderte nichts an der Tatsache, daß sie als Kind hier glücklich gewesen war. Am Anfang des Tals führte die Straße in spitzen Kehren über den Paß nach Vyrnwy, und das Dorf kam in Sicht. Und plötzlich waren sie da, die Reihen viktorianischer Häuser auf den terrassierten Hängen, geradeso, als habe ein unachtsames Kind sein Spielzeug überall verstreut liegengelassen. Hoch über den Häuserreihen hatte der Schieferabbau kraterartige, gähnende Löcher in den Hängen hinterlassen, die nur teilweise mit Abfallgestein aufgefüllt worden waren. In der Sonne leuchtete Schiefer grau, und im Regen bekam er einen bläulichen Schimmer. Und dann war da plötzlich das Gasthaus, in dem in Imogens Erinnerung die Sprache von Englisch zu Walisisch wechselte, sobald ein Fremder den Schankraum betrat, und erneut in Englisch umschlug, wenn dieser wieder gegangen war.

Sie hatte Mühe, den Bauernhof zu finden, in dem sie als Kind die Ferien verbracht hatte. Am Fuß der Berge war die Straße begradigt geworden, und die Haarnadelkurven aus ihrer Erinnerung waren jetzt weiter. Nach und nach gelangte sie auf den richtigen Weg. Der Hof vor dem Haupthaus war morastig, und der penetrante Geruch war noch immer derselbe. Eine junge Frau fütterte an einem Trog vor den Ställen die Schweine. Aus einer Stalltür guckte ein altes Pferd und wieherte.

»Tut mir leid«, sagte die junge Frau und sah Imogen lächelnd an. »Aber wir vermieten jetzt noch keine Zimmer. Im Dorf finden Sie sicher eine Unterkunft.«

»Ich bin früher oft hiergewesen«, erklärte Imogen. »Ich heiße Quy. Imogen Quy. Meine Eltern haben jeden Sommer auf diesem Hof verbracht.«

»Großer Gott!« rief die Frau aus. »Du bist Imo? Erinnerst du dich nicht mehr an mich? Ich bin Gwenny!«

»Gwenny! Du meine Güte, Gwenny!« entfuhr es Imogen verblüfft. Sie hatte Gwenny als ein kleines, zierliches Mädchen in Erinnerung gehabt, das wie ein Kobold überall und nirgends gewesen war. Jetzt war sie eine großgewachsene, kräftige junge Frau mit gebräunten Armen und großen, geröteten Händen.

»Du mußt unbedingt einen Tee mit uns trinken«, lud sie Imogen energisch ein und führte sie ins Haus.

Das Bauernhaus hatte sich weniger verändert als Gwenny. Es empfing sie dunkel und kühl, mit niedrigen Balken, einer breiten Fensterbank mit bequemen Polstern im Erker, an deren einem Ende ein Hund und am anderen Ende eine Katze schliefen. Der Fußboden war mit den großen Schieferplatten der Gegend ausgelegt. Vor dem breiten Ofen, der wohlige Wärme verströmte, saß Gwennys Vater in seinem alten Schaukelstuhl und las Zeitung. Die Füße hatte er auf den zweiten, schlafenden Hund gestützt.

»Sieh mal, wer da ist, Dad«, begann Gwenny. »Erinnerst du dich noch an Imo?«

Der alte Mann musterte Imogen ruhig. Dann hievte er sich aus dem Stuhl und griff nach einer Fotografie auf dem Kaminsims. Er reichte sie wortlos Imogen, die auf dem Bild sich selbst mit einem Sonnenhut erkannte, wie sie kaum einen Meter groß in die Kamera blickte und mit einer Gabel Heu wendete.

Gwenny nahm den heißen Wasserkessel vom Feuer und goß Tee auf.

»Wir dachten, du würdest mal wiederkommen«, sagte der alte Bauer und stellte das Foto zwischen eine Porträtaufnahme seiner – vermutlich verstorbenen – Frau und den Schnappschuß von einem preisgekrönten Schwein auf den Kaminsims zurück. »Hast lange genug damit gewartet.« Er musterte sie kritisch. »Für eine Stadtkatze hast du eine gute Farbe«, bemerkte er. »Freut mich für dich.«

Gwenny stellte einen uralten kleinen Klapptisch auf und deckte eine weiße Tischdecke darüber. Minuten später thronte eine braune Teekanne zwischen zarten, schönen Porzellantassen, Rosinenbrötchen, Krapfen und Marmelade.

Imogen saß in einem Stuhl, der extra für sie gebracht wurde, und versuchte nicht zuviel von dem köstlichen zweiten Frühstück zu essen. Sie brannte darauf, auf den Grund ihres Besuchs zu sprechen zu kommen. Ganz allmählich lenkte sie das Gespräch auf Fran.

»Nein«, sagte Gwenny. »Nein, ich habe von niemandem gehört . . . in letzter Zeit. Du, Dad? Es ist doch niemand im Tal gewesen, oder?«

»Beim Doktor könnte jemand gewesen sein, Gwenny«, antwortete er.

»Stimmt. Ein Arzt hat jetzt das alte Cottage am Ende der English Road – du erinnerst dich, Imo, wo der alte Williams gelebt hat. Da sind immer irgendwelche Leute, niemand kennt sie, aber sie kommen in den Laden oder essen im Gasthof. Der Doktor selbst ist aus

Cambridge. Vielleicht kennst du ihn sogar. Aber sonst kann hier nirgendwo ein Fremder wohnen, ohne daß wir davon erfahren. Nur im August, wenn hier der Teufel los ist, verliert man den Überblick. Deine Freundin muß in einem anderen Tal sein.«

»Sie sucht nach einem Ort, wo vor langer Zeit ein Dr. Summerfield ein paar Tage verbracht hat. Der Name kommt dir nicht zufällig bekannt vor, Gwenny?«

»Dr. Summerfield? Nein. Tut mir leid, Imo. Oder meinst du vielleicht eine Frau mit einem Doktortitel? Da kommt gelegentlich eine und belästigt die Evans.«

»Meinst du, ich müßte sie kennen?«

»Sie kann kaum eine Freundin von dir sein, Imo. Es ist eine alte Schreckschraube. Angeblich Antiquitätenhändlerin. Sie läßt sich nie mit einem Nein abspeisen, sondern drängt und belästigt die Leute, bis sie es leid sind. Eine richtige Landplage!«

»Die Frau, an die ich denke, ist keine Antiquitätenhändlerin. Hat diese Person dich auch schon belästigt, Gwenny?«

»Nein, nie. Aber die Evans. Droben in der Farm am Steinbruch. Auf der Quarry Farm.«

»Komisch, daß du ausgerechnet die Quarry Farm erwähnst«, murmelte Imogen und zog das zerknitterte Foto aus der Tasche. »Wo glaubst du, ist diese Aufnahme gemacht worden, Gwenny? Doch irgendwo dort oben, denke ich. Sie könnte ein Hinweis darauf sein, wonach meine Freundin Fran sucht.«

»Das ist vor der am höchsten gelegenen Weide der Evans«, sagte Gwenny prompt. »Aber dort oben hält sich bestimmt keine Engländerin auf, Imo. Die Evans lassen keine Engländer auf ihren Grund und Boden. Komisch ist das schon –«

Gwenny trank einen Schluck Tee, » – wenn man bedenkt, daß die alte Großmutter Evans Engländerin war. Ist sie doch gewesen, stimmt's Dad?«

»Der alte David Evans hat gleich nach dem Krieg eine Herde Schafe zum Markt nach Shrewsbury getrieben und ist mit einer Frau zurückgekommen«, erzählte der alte Mann. »Die Leute haben sich das Maul zerrissen . . . damals. Sie konnte kein Wort Walisisch, und die Evans konnten kein Englisch.«

»Wie ist sie zurechtgekommen?« wollte Imogen wissen.

»Sie hat es gelernt«, antwortete der Alte. »War eine prima Frau. Ist nicht mehr unter uns.« Er seufzte. »Sie konnte auf walisisch fluchen wie ein Fuhrkutscher«, fuhr er grinsend fort. »Die Frau war eine Klasse für sich. Jeden Sonntag ist sie mit dem Pony zur Kirche geritten, und der Rest der Familie mußte zu Fuß gehen. War damals das Gesprächsthema Nummer eins im Tal . . .« Er versank in seinen Erinnerungen.

Imogen wurde klar, daß er mit »gleich nach dem Krieg« den Ersten Weltkrieg gemeint haben mußte. Eine Stunde später verabschiedete sie sich. Gwenny brachte sie zum Hoftor.

»Ich könnte dir ein Bett zurechtmachen. Eigentlich gehörst du doch hierher«, lud sie Imogen ein. Aber Imogen lehnte ab. Gwenny hatte auch ohne einen Hausgast schon genug zu tun.

»Danke, Gwenny, aber ich habe schon ein Zimmer unten im Gasthof«, sagte sie. »Gwenny, du weißt nicht zufällig, wie der Doktor heißt, der das Cottage vom alten Williams jetzt hat?«

Gwenny schüttelte bedauernd den Kopf. »Nicht genau. Die Leute nennen ihn hier den ›Engländer‹ oder ›Merry‹ – so ein komischer Name, klingt wie ein Frauenname. Ich bin ihm noch nie begegnet. Er ist nicht oft da. Du weißt ja, wie die reichen Engländer so sind. Sie kaufen Häuser und benutzen sie wie ein Ferienlager. Hoffentlich findest du deine Freundin, Imo. Und fahr nicht wieder weg, bevor du nicht noch mal zum Tee bei uns warst. Ist immer eine nette Abwechslung für Dad. Er redet gern über alte Zeiten.«

17

Nachmittags kam Regen auf. Imogen kramte im Kofferraum ihres Wagens nach warmer, wasserdichter Kleidung. Sie fand einen selbstgestrickten Wollpullover und ihr weites Regencape mit Kapuze. So ausstaffiert sah sie zwar wie ein wandelndes Zelt aus, aber fern der Heimat war Eitelkeit unangebracht. Sie parkte den Wagen auf dem Randstreifen an der Landstraße und stieg den morastigen Weg zur Quarry Farm hinauf.

Die Farm der Familie Evans machte einen reichlich abgeschotteten Eindruck. Der Pfad am Hang war in regelmäßigen Abständen mit Gattern verschlossen, über die Stacheldraht gespannt war. An den Zäunen prangten zahllose Warnschilder mit der Aufschrift: KEIN ZUGANG! BETRETEN VERBOTEN! EINTRITT VERBOTEN! VORSICHT, BISSIGER HUND! NUR FÜR ANGEMELDETE BESUCHER! VON SCHUSSWAFFEN WIRD GEBRAUCH GEMACHT! Die mehr als abschreckender Wirkung jedoch wurde durch ein Schild relativiert, auf dem in walisisch stand: IMMER HEREINSPAZIERT!

Es waren daher Imogens – wenn auch dürftige – Kenntnisse der walisischen Sprache, die sie veranlaßten, die restlichen Warnschilder nicht ernst zu nehmen. Nachdem sie die erste Strecke zurückgelegt hatte, kam über ihr bereits der Hof in Sicht, der sich unter hohen Bäumen in den Hang schmiegte. Entschlossen kletterte sie über Zäune und Gatter und ignorierte die Schilder. Als sie noch eine gute Viertelmeile Weg vor sich hatte, hörte sie plötzlich jemand rufen. Sie blieb stehen und sah auf. Am Hoftor stand ein Mann und schrie ihr etwas zu. Sie winkte und ging weiter auf das letzte Gatter zu.

Dann fiel ein Schuß. Sie blieb wie angewurzelt stehen. Offenbar hatte er nicht auf sie gezielt, nur einfach in die Luft geschossen. Imogen konnte nicht verstehen, was er schrie. Sie formte die Hände zu einem Trichter vor dem Mund und rief: »Ich muß mit Ihnen reden!«

»Verschwinden Sie!« brüllte er. »Oder es wird Ihnen leid tun. Hauen Sie ab!«

Imogen versuchte ›Bora da!‹ zu rufen, aber es ist schwierig, freundlich zu klingen, wenn man auf eine Viertelmeile Entfernung gegen einen Berg anschreit. Sie machte ein paar unsichere Schritte vorwärts, dann sah sie die Hunde. Aber es waren nicht die vertrauten Schäferhunde mit ihrem harmlosen Gekläffe. Riesige schwarze Köter einer undefinierbaren Rasse galoppierten bergab und direkt auf sie zu. Imogens Mut sank. Sie machte kehrt und nahm die Beine in die Hand.

Es waren nur noch ein paar Schritte bis zum letzten Zaun. Imogen hätte es schaffen können, auch wenn das flatternde Cape sie behinderte. Doch sie stolperte und fiel. Sie blieb mit dem Fuß an etwas hängen und segelte durch die Luft. Ein scharfer Schmerz schoß durch ihren Knöchel – sie hörte ein Geräusch wie von einem brechenden Knochen –, dann waren die Hunde über ihr. Der eine senkte seine Zähne in ihren Unterarm, knurrte und zerrte an ihr. Der andere hatte ihren Umhang zu fassen bekommen und riß zähnefletschend daran. In panischer Angst und unter großen Schmerzen versuchte sie mit dem freien Arm ihr Gesicht zu schützen. Imogen hörte Schreie und den schrillen, durchdringenden Ton einer Trillerpfeife. Augenblicklich ließen die Hunde von ihr ab und hetzten davon. Imogen machte noch den Versuch, sich aufzurichten, dann wurde sie ohnmächtig.

Als sie wieder zu sich kam, wurde sie von zwei Männern bergauf getragen. Der eine hatte sie unter den Achseln, der andere unter den Kniekehlen gefaßt, und sie wurde bei jedem Schritt von Schmerzen geschüttelt. Ihre linke Hand fühlte sich warm und klebrig an. Die beiden Männer unterhielten sich aufgebracht und keuchten vor Anstrengung.

»Dafür dreht Mutter dir den Hals um, Daffyd!« sagte die Stimme hinter ihr.

»Woher sollte ich das denn wissen, Mann? Ich dachte, es ist *sie*!« sagte der andere. Dann stolperte einer ihrer Träger. Sie spürte noch den rasenden Schmerz in ihrem Bein, dann sank sie in tiefe Bewußtlosigkeit.

Als sie wieder zu sich kam, lag sie auf einem Sofa in einer dunklen, warmen Küche mit einem riesigen alten Herd, einem alten Tisch und Stühlen, die denen auf Gwennys Farm sehr ähnlich waren. Ihren Fuß hatte man auf mehrere Kissen gebettet. Ihr Arm hing über das Sofapolster, und die Hand steckte in einer Schüssel mit warmem Wasser. Sie starrte verblüfft auf das seltsame Arrangement, bis sie begriff, daß sie aus einer tiefen Wunde am Arm in die Schüssel mit warmem Wasser blutete.

Dieselbe Stimme wie auf dem Weg sagte: »Ich dachte, es ist *sie*, kapiert?«

»Aber diese Frau hier ist klein und zierlich!« entgegnete eine Frauenstimme ärgerlich.

»Sie hatte ein weites Cape an, Mutter. Damit sah sie fett genug aus –«

»Wie auch immer, wir stecken in Schwierigkeiten. Was machen wir mit ihr?« fragte die Mutter.

»Rufen Sie Gwenny Floyd an. Sie soll mich holen«, warf Imogen ein. Kaum hatte sie die Worte gesprochen, stieg Übelkeit in ihr hoch, und sie mußte sich in die Schüssel mit dem warmen Wasser übergeben.

»Sie sind eine Freundin von Gwenny?« erkundigte sich die Frau. »Mein Gott, was werden die Leute von uns denken!« Ihre Stimme klang tränenerstickt und wütend zugleich.

Imogen begann heftig zu zittern. Ihre Zähne schlugen klappernd aufeinander. Sie warf einen Blick auf ihren Fußknöchel, der sehr schmerzte. Er war dick und häßlich verfärbt. Sie brauchte einen Arzt.

Die wütende Frau brachte eine Schüssel mit frischem Wasser, eine Tasse Tee und ein warmes, feuchtes Handtuch. Imogen schüttelte den Kopf.

»Trinken Sie das. Dann geht es Ihnen besser, meine Liebe«, drängte die Frau.

»Ich brauche einen Arzt«, murmelte Imogen.

»Hilfe ist schon unterwegs. Keine Angst.«

»Haben Sie einen Verband?« fragte Imogen schwach. »Mein Arm blutet.«

»Ich mache das gleich«, versprach die Frau. »Aber Bißwunden müssen erst ordentlich ausbluten . . .«

Imogen begriff, daß die Frau mit heißem süßem Tee und dem lauwarmem Wasserbad zu den richtigen Mitteln gegriffen hatte. Dann wurde ihr erneut schwarz vor den Augen.

Wieder etwas später hörte sie Stimmen um sich herum.

». . . und zu allem Übel ist sie auch noch eine Freundin von Gwenny . . .« Das war die Stimme der Mutter, die so böse mit den beiden Männern und so fürsorglich mit ihr war. »Was soll ich nur Gwenny sagen?«

Dann ertönte eine neue Stimme: »Danken Sie Ihrem Herrgott, daß nichts Schlimmeres passiert ist. Den Bruch kann ich richten. Das Problem sind die Bißwunden. Sie braucht eine Tetanusspritze. Und zwar sofort . . .«

»Mein Tetanusschutz ist intakt«, erklärte Imogen.

»Ho, ho! Eine vernünftige Frau und hellwach, wie ich sehe«, sagte der Arzt. »Ausgezeichnet. In diesem Fall brauche ich Sie nicht zu transportieren. Ich brauche nur den Bruch zu richten. Ein kleiner Schmerztöter . . .« Er zückte eine erstaunlich große Spritze mit einer klaren Flüssigkeit. Imogen zuckte bei ihrem Anblick zusammen und machte sich auf einiges gefaßt. Sanft und routiniert spritzte der Arzt die Flüssigkeit in ihren unverletzten Arm. Sie wurde sofort ohnmächtig.

Imogen wachte in einem großen Bett unter einer Dachschräge wieder auf. An der Wand zu ihrer Linken stand eine schwere Eichenkommode mit Spiegel. Über dem Nachttisch lag ein Spitzendeckchen, und darauf stand ein Tablett mit einer Tassee Tee. Imogen erkannte an der trüben, braunen Oberfläche der Flüssigkeit, daß sie kalt war. Die Sonne schien schräg durch das Fenster. Es mußte spät am Vormittag sein. Vorsichtig machte Imogen einige Bewegungen – zuerst mit dem Arm, der vom Daumen an aufwärts bandagiert war. Die Wunden brannten. Die restlichen vier Finger konnte sie frei bewegen. Ihr Bein war geschient, und die geringste Bewegung schmerzte derart, daß sie sofort wieder stillhielt. Sie starrte eine Weile an die Decke, rutschte dann langsam höher in die Kissen, so daß sie sich im Zimmer umsehen konnte. Zugedeckt war sie mit einem Patchwork-Quilt, der sie sofort faszinierte.

Er überdeckte das ganze breite Bett. Seine Farben waren sanft und verblichen und reichten von Rosa über Weiß, Lila und verschiedene Blautöne bis Blaßgrün und Braun. Das Muster bestand lediglich aus zwei Formen: breiten und schmale Rauten. Imogen starrte voller Bewunderung auf die Handarbeit und versuchte das Wiederholungsmuster auszugrenzen. Plötzlich war sie hellwach. So sehr sie sich auch auf das Muster konzentrierte, sie konnte den Rhythmus des Musters nicht erkennen. Immer wieder glaubte sie einen Bereich zu entdecken, in dem sich das Muster wiederholte, und mußte dann doch feststellen, daß ein oder zwei Teile wiederum verschieden waren.

Dieser Quilt war ein Meisterwerk. Einen sich wiederholenden Musterteil gab es nicht. Also konnte er nicht auf herkömmliche Art, Block für Block, entstanden sein. Er war in einem einzigen, geradezu unfaßbar aufwendigen Arbeitsgang angefertigt worden. Sämtliche Musterteile waren direkt auf den Untergrund aufgenäht worden. Und was Imogen in dem schwindelerregenden Kaleidoskop an Farben und Mustern sah – in dem sie niemals zwei identische Teile zu erkennen vermochte –, waren Formen mit Schattenrissen, eine Art unregelmäßiger Siebenecke, die plötzlich im Muster auftauchten und in dem Augenblick wieder verschwanden, da man sie genauer betrachtete. Ein Schattenheptagon – ein sich niemals wiederholendes Muster ... *Was hatte Fran gesagt?* Imogen setzte sich abrupt auf und ignorierte die Schmerzen in ihrem Knöchel. Ihr prickelte die Haut, ein kleiner Schauer rann ihr über den Rücken. Plötzlich wußte sie genau, wo Gideon Summerfield jene ungeklärte Zeit in jenem längst vergangenen August verbracht hatte. Sie wußte, warum dieses Geheimnis sogar einen Mord wert war. Und wenn man wußte warum, dann wußte man auch für wen.

Es klopfte an der Tür, und Mrs. Evans kam herein, ein Tablett in den Händen. »Jetzt sehen Sie schon besser aus«, sagte sie. »Ich bringe Ihnen Frühstück. Und ich möchte erklären ...«

Imogen war plötzlich hungrig wie ein Wolf. Dicker, cremiger Porridge mit Zucker und Milch, ein Stapel Toast mit Butter und Orangenmarmelade, eine Kanne Tee – das alles sah sehr verlokkend aus.

»Lassen Sie mich raten«, entgegnete sie gut gelaunt. »Sie hatten eine Menge Unannehmlichkeiten mit jemandem, der versucht, diesen Quilt hier zu kaufen. Ist der Name der Person zufällig Janet Summerfield?«

Janet Summerfield hatte die Familie lange Zeit bedrängt. Sie hatte gebettelt, eine Menge Geld geboten, es mit Drohungen, ja sogar mit Hinterlist versucht. Und niemand hatte daran gezweifelt, daß Janet Summerfield ebenfalls dahinter gesteckt hatte, als eine Frau auf dem Hof auftauchte und behauptete, den Quilt für ein Textilmuseum in Nottingham kaufen zu wollen, das, wie die Familie später herausfand, gar nicht existierte. Danach wurde mehrfach auf dem Hof eingebrochen, und zwar stets am Markttag, wenn niemand zu Hause war. Aber zu diesem Zeitpunkt hatte Mrs.

Evans sich bereits angewöhnt, den Quilt jedesmal, wenn sie fortging, in die schwere Mitgifttruhe ihrer Mutter zu schließen.

»Das schafft keiner, das schwere alte Ding wegzutragen, Miss Quy. Und das alte Schloß hat noch jedem Einbrecher standgehalten.«

»Bitte sagen Sie Imo zu mir«, bemerkte Imogen. »Wie Gwenny.«

»Schließlich haben wir ihr gedroht, die Hunde auf sie zu hetzen, sobald sie es wagen sollte, unseren Grund und Boden noch einmal zu betreten«, fuhr Mrs. Evans fort. »Das scheint sie ernst genommen zu haben. Seit vier Jahren läßt sie uns in Ruhe. Tut mir leid, daß unser Hugh Sie mit ihr verwechselt hat. Er ist nicht der Schlauste, Miss . . . Imo. Aber Janet Summerfield hat gerade ihm am meisten zugesetzt . . .«

»Inwiefern denn?«

»Sie hat ihn in ihre Garage eingesperrt. Dann hat sie uns eine Erpressernachricht unter der Tür durchgeschoben. Darauf stand, Hugh käme frei, sobald wir den Quilt in einer Mülltüte an der Straße nach Einbruch der Dunkelheit deponieren. Es war idiotisch. Jeder wußte, wo er sein mußte, wenn sie ihn geschnappt hatte. Es gibt im Tal nur eine einzige Garage mit einer Tür, die abzuschließen ist. Und nur Janet Summerfield war auf den Quilt scharf. Constable Jones konnte Hugh problemlos befreien. Danach war er völlig verängstigt.«

»Kann man verstehen«, seufzte Imogen.

»Als er Sie dann gestern auf unserem Weg gesehen hat –«

»Keine Sorge«, beruhigte Imogen sie. »Ich verstehe das. Erzählen Sie mir mehr von diesem Quilt. Wer hat ihn gearbeitet?«

»Granny Vi, meine Großmutter. Das Haus ist voll von ihren Quilts, Imo, aber der hier war ihr ganzer Stolz. Wir decken ihn immer über das Gästebett. Um ihn zu schonen.«

»Er ist phantastisch«, bekannte Imogen. »Und ziemlich alt, schätze ich. Wissen Sie, wann er entstanden ist?« Auch ohne Hollys Vortrag wußte Imogen, daß der Quilt älter war als Summerfields kostbare Entdeckung auf dem Gebiet der Geometrie.

»Muß vor dem Krieg gewesen sein. So lange ich denken kann, liegt der Quilt im Gästezimmer«, erkärte Mrs. Evans. »Und ich gebe ihn nicht her . . . nicht für alles Geld der Welt. Sie hat uns fünftausend Pfund geboten – *fünftausend*! Und mein Mann hätte das Geld genommen, nur um sie loszuwerden. Aber das habe ich nicht zugelasen. Hier im Haus habe ich das Sagen. Er ist der Herr über Felder und Vieh. Also haben wir ihn behalten. Aber wissen Sie, Imo ... wenn ich nur hätte glauben können, daß ihr wirklich etwas an diesem Quilt liegt ... ich hätte ihn ihr schließlich doch überlassen. Das Geld hätten wir gut brauchen können. Aber der Quilt an sich ist ihr nicht wichtig. Sie hat ihn sich kein einziges Mal richtig angesehen. Nicht so wie Sie. Warum will jemand einen Quilt, den er keines Blickes würdigt? Ach, ich rede zuviel. Sie halten uns bestimmt alle für verrückt!«

»Nein, überhaupt nicht«, widersprach Imogen. »Im Gegenteil. Was Janet Summerfield betrifft, haben Sie völlig recht. Sie will den Quilt nicht, um ihn zu erhalten. Sie will ihn vernichten. Sie dürfen ihn ihr niemals geben.«

»Sie kennen Sie also?« fragte Mrs. Evans und musterte Imogen neugierig.

»Ich bin ihr schon begegnet, ja.«

»Ich verstehe jetzt, warum Gwenny Sie so gern hat, Imo«, sagte Mrs. Evans unvermittelt. »Sie will Sie übrigens so schnell wie möglich besuchen.«

»Hat der Doktor gesagt, daß ich aufstehen darf?« wollte Imogen wissen.

»Das war kein Doktor. Der nächste Arzt ist in Bala. Das war der Tierarzt. Ich rufe ihn an und frage.«

Imogen ließ sich erschöpft in die Kissen sinken. Über der Betrachtung des faszinierenden Quilts döste sie ein.

18

Der Tierarzt war der Ansicht, wenn eine Kuh mit einem von ihm eingerenkten und geschienten Knochenbruch laufen konnte, dann konnte das auch eine Frau. Obwohl kein Humanmediziner nach geltendem Recht eine Kuh verarzten durfte, so war es einem Veterinärmediziner durchaus erlaubt, eine Frau zu behandeln. Und bei

Imogen hatte sich der Tierarzt mehr als kompetent und fürsorglich erwiesen. Sie verließ also das Bett und machte sich auf einen Spazierstock gestützt auf den Weg nach unten. Nachdem sie sich wieder einigermaßen erholt hatte, beschäftigte sie vor allem der Gedanke an Fran. Mittlerweile hatte sie genug Zeit zum Nachdenken gehabt. Fran kannte das Foto nicht, das Imogen rein zufällig gefunden und das sie direkt in das Tanat-Tal geführt hatte. Fran kurvte jetzt sicher irgendwo planlos in Wales herum und studierte alte Hotelregister. Falls sie in dieser Gegend auftauchte und sich nach Summerfield erkundigte, war sie in Gefahr – vielleicht sogar in großer Gefahr. Vorausgesetzt natürlich, Janet Summerfield bekam Wind davon. Damit war die entscheidende Frage: Wo war Janet Summerfield?

Imogen setzte sich vorsichtig an den Küchentisch. In der Küche war es wohlig warm. Mrs. Evans und ihre Tochter Megan waren mit Kochen beschäftigt. Sie wartete eine günstige Gelegenheit ab und fragte die beiden, ob sie vielleicht gehört hätten, daß ein weiblicher Gast im Tal eingetroffen sei. Sie war sicher, daß die Buschtrommel der Einheimischen sofort vermelden würde, wenn Janet Summerfield auftauchte.

Beide verneinten das entschieden. Megan Evans hatte erst am Vorabend an der Hotelbar gearbeitet und im Speisesaal ausgeholfen. Ein paar Angler ohne weibliche Begleitung seien die einzigen Gäste gewesen, erzählte sie. »Um diese Jahreszeit kommen keine Touristen«, belehrte sie Imogen und stellte eine Tasse Tee vor sie hin.

Imogen gab den beiden eine genaue Beschreibung von Fran. Sie wollte wissen, ob eine der beiden sie vielleicht gesehen oder von ihr gehört hatte.

Beide schüttelten die Köpfe. Jeder Engländer im Tal würde im Gasthof oder bei Mrs. Jones, die eine kleine Pension hatte, absteigen oder im Cottage des Doktors aus Cambridge wohnen. Gelegentlich vermiete er es an Freunde oder Bekannte. Allerdings fast nur in der Sommersaison. Falls Gäste im Cottage angekommen seien, wüßte man das im Dorf. So etwas spräche sich stets herum. Schließlich könne man die Lichter dort unten von vielen Häusern im Dorf aus sehen.

»Ihr beobachtet also den Doktor aus Cambridge?« fragte Imogen amüsiert.

»Außer Klatsch und Tratsch gibt's hier nicht viel Ablenkung«, sagte Megan bedauernd. »Wir haben nichts gegen ihn.«

»Bis auf die Tatsache, daß er komische Freunde hat«, warf die Mutter ein.

»Ihre Freundin ... fährt sie vielleicht einen Rover? Ein altes Modell? Ein Coupé?« fragte Megan.

»Verflixt, das weiß ich gar nicht«, antwortete Imogen verdutzt. »Fran hat sich den Wagen ihres Vaters ausgeliehen. Und den habe ich noch nie zu Gesicht bekommen. Wie sieht denn dieser Rover aus?«

»Frauen wie Sie sind eine Schande für unser Geschlecht«, seufzte Megan amüsiert. »Es ist ein tolles Auto ... Jedenfalls war jemand vorgestern mit einem solchen Wagen hier. Er stand vor dem Gasthof. War im Nu von Schulkindern umringt.«

»Ich weiß einfach nicht, welchen Wagen sie fährt«, bedauerte Imogen. »Falls ihr etwas zugestoßen ist –«

»Hier passiert doch keinem was!« erklärte Mrs. Evans entsetzt. »Die Menschen in diesem Tal haben ein Herz aus Gold. Gut, wir zerreißen uns gern mal das Maul über die Engländer, aber zuleide tut ihnen keiner was –« Sie hielt abrupt inne und wurde rot, als ihr Blick unfreiwillig auf Imogens bandagierte Körperteile fiel.

Das Klopfen an der Tür unterbrach die peinliche Stille. Der Neuankömmling trat ein, ohne eine entsprechende Aufforderung abzuwarten. Es war ein Polizist. Er nahm den Helm ab. Darunter kam eine widerspenstige rote Haarmähne zum Vorschein.

Er begrüßte Mrs. Evans und Megan mit einem Wortschwall auf walisisch. Dann wandte er sich an Imogen. »Sie sind Miss Quy?«

Imogen nickte.

»Sie hatten einen häßlichen Unfall, wie ich höre«, sagte er. »Tut mir aufrichtig leid. Wollen Sie Anzeige erstatten?«

»Nein«, wehrte Imogen ab. »Wir haben das bereits geklärt. Außerdem wird mir hier eine solche Gastfreundschaft und Pflege zuteil, wie ich sie mir nur wünschen kann.«

Er steckte das Notizbuch wieder ein und setzte sich an den Küchentisch. »Wie geht es Ihnen jetzt? Haben Sie den Schock überwunden?«

»Mehr oder weniger«, antwortete Imogen.

Wie durch Zauberhand standen plötzlich eine Schale Marmelade, Rosinenbrötchen und eine Teekanne neben dem Polizeibeamten. Megan und ihre Mutter zogen sich wieder an den Herd zurück.

»Habe vielleicht schlechte Nachrichten für Sie«, fuhr der Polizist fort und verschlang mit zwei Bissen ein Rosinenbrötchen. »Wir haben eine Leiche gefunden. Eine Frauenleiche.«

»O mein Gott!« entfuhr es Imogen atemlos. Vor ihren Augen verschwamm die Küche. »Wann ... wann ist diese Person ... gestorben?« brachte sie mühsam hervor.

»Wissen wir noch nicht. Die Leute von der Spurensicherung sind schon unterwegs. Kleidungsstücke und andere Gegenstände aus dem Besitz der Toten könnten uns weitere Aufschlüsse geben. Wenn Sie also aufs Revier mitkommen würden ... Vielleicht erkennen Sie ja was.«

»Selbstverständlich«, sagte Imogen. Alles war jetzt besser, als untätig herumzusitzen. Sie erhob sich umständlich und griff nach ihrem Stock.

Die Polizeistation lag unten im Tal. Constable Jones behandelte Imogen auf seine ländlich unkomplizierte Art sehr zuvorkommend. Er führte sie zu einem schlichten Holztisch im rückwärtigen Teil des Bereitschaftsraumes, bot ihr einen Stuhl an und stellte einen Pappkarton auf die Tischplatte. Aus diesem holte er etliche Plastiktüten, die Kleidungsstücke, einen Kugelschreiber, einen Taschenkalender mit aufgeweichtem Ledereinband und eine goldene Uhr enthielten.

»Lassen Sie sich Zeit«, riet er ihr. »Sehen Sie sich alles lieber ganz genau an.«

Imogen erkannte keinen der Gegenstände. Die Armbanduhr brachte ihr schließlich Gewißheit. Eine goldene Uhr hatte sie bei Fran, die stets eine Mickey-Mouse-Uhr trug, noch nie gesehen. In ihrer grenzenlosen Erleichterung begann sie zu zittern und unkontrolliert zu lachen.

»Die Sachen gehören meiner Freundin ganz bestimmt nicht«, verkündete sie schließlich.

»In Ordnung«, sagte der Polizist. »Gute Nachricht für Sie und Miss Bullions Freunde. Schlechte Nachrichten für andere.«

Constable Jones' Miene entspannte sich sichtlich. Erst jetzt wurde Imogen klar, daß er innerlich darauf vorbereitet gewesen war, sie trösten zu müssen. Imogen erwärmte sich zusehends für ihn. »Ja«, murmelte sie. »Meinen Sie, es handelt sich um ein Verbrechen?«

»Es war ein Verbrechen«, erwiderte er. »Die Frau starb durch einen kräftigen Schlag auf den Hinterkopf.«

»Und Sie können nicht sagen, wie lange das her ist?«

»Die Leiche war oben im Hochmoor vergraben, Miss Quy. Auch in den Bergen gibt es Moore. Das wissen die wenigsten. Und das Moor konserviert, hält den Verwesungsprozeß auf. Das genaue Todesdatum kann erst der Pathologe feststellen.«

»Wie haben Sie die Leiche überhaupt entdeckt?«

»Das haben wir einem Bauern zu verdanken, der da oben einen Entwässerungsgraben anlegt, um eine Weide für seine Schafe trokkenzulegen.«

»Verstehe.«

»Mich fragt zwar keiner«, fügte er seufzend hinzu. »Aber wenn ich den Zustand der Schafe bedenke, die wir manchmal dort oben verendet finden, tippe ich darauf, daß die Leiche achtzehn Monate bis zwei Jahre im Moor gelegen hat. Und wer erinnert sich schon noch, wer vor zwei Jahren hier im Tal gewesen ist? Die Knochenarbeit bleibt wieder einmal an mir hängen. Wir Polizisten haben's nicht leicht, Miss Quy. Kein Bewohner des Tals gilt als vermißt. Das weiß ich genau.«

»Sollten Sie mit Ihrer Zeitrechnung recht haben«, meinte Imogen, »dann überprüfen Sie doch mal die Angaben über eine vermißte Frau namens May Swann.«

Es dauerte eine Weile, bis Imogen ihre Rückkehr nach Hause organisiert hatte. Autofahren konnte sie nicht. Aber Lady Buckmote spielte auf Imogens Bitte hin freudig die Retterin in der Not. Also wurde abgemacht, daß Lady Buckmote mit ihrem Sohn in ihrem

Wagen nach Shrewsbury fahren sollte, während Megan Evans Imogen in deren Wagen bis dorthin brachte. Anschließend wollte Megan mit dem Bus ins Tal zurückkehren, Lady Buckmotes Sohn den Wagen der Familie nach Cambridge bringen, und Imogen und Lady B. hatten vor, in Imogens kleinem Auto hinterherzufahren. Lady Buckmote konnte es sowieso kaum erwarten, daß Imogen ihr erklärte, warum sie in einem abgelegenen Tal von Wales unter die Hunde gekommen war ... Und das nicht einmal zur Ferienzeit.

Bevor Imogen die Quarry-Farm verließ, fotografierte sie mit ihrer kleinen Kamera ausgiebig den Quilt. Dann verabschiedete sie sich von Gwenny, die sie nicht gehen ließ, bevor sie ihr nicht eine Tüte mit Scones, einem Glas Honig und einem Töpfchen selbstgemachtem Lemon Curd übergeben und das Versprechen abgenommen hatte, mit ihrem nächsten Besuch nicht mehr so lange zu warten wie beim letztenmal. Am frühen Vormittag schließlich machten Imogen und Megan sich auf die Fahrt nach Shrewsbury.

»Wissen Sie eigentlich, wo die Frauenleiche gefunden wurde?« fragte Imogen Megan, als sie das Dorf verließen.

»Dort oben. Dort, wo die Plane über den Boden gespannt ist. Sehen Sie?« Megan deutete vage nach rechts, ohne den Blick von der Straße zu wenden. »Direkt über dem Cottage.«

»Dem Cottage des Engländers?«

»Genau über dem.«

»Megan, wie heißt dieser Mann wirklich?«

»Sie wollen seinen richtigen Namen wissen? Keine Ahnung, wirklich. Er ist eher ein unangenehmer Zeitgenosse. Redet nie mit jemandem von hier. Rümpft die Nase über uns. Irgendwann hat einer seiner Freunde ihn auf der Straße gerufen, und das hat wie ein Frauenname geklungen. Danach hatte er natürlich seinen Spitznamen ›Merry‹ weg.«

»Kommt er nicht auch aus Cambridge?«

»Keine Ahnung«, seufzte Megan. »Irgendwo aus England. Soviel ist sicher.«

19

Als sie in Cambridge ankamen, fuhr Lady B. Imogen umgehend in die Klinik, wo ihr Knöchel geröntgt und in Gips gelegt wurde. Der Arzt in der Notaufnahme hatte nur lobende Worte für den Kollegen in Wales übrig, der den Bruch, wie Imogen ihm versicherte, ganz ohne Röntgenbild gerichtet hatte.

»Ich schätze, er hat eine gute Hand«, erklärte Imogen dem Mediziner. »Sogar bei Kühen.«

»Oh, davon sollte er die Finger lassen«, entgegnete der Unfallchirurg entsetzt. »Das ist gegen das Gesetz.«

»Ja, natürlich«, bemerkte Imogen. »Veterinärmediziner müssen auch länger studieren als Humanmediziner.«

»Ja, Menschen sind verhältnismäßig schlichte Organismen«, erwiderte er grinsend.

»Vom Hals an abwärts sowieso«, behauptete Imogen.

»Wie bitte? Ach so. Richtig. Bitte halten Sie jetzt still . . .«

Als Imogen gestützt von Lady B. mit frischem blütenweißem Gips ihr Haus betrat, erwartete sie ein Empfangskomitee: Josh und Fran. Die beiden jungen Leute umarmten Imogen unter großem Hallo und redeten gleichzeitig auf sie ein.

»Sie ist schon seit Tagen wieder da, Imogen, aber ich wußte nicht, wie ich Sie erreichen konnte«, sagte Josh.

»Wo bist du gewesen? Was hast du nur angestellt? Ich habe mir Sorgen gemacht!« kam es von Fran.

»Seit wann erdreisten sich jetzt schon Untermieterinnen, sich Sorgen um ihre Vermieterinnen zu machen?« konterte Imogen grinsend.

»Ich lasse dich jetzt allein, meine Liebe. Wie ich sehe, bist du in guten Händen«, erklärte Lady B., »und William wartet sicher schon ungeduldig.«

»Danke«, murmelte Imogen und drückte Lady B.'s Arm, bevor sie sich auf Frans Hand stützte.

Das Gipsbein verschaffte Imogen zuerst einmal uneingeschränkte Aufmerksamkeit. Fran und Josh fühlten sich bemüßigt, es ihr so bequem wie möglich zu machen und das Abendessen vorzubereiten. Das wiederum gab Imogen Zeit, sich gründlich zu überlegen, was sie Fran sagen wollte. Aber dazu hatte sie vorerst keine Gelegenheit. Josh und Fran waren viel zu sehr von ihren eigenen Erlebnissen eingenommen, um sich dafür zu interessieren, wann, wie, wo und weshalb Imogen sich den Knöchel gebrochen hatte.

Fran, so kam heraus, war unmittelbar nach Imogens Abreise nach Wales weich geworden und hatte Josh angerufen. »Ich war mit Vaters Auto unterwegs«, berichtete sie. »Zuerst war mir der große Schlitten mit Ledersitzen gar nicht geheuer. Jedenfalls habe ich tagelang sämtliche Touristenzentren abgeklappert . . . ohne Erfolg. Niemand konnte sich an Summerfield erinnern, und die Hotels bewahren ihre Gästebücher normalerweise höchstens fünf Jahre auf. Nur zwei Hotels besaßen noch die Bücher aus dem Sommer 1978, und es dauerte endlos lang, bis ich sie durchgesehen hatte . . .«

»Fran, wie bist du eigentlich auf Wales gekommen?«

»Melanie hatte eine Andeutung über Wales gemacht.«

»Ja, richtig.«

»Du mußt schrecklich müde sein, Imogen. Zuerst die lange Autofahrt und dann die Behandlung im Krankenhaus. Wir sollten dich jetzt in Ruhe lassen, damit du erst einmal ausschlafen kannst . . .«

Die erwartungsvollen Blicke der beiden jungen Leute straften Frans Fürsorge jedoch Lügen.

»Na ja,«, meldete sich Josh zu Wort. »Fran hatte keine Ahnung, was sie angerichtet hat, als sie mich nicht anrief. Aber mir war wiederum nicht klar, welche Sorgen sie sich machte . . . und dann haben wir gemerkt, daß wir eine ziemlich dünne Haut haben, wenn's um uns geht. Deshalb haben wir beschlossen . . .«

». . . uns zu verloben«, ergänzte Fran.

»Donnerwetter! Herzlichen Glückwunsch!« rief Imogen. »Das ist wirklich eine Überraschung!«

»Was ist daran so überraschend?« wollte Josh wissen. »Findest du, wir passen nicht zueinander?«

»Im Gegenteil«, antwortete Imogen. »Ich wußte nicht, daß man sich heutzutage noch verlobt.«

»Also üblich ist es nicht. Aber wir können vorerst noch nicht heiraten«, erklärte Fran. »Und solange wir uns keine Wohnung leisten können, haben wir auch keine Chance zusammenzuziehen. Deshalb haben wir eine Vereinbarung getroffen. Und das ist so gut wie eine Verlobung.«

Fran streckte ihre rechte Hand aus. Daran glänzte der Ring aus einem Kaugummiautomaten mit einem roten, rubinähnlichen Stein aus Plexiglas. Alle lachten.

»Tu mir einen Gefallen, Josh«, bat Imogen.

»Alles, was Sie wollen«, erwiderte Josh.

»Hol bitte meine Kamera aus dem Wagen und laß den Film, der noch drin ist, so schnell wie möglich entwickeln. Ich brauche die Abzüge. Möglichst in Postkartengröße.«

»Ich denke, Ihr Wagen steht in Wales«, sagte Josh.

»WALES!« entfuhr es Fran. »O Imogen!«

»John Buckmote müßte ihn mittlerweile zurückgefahren und vor dem Haus geparkt haben«, bemerkte Imogen, ohne Fran anzusehen. »Ich bin erledigt. Ich muß jetzt ins Bett.«

»Wir reden morgen weiter«, erklärte Fran. »Es wäre jetzt nicht fair.«

Josh, so stellte sich heraus, hatte seiner etwas empfindlichen Angebeteten verschwiegen, daß er sich in seinem Kummer Imogen anvertraut und daß sich Imogen daraufhin voller Sorge auf die Suche nach ihr gemacht hatte. Das Foto, das bei der Geschichte eine so große Rolle spielte, hatte Fran natürlich nie gesehen. Beim Frühstück erklärte Imogen, wie sie es gefunden, das Gebirgsmassiv im Hintergrund erkannt und sich sofort auf den Weg gemacht hatte . . .

Fran betrachtete das Foto aufmerksam. »Also hast du dich auf den Weg gemacht«, seufzte sie. »Und was hast du gefunden?«

»May Swann, fürchte ich.«

»*May Swann?* Und welche Erkärung hatte sie für ihr Verhalten?«

»Gar keine. Leider. Ich fürchte, sie ist mausetot.«

»Tot? Und das in Wales?«

»Es wird immer klarer, meine liebe Fran, daß wir uns auf sehr gefährlichem Terrain bewegen. Möglich, daß es nicht May Swanns Leiche ist . . . aber . . .«

In diesem Moment wurde an die Tür geklopft, und Josh kam herein. Er warf ein Couvert eines Foto-Schnellservices auf den Küchentisch.

Imogen öffnete es, während Josh Fran mit einem liebevollen Kuß bedachte, und legte die Abzüge auf den Tisch. Auf den Hochglanzfotos war die zarte Schönheit des Quilts nur zu ahnen. Aber als sich Fran aus Joshs Umarmung löste, beobachtete Imogen zufrieden, wie sich ihr Gesichtsausdruck beim Anblick der Bilder schlagartig veränderte. Sie ergriff das nächstbeste Foto und starrte es stirnrunzelnd an.

»Das ist Gideons geometrisches Muster – seine Entdeckung«, murmelte sie. »Sein berühmtes Muster. Auf einem Quilt. Er ist wunderschön. Aber wie merkwürdig . . .«

»Was du auf einem kleinen Foto vermutlich nicht erkennen kannst«, warf Imogen ein, »ist, daß es sich um einen alten Quilt handelt.«

»Er kann kaum vor 1979 entstanden sein«, behauptete Fran.

»Oh, er ist viel älter«, widersprach Imogen. »Er wurde in den zwanziger Jahren gefertigt, möchte ich meinen.«

»Aber Imogen, was soll das heißen? Und wo befindet sich dieser erstaunliche Quilt?«

»Über dem Gästebett der Quarry-Farm im Tanat-Tal«, antwortete Imogen. »Und ich glaube, das sagt uns deutlich, wo dein Summerfield den Sommer 1978 verbracht hat und warum das ein Geheimnis ist, für das es sich zu morden lohnt. Und warum eine Biographin, die gerade von einer Reise nach Wales zurückgekommen ist, in großer Gefahr schwebt.«

»Wir müssen die Polizei verständigen«, erklärte Josh.

»Du meinst, seine Entdeckung auf dem Gebiet der Geometrie war nur geklaut?« sagte Fran nachdenklich. Sie hielt in jeder Hand ein Foto. »Das ist es . . . hundertprozentig . . . das Penrose-Muster, aber mit Schattenheptagonen statt mit . . . Er hat es überhaupt nicht erfunden. Er hat es geklaut! Diese miese Ratte! Mann, das erklärt, warum ein mittelmäßiger Mathematiker plötzlich zum brillanten Wissenschaftler wurde . . . und warum die meisten, die ihn gekannt haben, so überrascht waren! Imogen, das ist Dynamit! Wenn ich das Professor Maverack erzähle!«

»Fran, du kannst *niemandem* etwas davon erzählen! Und ganz bestimmt nicht Maverack, der einmal zum Kreis um Summerfield gehört hat! Hast du nicht gehört? Du mußt aufpassen!«

»Ruf die Polizei an«, wiederholte Josh.

»Janet Summerfield hat die Familie auf der Quarry-Farm jahrelang tyrannisiert ... mit allen fairen und unfairen Mitteln versucht, ihnen den Quilt abzuluchsen«, sagte Imogen. »Und nur weil im abgelegenen Tanat-Tal jeder Engländer aufmerksam beobachtet wird und der Hof nur über einen steilen, beschwerlichen Weg durch unwegsames Gelände zu erreichen ist, ist es ihr nicht gelungen.«

»Und weil sie den Quilt nicht bekommen konnte, bringt sie jeden um, der auch nur andeutungsweise seine Bedeutung erkennt?«

»Sieht doch ganz danach aus, oder?«

»Also ich rufe jetzt die Polizei an!« verkündete Josh. »Ich riskiere nichts. Es geht um Frans Sicherheit.«

»Nicht so vorschnell, Josh. Ist Fran wirklich sicherer, wenn die Polizei Ermittlungen anstellt? Ich weiß nicht recht ...«

»Sie ist sicherer, wenn diese Irre hinter Schloß und Riegel ist.«

»Ich rede lieber erst mal mit meinem Freund Mike Parsons von der Polizei in Cambridge«, erklärte Imogen. »Mal sehen, was er vorschlägt. Kannst du so lange warten, Josh?«

»Schätze schon.«

»Und noch was, Josh! Ich weiß nicht, ob es gut ist, daß Fran und ich momentan allein im Haus sind. Möchtest du nicht vorübergehend bei uns einziehen? Nur zum Schutz, meine ich.«

Sie sah, wie die beiden jungen Leute flüchtig einen Blick wechselten. »Imogen, laut Mietvertrag darf ich die Mansarde mit niemandem teilen«, gab Fran zu bedenken.

»Ich bin eine freie Frau«, erklärte Imogen. »Ich kann jederzeit meine Meinung ändern.«

Shirl fuhr Imogen am nächsten Tag zum Dienst. Obwohl Imogen Josh spontan gebeten hatte, einzuziehen, fühlte sie sich doch ein wenig beengt und brauchte etwas Abwechslung. Natürlich war ihr der Ursprung ihres schnellen Entschlusses klar. Nur weil sie selbst in der Liebe bisher nicht gerade auf der Sonnenseite des Lebens gestanden hatte, wollte sie den jungen Leuten nicht im Weg stehen. Im Gegenteil!

Außerdem hatte Imogen einen Plan. Sie wollte Janet Summerfield die falsche Information zukommen lassen, daß Fran wisse, daß Gideon jene Augusttage 1978 in Tenby zugebracht habe. Vielleicht bewirkte das, daß Janet Fran in Ruhe ließ. Vorausgesetzt, Fran konnte die echte, sensationelle Entdeckung lange genug für sich behalten.

Imogen hatte daher vor, Janet Summerfield der Einfachheit halber selbst anzurufen. Und das Gespräch gedachte sie von ihrem Dienstzimmer aus zu führen, wo sie ungestört war.

Imogen wartete bis zum Ende ihrer Sprechstunde. Als der letzte Patient verarztet war, hängte sie das Schild »GESCHLOSSEN« vor die Tür und rief den Feind an.

»Mrs. Summerfield? Wir sind uns einmal begegnet, als Sie zu mir kamen, um Unterlagen von meiner Mieterin Miss Bullion abzuholen ... Nein, bitte, legen Sie nicht auf. Ich habe Neuigkeiten für Sie.«

Am anderen Ende herrschte Schweigen.

»Miss Summerfield, wie Sie vielleicht wissen, hat Miss Bullion herauszufinden versucht, wo Ihr Mann einige Tage im Sommer 1978 verbracht hat. Sie hat ihre Recherchen mittlerweile abgeschlossen – und zwar erfolgreich. Sie ist also in der Lage, das Manuskript für die Biographie fristgerecht dem Verlag zu übergeben. Ich dachte, das würde Sie interessieren.«

»Sie hat herausbekommen ... Was hat sie herausbekommen?« Der ängstliche, wenn nicht entsetzte Unterton in der Stimme war nicht zu überhören.

»Daß er die Zeit in einem Hotel in Tenby verbracht hat, das wundersamerweise sämtliche Gästebücher der vergangenen fünfzig Jahre aufbewahrt hat.«

»*Tenby?* Ist sie ganz sicher?«

»Vollkommen. Sie ist geradezu euphorisch.«

»Kann sie auch sein. Schließlich hatte sie Erfolg, wo alle anderen versagt haben. Aber sagen Sie, hat sie erzählt, ob er allein oder in Begleitung in diesem Hotel in Tenby war?«

Imogen überraschte die Frage. Dabei hätte sie darauf vorbereitet sein müssen.

»Er scheint in Begleitung gewesen zu sein«, antwortete sie einer plötzlichen Eingebung folgend.

»Hm«, sagte Janet Summerfield tonlos. »Ich bin froh, daß das Buch endlich ohne Schwierigkeiten zu Ende gebracht werden kann. Nett von Ihnen, mich zu benachrichtigen. Erstaunlich nett – unter den gegebenen Umständen.«

»Reden wir nicht mehr davon«, antwortete Imogen und legte auf.

Sie humpelte zu ihrer kleinen Kochstelle und setzte Kaffeewasser auf. Sie hatte plötzlich ein schlechtes Gewissen. Dabei war es unsinnig, eine Frau als Serienmörderin zu verdächtigen und gleichzeitig Skurpel zu haben, sie zu belügen . . .

20

»Besser wir reden privat miteinander«, schlug Mike vor. »Kannst du heute abend zum Essen kommen?«

»Natürlich kann ich. Aber ist das nicht für Barbara ziemlich langweilig?«

»Ich habe einen Gefallen bei ihr gut«, entgegnete Mike. »Schließlich muß ich mir dauernd ihre Geschichten über College-Architektur anhören.«

»College-Architektur?«

»Sie macht gerade einen Kurs als Fremdenführerin. Du siehst doch bestimmt häufig diese Frauen, die Fähnchen schwenkend Horden von Ausländern durch eure Colleges führen.«

»Ja, ich weiß, was du meinst.«

»Man kann sich zu diesem Zweck als Fremdenführerin ausbilden lassen. Barbara spricht fließend Spanisch. Deshalb ist sie auf die Idee gekommen, dämliche ortsunkundige Söhne aus dem Land der Toreros –«

»Manchmal weiß ich wirklich nicht, warum ich dich mag, Michael Parsons. Aber ich komme gern zum Abendessen. Ist das für Barbara nicht zu kurzfristig?«

»Gib ihr nur die Chance, ein wenig zu üben. Sie macht auch einen Kochkurs.«

»Diese Energie . . .«

»Ist keine überschüssige Energie«, wehrte er ab. »Sondern pure Rache für die vielen Überstunden, die ich mache.«

Barbara jedoch erwähnte Mikes Überstunden mit keinem Wort. Sie schien sich über Imogens Besuch aufrichtig zu freuen. Barbara hatte dem Haus ein helles, geschmackvolles Image verpaßt. Jetzt, da alles getan war, brauchte sie ein neues Betätigungsfeld. Der Kurs als Fremdenführerin in Cambridge begeisterte sie. Willig teilte sie ihr kürzlich erworbenes Wissen Imogen mit. Das Essen war ausgezeichnet, wenn auch etwas schwer für den Abend.

Später berichtete Imogen Mike bei einer Tasse Kaffee von ihrem Ausflug nach Wales.

»*Du* bist das also gewesen«, seufzte Mike. »Hätte ich mir gleich denken können.«

»Was oder wer soll ich gewesen sein?«

»Diejenige, die Constable Jones auf May Swann angesetzt hat. Er hat sie gefunden.«

»Es war also May Swann?«

»Jedenfalls hat er eine Frauenleiche gefunden, auf die ihre Beschreibung paßt. Die Mordkommission ermittelt. Ein Kollege aus der Fahndungsabteilung hat mich informiert, weil ich mich als letzter nach dem Fall erkundigt hatte. Imogen, ich brauche dir kaum zu sagen, daß Amateurdetektive wie du sich aus einem Mord heraushalten sollten. Bist du auf der falschen Spur, verschwendest du die kostbare Zeit der Polizei. Bist du auf der richtigen, begibst du dich persönlich in Gefahr.«

»Wenn jemand in Gefahr ist, dann Fran«, entgegnete Imogen. »Um sie mache ich mir Sorgen.«

»Wieso? Sie ist doch gesund und munter wiedergekommen. Du hast keinen triftigen Grund, anzunehmen, daß sie in Gefahr ist. Oder täusche ich mich?«

»Jeder, der mit diesem Quilt zu tun hat, ist in Gefahr.« Imogen verschwieg Mike geflissentlich, daß sie Janet Summerfield eine Lügengeschichte über Tenby aufgetischt hatte.

»Sieh das Ganze mal mit unseren Augen«, forderte Mike sie auf. »Da wird eine Frauenleiche mit eingeschlagenem Schädel auf einem einsamen Berg gefunden. Die Tote soll einen Großteil von zweihundertfünfzig Pfund bei sich gehabt haben, aber das Portemonnaie, das man bei der Leiche findet, ist leer. Der Aufenthalt einer Besucherin an einem berühmten Ort von landschaftlicher Schönheit, der die meiste Zeit des Jahres von Touristen heimgesucht wird, bedarf wohl kaum einer Erklärung. Raub ist das Motiv, das auf der Hand liegt.«

»Aber –«

»*Du* wiederum erzählst uns, daß ungefähr zehn Kilometer vom Fundort der Leiche entfernt ein Bauernhof steht, in dem es einen Quilt gibt, der das Verbrechen erkären könnte – allerdings nur, wenn man geradezu akrobatische Hirnverrenkungen anstellt. Dabei hat May Swann von diesem Quilt vermutlich gar nichts gewußt. Deine Freunde von der Quarry-Farm haben niemanden außer Janet Summerfield erwähnt, oder?«

»May Swann mußte den Quilt gar nicht erst finden, um in Gefahr zu geraten. Sie mußte nur jemanden überzeugt haben, daß sie nahe genug dran war.«

»Und dieser jemand hat sie umgebracht, um das zu verhindern? Nur um den Ruf eines berühmten Mannes vor einer konstruierten Ähnlichkeit zwischen einer Entdeckung auf dem Gebiet der Mathematik und dem Muster eines Quilts zu schützen?«

»Mike, da sind mir einfach zu viele Zufälle. Findest du es nicht seltsam, daß Summerfields Biographin nur wenige Meilen von diesem Quilt entfernt tot aufgefunden wird?«

»Diese Art Zufälle sind wie vierblättriger Klee . . . wenn man erst mal anfängt, danach zu suchen, findet man sie überall. Man bringt aus derart grotesken Motiven keinen Menschen um, Imogen. Mord ist mit hohen Risiken verbunden. Man begeht ihn aus handfesten Gründen wie Geld, Lust, Wut oder Eifersucht.«

»In Cambridge sind groteske Motive, wie du es nennst, vielleicht gar nicht so abwegig. Hier gelten andere Maßstäbe. Alles dreht sich um Wissenschaft und geistige Werte. Wer auf diesem Gebiet unaufrichtig ist, wird von der Universität verwiesen. Wer die geistige Arbeit eines anderen stiehlt, ist ein Ausgestoßener.«

»Aber er wird doch nicht gleich umgebracht, oder?«

»Dann glaubst du also nicht, daß die mysteriösen Schicksale einiger Summerfield-Biographen bei den Ermittlungen im Mordfall May Swann eine Rolle spielen?«

»Ich schätze, die örtliche Polizei sucht eher nach Pennern und Landstreichern, die sich zur fraglichen Zeit im Tal herumgetrieben haben.«

»Mike, womit könnte ich dich überzeugen, meine Befürchtungen ernst zu nehmen?« fragte Imogen deprimiert.

»Ein Geständnis. Wir von der Polizei lieben Geständnisse. Wie du weißt, prügeln wir sie regelmäßig aus den Leuten raus.«

»Ich finde, darüber macht man keine Witze.«

»Du hast recht«, seufzte er plötzlich nachdenklich. »Aber es ist eine Tatsache, daß die Aufklärung von Verbrechen meistens aufgrund von Geständnissen geschieht. Viele werden sogar freiwillig gemacht und später nicht mal wiederrufen. Die meisten Motive sind langweilig. Ein Polizistenleben ist nicht unbedingt aufregend . . .«

»Was glaubst du, soll ich jetzt tun?«

»Nichts, meine Liebe. Nichts. Ich kann nicht glauben, daß das Leben deiner Fran von einer Serienmörderin bedroht wird, die von einer Biographie besessen ist. Hör auf, dir Sorgen zu machen.«

»Und was wirst du tun?«

»Ich könnte dafür sorgen, daß jemand Professor Maveracks Aussage ausgräbt und sich die Ermittlungsbeamten im Mordfall Swann dafür interessieren. Außerdem könnte ich mir den Totenschein deines Mark Zephyr beschaffen und mich davon überzeugen, daß Meningitis als Todesursache angegeben ist. Aber ich sage nicht, daß ich das auch tun werde.«

Imogen dachte nach. Es hatte keinen Sinn, Mike zu drängen. Sie mußte seine Entscheidung respektieren.

Sie bezog erneut Barbara in das Gespräch mit ein, und bald ging es nur noch um Colleges, ihre Geschichte und Architektur. Schließlich kam Barbara auf das schmiedeeiserne Tor am Eingang des Newnham-College zu sprechen, das einstmals, wie sie zu erzählen wußte, bei Studentenunruhen schwer beschädigt worden war.

»Bei Studentenunruhen? In Newnham?« Imogen war perplex. »Worum ging es da?«

»Die Studenten wehrten sich dagegen, daß Frauen für ihre Examen akademische Titel verliehen werden sollten.«

»Natürlich, jetzt erinnere ich mich. Frauen durften studieren und Examen ablegen, aber einen akademischen Grad konnten sie dadurch nicht erwerben«, sagte Imogen.

»Richtig. Eine komplizierte Situation. 1920 hat Cambridge in einer Abstimmung gegen die Aufnahme von Frauen entschieden. 1921 wurden sie endlich zugelassen . . . auch zu Examen, womit sie allerdings keinen akademischen Grad erwerben konnten. Und erst nach 1948 hat man sie als Vollmitglieder der Universität aufgenommen.«

»Du meine Güte!« stöhnte Imogen.

»Der Grund für das ganze Hin und Her war allein der Wunsch, sich von Oxford abzusetzen«, fuhr Barbara genüßlich fort. »In Oxford waren Frauen seit 1919 zugelasen.«

»Und dann ist es zu Unruhen gekommen?«

»Ja, nach der Abstimmung von 1921. Die Studenten haben sich vor dem Senate House versammelt, während drinnen die Stimmen ausgezählt wurden, und schrien: ›Wir wollen keine Frauen!‹ Dann zogen sie nach Newnham und rammten mit einem gestohlenen Handkarren so lange das Tor, bis es einbrach. Die Studentenvereinigung hat später angeboten, den Schaden zu bezahlen. Wir sollen den Touristen nun die Stellen zeigen, wo das Tor repariert wurde, aber ich muß zugeben, daß ich das überhaupt nicht erkennen kann. Sieh es dir selbst an, wenn du das nächste Mal dort vorbeikommst, Imogen.«

»Mach ich bestimmt«, sagte Imogen. »Mein Gott, wie fern und fremd selbst die unmittelbare Geschichte einem manchmal doch ist! Ich möchte wissen, was die Studenten von 1921 gesagt hätten, hätten sie gewußt, daß es später gemischte Colleges und Kondom-Automaten geben würde . . .«

»Wenn sie nur einen Funken Verstand gehabt hätten, wären sie darüber erfreut gewesen«, warf Mike ein.

»Die Frauen vielleicht nicht«, bemerkte Barbara.

»Meine Mutter war immer gegen Koedukation«, erklärte Imogen. »Ich habe das damals nicht ernst genommen. Jetzt wünschte ich, ich könnte mit ihr darüber reden. Sie ist in Girton gewesen. Und offenbar gab es keine Sympathie zwischen Girton und Newnham . . .«

Das Gespräch ging weiter über die relativen Vorzüge der Koedukation an Colleges und Schulen, bis es für Imogen Zeit war, aufzubrechen.

Obwohl auch die Colleges von Cambridge sich dem Wandel der Zeiten unterwerfen mußten – wie zum Beispiel bei der Gleichstellung der Geschlechter –, ist ihnen die Pflege ihrer Gebäude und Traditionen doch immer noch ein Anliegen. Geschickte Finanzverwalter haben manche Colleges reich gemacht. St. Agatha gehörte nicht zu den Glücklichen, hatte nie ein Finanzgenie an der Spitze seiner Verwaltung. Und obwohl es ohne Verluste arbeitete und seine Gebäude nicht allzu alt waren, blies auch ihm der kühle Wind des Zeitgeistes ins Gesicht. Alle fünf Jahre, während der Winterferien, gab das College einen glanzvollen Empfang für eine ausgewählte Gruppe seiner ehemaligen Studenten. Dann fand in der Wyndham Library ein Konzert statt, und im großen Festsaal gab es ein Dinner. Alle amüsierten sich königlich. Anschließend hielt der Rektor jeweils eine Rede, in die diskret ein Spendenaufruf integriert wurde. Oft ging dann noch während oder unmittelbar nach diesen Feierlichkeiten ein wahrer Geldregen auf das College nieder. Für die Bibliothek konnten neue Bücher erworben, Restaurierungs- und Ausbesserungsarbeiten an Gebäudeteilen vorgenommen werden, die der Rektor in seiner Rede bereits erwähnt und deren Erledigung er versprochen hatte. Neue Stipendien wurden vergeben. Die Möglichkeiten waren unbegrenzt.

Bei diesen Anlässen wurde erwartet, daß Imogen tagsüber in ihrer Station im College Dienst tat und abends zu Hause auf Abruf bereit war. Häufig übernachtete sie auch im College. So manch gebrechlicher, älterer Herr schlug beim Besuch seines College schon mal an der Portweintheke über die Stränge, verlor beim Auspakken seine Pillen oder mutete sich beim nostalgischen Ritt auf dem Drahtesel oder einer Bootsfahrt zuviel zu. Erste Hilfe – schlimmstenfalls der Krankenwagen – wurde fast immer irgendwann gebraucht. Obwohl ständig im Einsatz, genoß Imogen diese Festlichkeiten ausgiebig. Es herrschte überall eine Atmosphäre nostalgischer Freude, die auch auf sie abfärbte.

Kurz nach ihrer Rückkehr aus Wales zog Imogen, ohne Gips, aber mit Hilfe eines Spazierstocks, für eben ein solches festliches Wochende in eines der Studentenwohnzimmer über ihrer Praxis. Es waren weniger Veranstaltungen als sonst geplant, und sie beschloß, sich etwas Gutes zu tun und die interessantesten Ereignisse mitzuerleben – darunter auch eine Rede von Professor Maverack.

Mavercks Rede traf ins Schwarze. Gleich einleitend gab er seiner Hoffnung Ausdruck, daß jeder einzelne seiner geschätzten Zuhörer Tagebuch führe, wenn er seine Memoiren nicht schon geschrieben habe. Natürlich sei er sich wohl bewußt, wie schwierig es mittlerweile geworden war, derartige Werke zu publizieren. Nicht einmal mehr Augenzeugenberichte wichtiger historischer Ereignisse erfreuten sich ungeteilter Popularität. Trotzdem könne man nie vorhersehen, ob man nicht doch zum Gegenstand biographischer Recherchen oder gar Biographien werde. Im Zeitalter des Telefons sei das Material, aus dem diese gemacht werden, oft recht ausgedünnt. Er hoffe daher, keiner seiner Zuhörer sei so bescheiden, anzunehmen, es sei unnötig, Kopien seiner Korrespondenz aufzubewahren . . .

Als er geendet hatte, erhob sich St. Agatha's neuer Bibliothekar, ein kluger und tüchtiger Oxford-Absolvent, und verkündete, die Bibliothek wäre sehr dankbar, Manuskripte für Memoiren und Tagebücher als Geschenk entgegenzunehmen, und obwohl sorgfältige Archivierung und Katalogisierung Geld koste, könne er garantieren, daß das dem College übergebene Material für private Zwecke weiterhin jederzeit zur Verfügung stehe. Die Lebensgeschichte und Aufzeichnungen eines jeden College-Mitglieds seien für das College von größtem Wert . . .

Die Zuhörerschaft strebte daraufhin dem Mittagessen und einem freien Nachmittag entgegen.

Professor Maverack fing Imogens Blick auf, als er den Saal von Neugierigen umringt verließ. Imogen wartete geduldig an der

Tür, bis die letzte Person die Stufen des Auditoriums sturzfrei gemeistert hatte und auf ebenes Gelände gelangt war.

»Das dürfte was gebracht haben«, sagte Maverack gelassen, als er an Imogen vorbeiging.

»Oh, das möchte ich meinen!« antwortete sie lachend.

Der Braten mit Röstkartoffeln und Buttergemüse war Imogen zum Mittagessen zu schwer. Sie holte sich in der Bäckerei gegenüber Würstchen in Blätterteig und ein Stück Kuchen, zog ihren dicken Mantel an und ging mit ihrem Imbiß in den College-Garten. Im Mai war der Garten am schönsten. Doch Imogen genoß auch den Anblick der noch winterlichen Kräuterrabatten, alle sorgfältig ausgeschildert, und der ersten Schneeglöckchen. Sie setzte sich auf eine geschützte Bank in einem Halbrund aus Büschen und hielt das Gesicht in die fahle Sonne.

Sie hatte ihren Imbiß gerade verzehrt und dachte daran, in ihre Praxis zurückzukehren, um sich Tee zu kochen, als ein Geräusch jenseits des Heckenrunds sie stutzig machte. Trotz des Vogelgezwitschers hörte sie leises Weinen. Imogen stand auf, ging zur anderen Seite der Hecke und fand sich Janet Summerfield gegenüber, die direkt hinter ihr auf einer Bank saß und leise schluchzte.

»Kann ich Ihnen helfen?« erkundigt sich Imogen.

»Nein. Gehen Sie weg!« kam die barsche Antwort. »Wer sind Sie? Kennen wir uns?« fragte Janet Summerfield dann doch unvermittelt.

»Ich bin Imogen Quy. Die Krankenschwester des College. Fühlen Sie sich nicht wohl? Vielleicht kann ich helfen.«

»Aber Sie haben mir doch schon geholfen«, erwiderte Janet Summerfield. Sie trocknete die Tränen. »Sie waren nett zu mir. Sie haben mir gesagt, daß Miss Bullion ihre Arbeit zu Ende führen kann. Das war besonders liebenswürdig in Anbetracht ... Ich meine, wie ich mich Ihnen gegenüber benommen habe. Sie scheinen eine nette Person zu sein.«

»Man tut sein Bestes«, murmelte Imogen und errötete flüchtig. »Soll ich Ihnen eine Tasse Tee kochen, ein Aspirin geben und ein Taxi bestellen?«

Mrs. Summerfield schüttelte den Kopf.

»Wollen Sie nicht sagen, was los ist?«

»Dr. Maveracks Rede hat mich aufgeregt«, gestand Janet Summerfield. »Ich finde, es ist nicht fair ... was meinen Sie?«

»Ich verstehe nicht ganz ...«

»Diesen alten Männern Hoffnung zu machen, daß ihre dämlichen Tagebücher weggehen würden wie warme Semmeln, obwohl jeder weiß, daß nicht mal Gideons Biographie ohne große Schwierigkeiten veröffentlicht werden kann. Wäre ich doch nur nicht hergekommen! Ich dachte, ein paar Leute würden sich an mich erinnern und es wäre nett, ein paar Stunden mit einigen Freunden meines verstorbenen Mannes zu verbringen.«

»Und? War es nicht so? Ich meine, war es nicht nett, alte Freunde zu treffen?«

»Habe keinen einzigen entdecken können. Mit Ausnahme von Dr. Bagadeuce. Und er scheint sehr beschäftigt zu sein. Ich vermute, sie laden Leute aus ganz unterschiedlichen Jahrgängen ein ...«

»Das ist richtig. Tut mir leid, daß niemand da ist, den Sie kennen. Möchten Sie nach Hause?«

»Lieber nicht. Da bin ich lebendig begraben. Diese Totenstille ... Niemand, mit dem ich reden kann. Das Witwendasein ist niemandem zu wünschen, Miss Quy. Es ist zum Wahnsinnigwerden, wenn man mit niemandem reden kann.«

»Haben Sie denn keine Freunde?« fragte Imogen leise. Imogen war jetzt vollständig in die Rolle der Krankenschwester geschlüpft.

»Mit den alten Freunden habe ich mich zerstritten. Nicht daß es viele gewesen wären. Ich muß neue Freunde finden. Möchten Sie meine Freundin sein, Miss Quy?«

Damit brachte sie Imogen unbewußt in eine moralische Zwickmühle. Es wäre ihr ein leichtes gewesen, ja zu sagen – um dann zur Verräterin zu werden.

»Nein«, entgegnete sie. »Ich kann nicht Ihre Freundin sein. Weil ... nun, ich weiß, warum Sie es getan haben.«

»Sie wissen es?«

»Und andere mittlerweile auch – übrigens von mir.« Obwohl Imogen diesen Satz aus purem Selbstschutz eingeflochten hatte, befürchtete sie nicht, daß Janet Summerfield ihr nach dem Leben trachtete.

»Und finden Sie das so schrecklich? Gibt es in Ihren Augen nichts, das für mich spricht?«

»Mord *ist* schrecklich«, erklärte Imogen ruhig.

»Glauben Sie mir, zuerst habe ich alles versucht, um es ihm auszureden«, erklärte Janet und starrte Imogen dabei aus großen unschuldigen Augen an. »Aber er wollte nicht auf mich hören. Meine Gefühle waren ihm völlig egal. Können Sie sich vorstellen, wie sehr mich das getroffen hat, Miss Quy?«

Imogen verkniff sich die Frage, die ihr auf der Zunge brannte: *Wem haben Sie was auszureden versucht?* Statt dessen sagte sie: »Ich bin nicht sicher. Erzählen Sie mehr.«

21

»Früher . . . ja, da hatte ich ein eigenes Leben«, berichtete Janet Summerfield. »Ich hatte eine gute Singstimme. Ich habe Konzerte gegeben. Liederabende. Als ich Gideon geheiratet habe, hatte ich keine Ahnung, daß er Musik nur als störend empfand – nicht einmal in der Küche durfte ich vor mich hinsummen oder irgendwo im Garten Tonleitern üben. Dabei hatte ich bis dahin angenommen, Mathematiker seien musikalisch. Sie nicht auch?« Sie wandte Imogen ein tränenüberströmtes Gesicht zu.

»Ich glaube, viele Mathematiker sind musikalisch«, erwiderte Imogen. »Was für ein Pech für Sie!«

»Ich konnte nicht mehr üben. Ich mußte meine Karriere aufgeben. Ich mußte alles aufgeben. Aber wenn man eine zweitklassige Singstimme gegen eine hervorragende mathematische Begabung in die Waagschale wirft . . .«

»Aber so funktioniert es im Leben eben nicht, oder?« sagte Imogen leise.

»Für mich schon. Ich habe Gideon bewundert. Er war der klügste Mann, den ich je gekannt habe. Deshalb habe ich ihn auch geheiratet. Ich habe ihn glühend verehrt. Ich wollte unbedingt, daß seine Arbeit Erfolg hat. Dafür habe ich gelebt. Verstehen Sie? Gideons Arbeit war jedes Opfer wert.«

»Sie sind also die konventionelle, altmodische Frau, die ihren Mann über alles stellt.«

»Nicht konventionell – das hätte Gideon nicht ertragen. Er war ein Freigeist, Miss Quy. Er verachtete Konventionen. Das taten wir alle.«

»Alle? Sie hatten viele Freunde, nicht wahr?«

»Ganz früher schon. Nicht in der letzten Zeit. Gideon mochte keine Gäste. Sie störten ihn bei der Arbeit.« Sie verstummte.

»Apropos Freunde« nahm Imogen den Faden wieder auf. »Meinen Sie damit zum Beispiel Melanie Bratch?«

»Melanie war nicht meine Freundin«, erkärte Janet. »Sie war Gideons Freundin. Gideon hat sich eines schönen Sommers mit ihr eingelassen. Melanie war damals sehr jung, Miss Quy. Zu jung, um zu wissen, was sie tat. Ich habe ihr nie einen Vorwurf gemacht. Hat mir nie was ausgemacht, daß er eine Geliebte hatte. Er war sexuell sehr aktiv, müssen Sie wissen. Ich allein konnte ihn nicht befriedigen. Wir haben uns arrangiert. Aber mein Gideon ist immer wieder zu mir zurückgekommen. Er hat die Nächte immer in seinem Bett verbracht. Ich konnte damit leben, wenn es ihm bei seiner Arbeit half.«

»Und es macht Ihnen nichts aus, daß das in seiner Biographie erwähnt wird?«

»Wie bitte? O nein. Das stört mich nicht. Ian Goliard hätte es nicht ins Manuskript aufgenommen. Ihm war das zu anzüglich. Der gute alte Idiot! Deshalb habe ich sämtliches Material über Melanie damals aussortiert. Aber ich war überzeugt, daß jeder andere Biograph zwangsläufig darauf stoßen würde. Nur . . . was hat das alles mit unserem Gespräch zu tun? Ich war doch dabei, von Gideon zu erzählen.«

Seine Biographie hat was damit zu tun, dachte Imogen, sagte jedoch nichts. Janet Summerfield löste sehr zwiespältige Gefühle in ihr aus.

»Zuerst wollte ich Kinder. Das ist wohl ganz normal, wenn man heiratet – jedenfalls war es das damals. Aber Gideon fürchtete den Krach und das Durcheinander. Er brauchte einen regelmäßigen

Tagesablauf mit guten Mahlzeiten, Ruhe und Ordnung im Haus. Damit war der Fall für mich erledigt.«

»Sie haben für ihn also die Musik, Ihren Kinderwunsch und schließlich auch die Freunde aufgegeben?«

»Ja. Ich wollte immer nur ihn unterstützen, Miss Quy. Und war glücklich dabei, bis dann –«

»Er muß ein Ungeheuer gewesen sein!« entfuhr es Imogen spontan. »Und Sie wollen noch immer eine verherrlichende Biographie über ihn veröffentlicht haben?«

»Ich will, daß sein Lebenswerk gewürdigt wird. Ich will, daß er als großer, berühmter Mathematiker in die Geschichte eingeht. Dann zumindest ist es das alles wert gewesen . . . all die Jahre. Man wird sagen, er habe einer hingebungsvollen Frau viel zu verdanken gehabt.«

»Es heißt, daß ihm posthum der Waymark-Preis verliehen werden soll. Freut Sie das? Auch wenn *er* es nicht mehr genießen kann?«

»Er hat es nicht verdient, in diesen Genuß zu kommen!« brauste sie plötzlich auf. »Er hätte alles verdorben. Ich war ihm völlig egal. Er hat nur gelacht, als ich ihm gesagt habe, wieviel mir daran liegt . . .«

»Ich kann Ihnen nicht ganz folgen«, sagte Imogen leise.

»Dann muß ich wohl deutlicher werden. Für Gideon war seine Arbeit sein Leben. All die Jahre hat er sie über alles gestellt. Auch über mich. Das habe ich akzeptiert. Als Sängerin hätte ich sowieso keine Zukunft gehabt. Es war leichter, Gideon zu unterstützen, als selbst Karriere zu machen. Zuerst war ich enttäuscht. Die Leute behandelten ihn wie einen von vielen Professoren. Für Cambridger Maßstäbe war er nichts Besonderes. Aber dann veröffentlichte er seine Entdeckung in Geometrie, und alle erkannten sein Genie. Ich war eine Weile sehr glücklich. Und Gideon gefiel das auch. Er wurde zu Vortragsreisen ins Ausland eingeladen, und ich habe ihn begleitet. Und mit der Zeit munkelte man, daß er den Waymark-Preis erhalten solle. Da wurde er plötzlich komisch. Er fing an, davon zu reden, daß er ihn nicht verdient habe und öffentlich ein Geständnis ablegen wollte. Miss Quy, ich mußte ihn einfach davon abhalten . . . Das kann man mir doch nicht vorwerfen, oder?«

»Er wollte gestehen, daß er betrogen hatte, daß der Ruhm für seine großartige Arbeit eigentlich einem anderen gebührte?« fragte Imogen.

»Ich habe alles mögliche unternommen! Ich habe ihn angefleht! Können Sie sich die Schande vorstellen ... die Erniedrigung? Ich hätte das nicht ertragen! Nach allem, was ich für ihn getan hatte, wollte er uns vernichten und lachte noch darüber. Er sagte, es habe nichts mit mir zu tun. Außerdem habe er keinem Kollegen die Idee gestohlen, keinen mathematischen Lehrsatz ... nur ein Muster, das eine dumme walisische Bäuerin sich ausgedacht hatte. Ich habe ihm immer wieder gesagt, daß es sein Genie gewesen sei, das Besondere an dem Muster zu erkennen. Aber er wollte nicht hören. Also mußte ich ihn umbringen. Begreifen Sie jetzt?«

Imogen war plötzlich nicht mehr sicher, was sie von Janet Summerfield halten sollte. Vermutlich war sie nicht normal. »Und wie haben Sie es getan?«

»Wir ... ich habe was in sein Essen getan. Und ich hatte nicht mal Skrupel. Jedes Gefängnis war erträglicher als diese Schande.«

»Und dann ging alles so glatt, daß Sie weiter gemordet haben ...«

»Wie meinen Sie das?« Janet sprang auf. »Weiter gemordet? Wovon reden Sie? Da war nichts weiter.«

»O doch. Ich glaube, noch mindestens zweimal«, beharrte Imogen.

Janet Summerfield setzte sich und fixierte Imogen mit eisigem Blick.

»Ich bedaure, mit Ihnen gesprochen zu haben«, erklärte sie. »Sie sind überhaupt nicht nett. Sie sind eine hinterhältige Schlange! Aber Sie können nichts beweisen. Gar nichts! Es gibt nämlich keine Beweise. Der Pathologe im Krankenhaus hat den Totenschein ausgefüllt, so daß wir ihn einäschern lassen konnten ... Es gibt keinen Beweis für einen Mord! Und diese Unterhaltung hat, was mich betrifft, nie stattgefunden. Falls Sie auch nur ein Wort davon verlauten lassen, haben Sie eine Verleumdungsklage am Hals. Und das wird dann teuer. Kapiert?«

»Das war laut und deutlich«, erwiderte Imogen trocken.

Janet Summerfield stand auf und eilte mit wehendem Mantel

über die gepflegte Rasenfläche davon. Imogen sah ihr nachdenklich nach. Was hatte es mit diesem Versprecher, dieser hastigen Änderung eines Pronomens auf sich?

»Ich habe ein Geständnis für dich, Mike. Nur leider für das falsche Verbrechen.« Imogen stand vor Mikes Schreibtisch in der Polizeistation, auf dem sich Akten und Papiere türmten. »Es wurde ohne Zeugen gemacht und sofort widerrufen. Aber es war vollkommen aufrichtig. Ich glaube daran.«

»Setz dich«, forderte Mike sie auf. »Alles der Reihe nach.«

Imogen berichtete ihm, was Janet Summerfield gesagt hatte.

»Ist diese Frau geisteskrank? Was meinst du?« fragte Mike, als Imogen geendet hatte.

»Sind Mörder das nicht häufig?«

»Eine philosophische Frage. Schwierig zu beantworten. War der Yorkshire Ripper verrückt? Normale Menschen lauern nachts nicht Frauen auf, um sie umzubringen. Aber Verrückte sind für ihre Taten nicht verantwortlich. Was beweist es, wenn er eher verrückt als bösartig war? Aber er muß verrückt gewesen sein, weil ein normaler Mensch nicht nachts Frauen auflauert und sie umbringt . . .«

»Ich verstehe, wo das Problem liegt«, seufzte Imogen. »Interessierst du dich für Philosophie, Mike? Ich bin überrascht.«

»Jedenfalls sind diese Überlegungen durchaus relevant. Gesteht eine nicht unbedingt normal erscheinende Person einen Mord, dann muß man von der Möglichkeit ausgehen, daß sie entweder geisteskrank ist, daher nicht wirklich ein Mörder, oder daß sie tatsächlich ein Mörder und nicht wirklich verrückt ist oder daß sie so komplett verrückt ist, daß sie aus für normale Menschen unbegreiflichen Gründen einen Mord gesteht, den sie gar nicht begangen hat.«

»Du meinst also, daß abgesehen von der Frage, ob solche Personen für ihre Handlungen verantwortlich sind, man sich viel eher überlegen sollte, ob sie die Taten tatsächlich begangen haben, die sie gestehen?«

»Du hast's begriffen. Also, was meinst du?«

»Janet Summerfield hatte durchaus plausible Gründe, ihren

Mann umzubringen. Statt selbst Karriere zu machen wollte sie sich in Gideon Summerfields Ruhm sonnen. Und das Problem bei solchen Leuten ist, daß die eigene Selbstachtung natürlich auf Gedeih und Verderb von der Person abhängt, durch die man den eigenen Ehrgeiz befriedigt. Der große Gideon war der Meinung, daß sein Anfall von schlechtem Gewissen mit Janet gar nichts zu tun habe . . . während sie alles geopfert hatte, nur um durch ihn den Ruhm zu erlangen, den er nun zu zerstören drohte.«

»Sie hatte also ein Motiv. Und die Gelegenheiten zu töten sind in einer Ehe zahlreich. Aber was ist mit der Methode? Soviel ich weiß, ist Summerfield an Gehirnhautentzündung gestorben. Daran ist nicht zu rütteln.«

»Prinzipiell stimmt das natürlich. Allerdings habe ich inzwischen etwas entdeckt. Es gibt ein Mittel mit der Bezeichnung DNOC. Bei hoher Dosierung führt es zum Tod – in Begleiterscheinung von Symptomen, die denen der Gehirnhautentzündung sehr ähnlich sind.«

»Und dieses Mittel gibt es in jeder Drogerie?«

»Selbstverständlich nicht. Es ist ein Gartengift. Bis vor einigen Jahren aber wurde es auch als Schlankheitsmittel verschrieben . . .«

»Großer Gott!«

»Und von Fran weiß ich, daß Janet Summerfield auf alten Fotos oft kaum zu erkennen ist, weil ihr Gewicht drastisch variiert. Mal ist sie dick, mal ist sie dünn.«

»Wäre demnach möglich, daß sie dieses Mittel verschrieben bekommen hat.«

»Und Restposten davon aufbewahrt hat.«

»Aber genau wissen wir es eben nicht, Imogen.«

»Es klingt wirklich verrückt. Aber Patienten horten oft Tabletten anstatt sie einzunehmen.«

»Also das Horten von Tabletten wäre bei der Dame, um die es geht, geradezu ein Bagatellfall im Vergleich zu den anderen Verrücktheiten, die sie vermutlich begangen hat . . .«

»Schätze, ihre verrückteste Tat war, diesen Mann zu heiraten.«

»Dem kann ich nur beipflichten«, seufzte Mike. Er kaute in Gedanken versunken auf seinem Bleistift.

»Außerdem hat sie einmal gesagt: ›Wir ... ich habe was in sein Essen getan.‹ Sie hat zuerst das falsche Pronomen benutzt und sich dann hastig korrigiert. Komisch, oder?«

»Ein Versprecher bei diesem langen Palaver? Könnte ja wirklich ein Versehen gewesen sein. Und sie hat sich immerhin sofort korrigiert.«

»Trotzdem ...«

»Was sollte dieses ›Wir‹ schon bedeuten? Glaubst du, sie hatte einen Komplizen? Wer hätte Summerfield wohl sonst noch ermorden wollen? Moment mal ... hast du nicht gesagt, daß er eine Geliebte hatte?«

»Ja, hatte er. Aber ich glaube nicht –«

»Ich auch nicht, muß ich zugeben. Nach allen, was du mir erzählt hast, könnte ich sie natürlich vernehmen. Aber –«

»*Mich* hält nichts und niemand davon ab, der Dame mal auf den Zahn zu fühlen«, erklärte Imogen. »Ihr Name ist Melanie Bratch.«

»Laß die Finger davon, Imogen. Das ist zu gefährlich. Es geht hier immerhin um Mord. Und du lebst ganz allein in einem Haus ... nur mit deiner geliebten Fran ...«

»Fran und ich haben uns gerade erst Josh als Bodyguard zugelegt«, klärte Imogen ihn auf. »Und ich bin vorsichtig.«

Es hätte natürlich einer geradezu übermenschlichen Selbstdisziplin bedurft, Fran nichts von diesen letzten Entwicklungen zu erzählen. Frans Reaktion verblüffte Imogen. Fran war geradezu euphorisch.

»Heiliges Kanonenrohr, Imogen! Wenn wir das beweisen könnten! Und wenn auch nur ein Teil davon wahr ist ... denk nur! Was für eine Story! Unser Held stiehlt in einem schwachen Moment eine wissenschaftliche Entdeckung, heimst jahrelang Ruhm und Ehre dafür ein, und als ihm die höchste aller akademischen Weihen auf seinem Gebiet zuteil werden soll, kriegt er Gewissensbisse ... und wird gewaltsam zum Schweigen gebracht. Wow! Das wird ein großartiges Buch! Die erste wissenschaftliche Biographie, in der sich Krimi und Moraldrama vermischen. Ich werde berühmt!«

»Das ist durchaus in Ordnung«, erkärte Imogen trocken. Sie war in Gedanken bereits woanders. »Fran, was hältst du von diesem verwechselten Pronomen? Glaubst du, jemandem, der allein etwas getan hat, wäre ein ›Wir‹ rausgerutscht?«

»Hm«, murmelte Fran. »Wohl kaum. Du meinst, es ist noch jemand in die Sache verwickelt?«

»Aber wer? Wer sonst hätte ein Motiv gehabt? Vielleicht Melanie?«

»Melanie? Aber warum denn sie? Was hätte sie davon gehabt? Außerdem ist sie wirklich nett, Imogen. Ich traue ihr das nicht zu. Und wenn du mit ihr gesprochen hättest, würdest du genauso denken.«

»Ich habe vor, mit ihr zu sprechen. Möchtest du mitkommen?«

Fran überlegte. Sie lehnte sich im alten Sessel vor Imogens Kamin zurück. »Einerseits ja«, antwortete Fran nachdenklich. »Aber ein Geständnis erreichst du allein eher. Vorausgesetzt, du hast es darauf abgesehen. Geh lieber allein, Imogen. Dafür möchte ich dann aber haargenau wissen, was sie gesagt hat.«

22

Melanie war sofort bereit, mit Imogen zu sprechen, empfing sie dann allerdings schon an der Tür mit den Worten: »Ich weiß nicht, ob ich Ihnen helfen kann, Miss Quy. Ich habe dieser netten Frances Bullion schon alles erzählt, was ich über Gideon weiß. Trotzdem unterhalte ich mich gern mit Ihnen. Gäste sind mir immer willkommen. Seit Gideons Tod bin ich sehr einsam.«

Melanie nahm Imogen den Mantel ab und bedeutete ihr, Platz zu nehmen. Auf dem Couchtisch stand bereits ein Tablett mit zwei Gläsern Sherry und einer Schale Keksen bereit. Melanie ging an Krücken, womit sich erklärte, weshalb sie in diesem Seniorenheim wohnte. Imogen betrachtete Melanie interessiert. Man sah ihr noch immer an, daß sie früher eine außergewöhnlich schöne Frau gewesen war. Die Wohnung war geschmackvoll und gemütlich eingerichtet, wenn die Räume auch etwas zu klein für die zahlreichen Möbel und Nippsachen wirkten.

»Ich möchte mit Ihnen gar nicht über Gideon sprechen«, gestand Imogen. »Sondern über Janet. Ich brauche Ihren Rat. Und gleichzeitig muß ich Sie warnen. Möglicherweise wird das keine angenehme Unterredung.«

»Warum möglicherweise? Janet war noch nie angenehm für mich. Sie hat den Mann, den ich geliebt habe, jahrelang unglücklich gemacht.«

»Ich habe da ein Problem. Sie hat sich völlig verrückt gebärdet . . .«

»Das ist nichts Neues«, fiel Melanie ihr ins Wort.

»Mag sein. Aber ich weiß nicht, wie ich mich verhalten, wie ich mit dem umgehen soll, was sie mir gesagt hat.«

»Was hat sie Ihnen denn gesagt?«

»Daß sie mit einer anderen Person zusammen ihren Mann vergiftet hat.«

Imogen beobachtete Melanie aufmerksam. Sie verzog keine Miene.

»Jetzt ist sie wohl komplett verrückt geworden«, seufzte Melanie. »Sie hat ihr Leben lang die Rolle der Frau an der Seite eines großen Wissenschaftlers kultiviert. Warum sollte sie sich selbst arbeitslos machen?«

»Weil er öffentlich eingestehen wollte, daß er seine wissenschaftliche Entdeckung geklaut hatte . . . diese Schande konnte sie nicht ertragen.«

Melanie wurde plötzlich fahl im Gesicht. »Ja, das wäre Janet ganz und gar nicht recht gewesen«, sagte sie. »Aber deshalb zu töten? Trotzdem . . . wäre möglich. Armer, armer alter Giddy! Ich ertrage den Gedanken einfach nicht!« Sie schlug plötzlich die Hände vors Gesicht und begann bitterlich zu weinen.

Imogen war klar, daß Melanie die Geschichte sofort geglaubt hatte.

Nach einer Weile hatte sie sich wieder im Griff. »Vermutlich hat sie Ihnen erzählt, daß sie für Gideons großes Werk praktisch alles geopfert hat?«

»Stimmt, das hat sie getan. Gideon Summerfield scheint ihren Worten nach ein unangenehmer Egozentriker gewesen zu sein. Angeblich mußte sie für ihn alles aufgeben, was ihr lieb und teuer war. Stimmt das denn nicht?«

»Es ist genau umgekehrt. Von dem Augenblick an, als sie seine Frau geworden war, hatte er keine ruhige Minute mehr. Sie hat ihn ständig drangsaliert, seine Freunde vergrault, ihn tagelang in sein Arbeitszimmer eingesperrt, um ihn zur Arbeit zu zwingen. Selbst im Urlaub mußte er einen Teil des Tages am Schreibtisch zubringen – für den Fall, daß ihm eine Eingebung kam! Es machte ihn fertig. Unter solchen Umständen war er zu gar nichts fähig. Er brauchte eine ungezwungene Atmosphäre, um kreativ zu sein. Und Janet hat nie einen Zweifel daran gelassen, daß sie das alles nicht für einen durchschnittlichen Cambridge-Professor auf sich zu nehmen gedachte – sie wollte Ruhm! Der arme Giddy wurde ihren Anforderungen nicht gerecht. Normalerweise mußte er zu mir kommen, um ein bißchen Frieden zu haben.«

»Aber sie hatte doch große Opfer für ihn gebracht, oder?«

»Blödsinn! Bei der ersten schlechten Kritik nach einem Liederabend hat sie ihre Karriere aufgegeben und ihn dafür verantwortlich gemacht. Er hätte gern Kinder gehabt. Sie hat behauptet, der Krach würde ihn bei der Arbeit stören ... Großer Gott! Mir wird plötzlich klar, was er hatte gestehen wollen. Er wollte öffentlich beichten, sein geometrisches Muster von einem Quilt kopiert zu haben, stimmt's?«

»Ja. Wußten Sie davon?«

»Nur andeutungsweise ...« Melanie holte tief Luft. »Aber warum sage ich nicht endlich die Wahrheit? Ich war diejenige, die in jenem längst vergangenen Sommer mit Gideon nach Wales durchgebrannt ist. Wir haben das immer geheimgehalten. Und damals auf der Farm, im Gästezimmer lag dieser Quilt. Es hat tagelang geregnet, und Gideon hat das Muster Stück für Stück in sein Notizbuch übertragen, bis es komplett war.«

»Hat er Ihnen je gesagt, daß darauf seine Entdeckung basierte? Oder daß er die Wahrheit darüber veröffentlichen wollte?«

»Nein. Aber das einzige, worüber wir beide nie gesprochen haben, war eben seine Arbeit! Die gestohlenen Tage in Wales waren das einzig echte Geheimnis, das Gideon und ich geteilt haben. Es gab uns eine gewisse Macht über Janet.«

»Dann kann ich also davon ausgehen, daß Sie nicht am Mord an Gideon Summerfield beteiligt waren?«

»Selbstverständlich! Ich hätte eher Selbstmord begangen, als Gideon etwas anzutun. Was immer er auch getan hatte.«

»Haben Sie eine Idee, wer Janets Komplize gewesen sein könnte?«

»Nein. Ich weiß, wer seine Freunde waren . . . abgesehen von den Studienfreunden natürlich. Da war Ian, aber er war viel im Ausland. Leo ist nach Amerika gegangen. Mittlerweile ist er natürlich wieder in England. Ich treffe ihn gelegentlich. Allerdings ist er erst nach Gideons Tod zurückgekehrt. Meredith . . . Aber ich kann mir nicht vorstellen, wer ein Motiv dazu gehabt haben sollte. Wir waren lediglich eine Gruppe von Freunden. Und wir haben in unserer Jugend reichlich über die Stränge geschlagen. Und dann hat uns das Leben auseinandergerissen und in alle Winde zerstreut. Wie das eben so ist. Als wir jung waren, waren wir alle erpicht darauf, Karriere zu machen, berühmt zu werden – und die meisten von uns haben das teilweise auch geschafft. Aber wir sind mit jedem Jahr realistischer und bescheidener geworden. Nur Janet war nie zufriedenzustellen. Gideons Mathematik war mir völlig gleichgültig. Ich wollte gar nicht, daß er berühmt wurde. Solange er seine Vortragsreisen gemacht hat, habe ich kaum etwas von ihm gehabt. Ich habe ihn um seiner selbst willen geliebt. Von mir aus hätte er die Mathematik aufgeben und Straßenkehrer werden können.«

»Was wissen Sie über diese Reihe von Leuten, die sich an seiner Biographie versucht haben?« fragte Imogen.

»Ich weiß, daß Ian nach kurzer Zeit die Nase voll hatte. Er ist noch bei mir gewesen, bevor er ins Ausland und dann irgendwann nach Italien gegangen ist. Eine Biographie aus Ians Feder wäre zumindest sehr kultiviert gewesen – aber reichlich vernebelnd, möchte ich meinen. Und sie hätte wohl vor allem von Ian selbst gehandelt.«

»Er ist in Italien? Sind Sie sicher, daß es ihm gutgeht?«

»Ich habe erst letzte Woche eine Postkarte von ihm bekommen. Deshalb weiß ich auch, wo er ist. Sie liegt auf dem Kaminsims. Sie können sie gern lesen.«

Die Karte zeigte eine Ansicht der Altstadt von Florenz. Darauf stand: »Verkehr schrecklich. Menschenmassen schrecklich. Sei froh, daß du nicht hier bist, Ian.« Der Poststempel war rund zwei Wochen alt.

»Ich bin wirklich keine große Hilfe, was?« sagte Melanie und sah mit traurigem Lächeln zu Imogen auf. In ihren Augen glitzerten Tränen. »Was wird mit Janet passieren? Sperrt man sie dafür ein?«

»Man wird es jedenfalls versuchen«, erwiderte Imogen. »Und ich hoffe, es gelingt.«

»Wissen Sie, das beste, was ich je in meinem Leben getan habe«, begann Melanie, als sie Imogen zur Tür brachte, »war, in den Kreis der jungen Männer einzudringen, die Janet um sich versammelt hatte, und Gideon für drei Tage zu entführen . . .«

Imogen saß gemütlich in ihrem sonnendurchfluteten Wohnzimmer und versuchte die Geschichte zu analysieren, wie sie sich ihr bisher darstellte. Einige Dinge lagen offen auf der Hand. Nachdem Janet Mark Zephyr ebenso zur Verzweiflung gebracht hatte, hatte sie unvermittelt eingelenkt, ihn zum Essen eingeladen und sich freundlich und hilfsbereit gegeben. Daraufhin hatte Mark Gehirnhautentzündung bekommen und war gestorben. Genau wie Gideon hatte Mark nach einem Streit mit Janet Meningitis bekommen und war gestorben. Sollten diese Todesfälle tatsächlich nichts miteinander zu tun haben? Das erschien ihr unmöglich. Trotzdem hatte Janet nachdrücklich geleugnet, mit dem Tod von Mark Zephyr etwas zu tun zu haben. Und abgesehen von Janets Geständnis hatte Imogen keinen Beweis dafür, daß sie Gideon umgebracht hatte. Warum also hatte sie den einen Mord zugegeben und den anderen nicht? Da ist mir was Entscheidendes entgangen, überlegte Imogen.

Eine mögliche, wenn auch unwahrscheinliche Erklärung war die, daß sie zwar den einen, aber nicht den anderen Mord begangen hatte. Imogen dachte angestrengt nach . . . Mark hatte mit Janet gegessen . . .

Imogen stand auf und ging zum Telefon. Sie wählte Pamela Zephyrs Nummer. »Pamela . . . Ja, natürlich habe ich Lust, mit dir einen Spaziergang zu machen. Am nächsten schönen Wochenende . . . Pamela, ich habe eine Frage: An jenem Tag, als Mark bei

Janet Summerfield zum Essen eingeladen war, ist da noch jemand dabeigewesen?«

»Ja, da war jemand. Jetzt, da du es erwähnst, erinnere ich mich wieder. War irgendeine Ärztin mit einem komischen Namen.«

»Versuch bitte, dich zu erinnern. Es könnte sehr wichtig sein.«

»Nein . . . nein, es fällt mir nicht ein . . . Der Name klang wie Vivian oder Evelyn oder Hilary . . . Tut mir leid, aber ich habe heute Mühe, mich zu erinnern.«

»Sagst du mir Bescheid, falls es dir wieder einfällt? Auf bald, Pamela.«

Imogen legte den Hörer auf die Gabel und ging ins Wohnzimmer zurück. Sie hatte eine wertvolle Stunde damit vertan, in ihrem Sessel zu sitzen und ihren Gedanken nachzuhängen. Mittlerweile war es fast sieben – Zeit zum Abendessen. Auf dem Weg durch die Diele sah sie das Lämpchen an ihrem Anrufbeantworter blinken. Sie blieb stehen und spielte das Tonband ab. Nach ein paar unwichtigen Anrufen ertönte Frans Stimme, die Imogen sagte, daß sie zum Abendessen nicht zu Hause sein würde. Sie klang beinahe euphorisch. »Dr. Bagadeuce hat mich eingeladen, mit ihm in seiner Wohnung im College zu Abend zu essen. Er will mir etwas Interessantes über Summerfield erzählen.«

Imogen ging in die Küche. Sie warf einen gedankenverlorenen Blick in den Kühlschrank und hatte plötzlich vergessen, was sie in der Küche suchte. Sie war mit ihren Gedanken ganz woanders. Das Zusammenleben an einem College in Cambridge wird von Konventionen geregelt, die außerhalb dieser Institution längst unüblich geworden sind. Imogen dachte an den Mathematikprofessor Dr. Bagadeuce, den sie stets mit »Doktor« ansprach, obwohl er gar kein Arzt war. Und obwohl sie seinen Vornamen kannte, benutzte sie ihn nie. Bagadeuce hatte einen jener Vornamen wie Vivian oder Hilary, die im Englischen sowohl Männer- als auch Frauennamen waren. Dr. Bagadeuce hieß Meredith, und seine Freunde nannten ihn häufig sogar ›Merry‹ . . . Und in diesem Moment fiel es Imogen wie Schuppen von den Augen.

Sie lief zum Telefon und wählte Mikes Nummer.

23

Diesmal rannte Imogen bei Mike offene Türen ein. Ihr Polizistenfreund reagierte wie elektrisiert. »Fahr sofort hin! Wir sind schon unterwegs!« versprach er. Und die Polizei war dann tatsächlich noch vor Imogen da, obwohl diese sofort aus dem Haus gestürmt und mit durchgedrücktem Gaspedal zum College gerast war. Streifenwagen parkten mit blinkendem Blaulicht vor den Toren des College. Mike stand in Jeans und Pullover in der Portiersloge.

»Es gibt keinen anderen Ausgang aus seiner Wohnung als über die kurze Treppe in den Fountain Court«, eröffnete Mike ihr. »Der Haupteingang wird bewacht. Aber wie kommen wir über den Fountain Court ohne gesehen zu werden? Die Fenster seiner Wohnung führen auf den Court.«

Hughes, der dienstälteste Portier, machte einen sichtlich geknickten Eindruck. »Lassen Sie mich doch einfach Dr. Bagadeuce anrufen und ihm melden, daß Sie da sind«, murmelte er unglücklich.

»Kommt nicht in Frage!« wehrte Mike schroff ab. »French!« Er machte einem seiner Kollegen in Uniform ein Zeichen. »Sie bleiben hier und passen auf, daß niemand telefoniert!« Und zu Imogen gewandt sagte er: »Lebensmittel sind schnell in die Toilette gespült, wenn wir ihn unnötig warnen.«

»Wenn er mich über den Hof gehen sieht, schöpft er bestimmt keinen Verdacht«, erwiderte Imogen. »Meine Praxis liegt direkt hinter seinem Treppenaufgang. Und warum sollte ich nicht in Begleitung sein? Du trägst schließlich Zivil ...«

»Dann nichts wie los!« befahl Mike.

Imogens Nützlichkeit als Mikes Tarnung war insofern begrenzt, als Mike ganz entgegen der Regeln schnurstracks quer über die Rasenfläche marschierte, anstatt die üblichen, gewundenen Wege zu benutzen. Aber Dr. Bagedeuce sah zufällig nicht aus seinem Fenster. Seine Wohnung lag im Parterre. Die Außentür zum Hof war verschlossen. Mike hämmerte ungeduldig dagegen. Als sich nichts rührte, begann er mit den Fäusten zu trommeln.

»Geduld! Geduld! ... Ich komme ja schon«, ertönte drinnen schließlich eine Stimme. Dann hörte man Schlüssel rasseln. »Was gibt es denn?« erkundigte sich Dr. Bagadeuce und öffnete die innere und die äußere Tür. »Ich bin beschäftigt . . .«

Mike schob ihn unsanft beiseite. »Polizei!« sagte er knapp und verschwand in der Wohnung.

Dr. Bagadeuce machte einen Schritt auf Imogen zu, als wolle er das Weite suchen. Angesichts der beiden uniformierten Beamten, die hinter ihr standen, änderte er jedoch seine Absicht. »Die unvermeidliche Miss Quy«, bemerkte er sarkastisch. »Kommen Sie lieber rein. Ich brauche vielleicht eine Zeugin.«

Imogen folgte ihm. Fran saß mit dem Gesicht zur Tür an einem Ende eines festlich gedeckten Tischs vor dem Kamin, in dem ein Feuer knisterte. Mike stand neben ihr.

»Bewegen Sie nichts und fassen Sie nichts an, Miss Bullion«, befahl er Fran. »Sagen Sie mir nur, *wer* hier *was* ißt.«

Imogen registrierte sofort, daß sechs unterschiedliche Platten und Schüsseln mit Deckeln auf dem Tisch standen; jeweils drei an jedem Ende.

»Ich verstehe nicht . . .« begann Fran. »Was ist los?«

»Beantworten Sie einfach meine Frage«, erinnerte Mike sie scharf.

»Er ist Vegetarier. Deshalb hat er für mich etwas anderes gekocht . . .«

Dr. Bagadeuce trat mit raschen Schritten hinter Imogen vor.

»Das Essen wird kalt«, erklärte er und griff nach einer Schüssel auf dem Tisch. »Ich stelle es lieber warm . . .«

»Sie tun nichts dergleichen«, sagte Mike und riß ihm die Schüssel aus der Hand. »Der Inhalt kommt ins Labor.«

»Aha«, murmelte Dr. Bagadeuce und setzte sich auf die Couch. Er war leichenblaß geworden.

»Sicher können Sie uns sagen, was wir darin finden werden«, fuhr Mike eisig fort. »Miss Bullion, haben Sie bereits davon gegessen?«

»Nein«, antwortete sie. »Wir wollten gerade erst anfangen . . .«

»Dem Himmel sei Dank!« entfuhr es Imogen.

»Aus den Bemerkungen meiner Freunde entnehme ich, daß Sie mich vergiften wollten«, sagte Fran und sah Dr. Bagadeuce an. »Stimmt das?«

»Ja, Miss Bullion«, erwiderte der Professor gelassen. »Das stimmt. Ich war entschlossen, Unheil von meinem College abzuwenden.«

»Wofür halten Sie es denn, wenn ein altgedienter Professor eine Doktorandin ermordet?« fragte sie ungläubig. »Ist das vielleicht eine gute Tat?«

»Ich hatte nicht erwartet, ertappt zu werden«, erklärte er. »Aber Sie haben recht. Ich habe eine Katastrophe über das College gebracht. Vermutlich habe ich keine Chance, Sie zu überreden, Ihre Enthüllungen über meinen verstorbenen Kollegen nicht zu veröffentlichen? Sie wissen ja jetzt, welche Opfer ich bereit war für mein College zu bringen.«

»Aber das Opfer bin doch ich!« bemerkte Fran.

»Möchten Sie uns nicht sagen, was eine Laboranalyse von Miss Bullions Essen ergeben wird?« erkundigte sich Mike.

»Nein, das möchte ich nicht. Weshalb sollte ich Ihnen helfen?« entgegnete er.

»Es ist sicher mit DNOC versetzt«, warf Imogen ein.

»Sie sind wirklich die Pest, Miss Quy! In alles mischen Sie sich ein!« zischte Dr. Bagadeuce. »Man sollte erwarten, daß sich eine College-Angestellte dem College gegenüber loyal erweist.«

»Kommen Sie, Dr. Bagadeuce!« sagte Mike. »Zeit zum Aufbruch.«

»Müssen Sie mich unbedingt vor aller Augen über den Hof abführen? Wie einen gewöhnlichen Verbrecher?« fragte Bagadeuce.

»Sie *sind* ein gewöhnlicher Verbrecher«, erklärte Mike. »Aber wenn Sie es vorziehen ... wir können das College auch über die Chesterton Lane verlassen. Streifenwagen stehen vor jedem Eingang.«

»Ich will, daß sie mitkommt!« forderte Dr. Bagadeuce und deutete auf Imogen. »Ich will eine Zeugin, die für meine Sicherheit garantiert.«

»Ich begleite Sie bis zum Ausgang, Dr. Bagadeuce«, versprach Imogen prompt. »Und sobald Sie fort sind, rufe ich Ihren Anwalt an. Dann bringe ich dich nach Hause, Fran.«

Die kleine Gruppe marschierte durch die rückwärtigen Höfe zum Hinterausgang. Dabei kamen sie durch den Säulengang, der das College mit der Kapelle verband, und an der großen Marmortafel vorbei, die all jenen Collegemitgliedern gewidmet war, die ihr Leben in den beiden Weltkriegen gelassen hatten.

Vor dieser Gedenktafel blieb Dr. Bagadeuce abrupt stehen.

»Sehen Sie sich das an!« erklärte er. »All diese Leben hat das kleine College der Verteidigung Englands geopfert! Zweifellos war für die jungen Männer ihr College ein bedeutender Teil ihres Vaterlandes, für den es sich zu sterben lohnte. Wenn ich bereit war, zu töten, Miss Quy, dann für mein College. Aber wer will mich schon verstehen – geschweige denn mir ein Denkmal setzen?«

»Ich bestimmt nicht«, erwiderte sie.

»Hören Sie mit diesem Unsinn auf!« fuhr Mike den Professor an. »Sie waren nicht nur bereit zu morden. Sie haben bereits zwei Menschen getötet. Miss Bullion wäre beinahe Ihr drittes Opfer geworden . . . wenn nicht sogar das vierte.«

Dr. Bagadeuce wandte sich wütend zu ihm um. »Das können Sie nicht beweisen! Hüten Sie Ihre Zunge! Ich werde alles leugnen, was Sie nicht beweisen können.«

»Ich kann genug beweisen«, konterte Mike. »Mehr als genug. Verlassen Sie sich darauf!«

24

Eigentlich hätte man annehmen wollen, daß jemand, der um Haaresbreite einem Giftmord entgangen war, wochenlang unter Appetitlosigkeit leidet. Fran dagegen, die auf das tödliche Abendessen hatte verzichten müssen, entwickelte einen Heißhunger. Imogen lud sie daher zum Essen in den Red Lion in Grantchester ein. Die beiden wollten gerade losfahren, als ein Streifenwagen mit Mike Parsons am Steuer hinter ihnen anhielt. Mike ließ sich nicht lange bitten und stieg in Imogens kleines Auto um. Gemeinsam fuhren sie nach Grantchester. Im Red Lion fanden sie einen ruhigen Tisch.

»Du meine Güte!« seufzte Fran und machte sich hungrig über ihr Essen her. »Was wäre nur mit mir geschehen?«

»Was meinst du damit?« fragte Imogen.

»Das Essen mit Dr. Bagadeuce.«

»Zuerst hättest du wie auf Wolken geschwebt. Dann wärst du nervös und unruhig geworden, hättest schließlich hohes Fieber und Krampfzustände bekommen, wärst ins Koma gefallen und gestorben. Und alle hätten auf Meningitis getippt.«

»Dann hätte man ihm nichts anhaben können?«

»Diesmal schon. Bagadeuce hat sein Glück arg strapaziert. Er hat die bewährte Methode einmal zuviel angewandt.«

Fran sah Mike an. »Von Ihnen möchte ich jetzt ganz genau wissen, wie Sie ihm auf die Schliche gekommen sind.«

»Ich doch nicht!« wehrte Mike fröhlich ab. »Das haben Sie allein Imogen zu verdanken.«

»Gut, dann erzähl du, Imogen!«

»Also, zuerst haben wir beide Janet Summerfield verdächtigt, die Biographen ihres Mannes umbringen zu wollen oder bereits umgebracht zu haben«, begann Imogen. »Die Schwierigkeit war das Motiv. Ausgerechnet sie wollte ja diese Biographie.«

»Aber sie wollte gleichzeitig verhindern, daß jemand mehr über diesen entscheidenden Sommer erfährt«, warf Fran eifrig ein.

»Ja, weil Recherchen unweigerlich zu diesem Quilt geführt hätten. Sie hatte eine Heidenangst, daß man den großen Gideon als Schwindler entlarven könnte.«

»Warum hat sie nicht einfach diesen Quilt vernichtet?« fragte Mike. »Skrupellos genug ist sie doch.«

»Wie ich am eigenen Leib erfahren habe, wird der Quilt von bissigen Hunden bewacht. Die Besitzer sind ihr feindselig gesonnen. Sie hat alles mögliche versucht, aber vergeblich.«

»Sie hat also nur gehofft, endlich einen Biographen zu finden, der diesen Teil der Lebensgeschichte ruhen lassen und nur schreiben würde, was sie wollte. Ich verstehe«, sagte Fran.

»In dem Augenblick, als ich diesen Quilt gesehen habe, war mir klar, daß er älter als Summerfields Entdeckung sein mußte und daß er das fehlende Motiv darstellte. Also suchte ich nach der Methode. Fran, wie du dich erinnerst, hattest du Janet Summerfield auf vielen alten Fotos gar nicht erkannt, weil sich ihr Gewicht offenbar ständig verändert hatte.«

»Ja, und zwar auffallend«, stimmte Fran zu.

»Zufällig bin ich in meinem medizinischen Wörterbuch auf das Mittel DNOC gestoßen. Es ist vor vielen Jahren auch als Schlankheitsmittel verschrieben worden. Damit hatte ich Motiv, Gelegenheit und Methode. Und alles deutete darauf hin, daß Janet Summerfield Mark Zephyr ermordet hatte. Und dann kam ich plötzlich am Rand der College-Feierlichkeiten mit ihr ins Gespräch. Und dabei habe ich gesagt: ›Ich weiß, warum Sie es getan haben.‹ Daraufhin hat sie mir plötzlich ihr Herz ausgeschüttet und gestanden, ihren Mann umgebracht zu haben.«

»Du hattest eine richtige Mörderin – aber für einen falschen Mord!« bemerkte Fran.

»Richtig. Also habe ich sie auch der anderen Morde beschuldigt, was sie weit von sich gewiesen hat. Sie hat so heftig geleugnet, daß ich mich gefragt habe, ob es nicht doch jemand anderes gewesen sein könnte. Was fällt dir beim Namen ›Meredith‹ ein, Fran?«

»Eine ältere Frau vornehmer Herkunft?«

»Falsch. Es ist auch ein Männername. Es ist Dr. Bagadeuce' Vorname.«

»Dann ist er also dieser ›Meredith‹ oder ›Merry‹, wie sie ihn nannten?«

»Ja. Und der Doktor aus Cambridge, in der Nähe von dessen Cottage in Wales die arme May Swann erschlagen aufgefunden wurde, der Engländer, den sie wegen seines komischen Namens verspotteten, der ist er ebenfalls.«

»Aber Motiv und Methode paßten doch nur auf Janet!« gab Fran zu bedenken.

»Sein Motiv war mit ihrem eng verbunden. Und er hatte es mir längst gesagt . . . ich habe es nur nicht erkannt.«

»Er hat es dir gesagt?« bemerkte Mike.

»Bei einem zufälligen Gespräch hat er mir einen hitzigen Vortrag über Ruhm und Ehre des College gehalten.«

»Also das geht wirklich über meinen Verstand«, murmelte Mike.

»Klingt reichlich verrückt, zugegeben«, sagte Imogen. »Aber wenn einer seiner bekanntesten Professoren als Plagiator entlarvt wird, kann das dem Ruf des College kaum zuträglich sein. Und es gibt dort Menschen – Dr. Bagadeuce gehört dazu –, bei denen sich alles ums College dreht, die außerhalb seiner Mauern niemand sind und nur in ihrem geliebten College etwas gelten . . .« Imogen sah Mike an. »Ihr habt doch Janet und Bagadeuce verhört. Was haben sie eigentlich gesagt?«

»Hm. Janet hat ihr Geständnis, Summerfield Gift ins Essen getan zu haben, nicht wiederholt, wenn du das meinst, Imogen. Sie behauptet, daß Dr. Bagadeuce ein treuer alter Freund sei, der häufig bei ihr zu Hause war und sich daher jederzeit an ihrem Pillenvorrat im Badezimmer bedient haben konnte. Sie gibt zu, daß mehrere Packungen des fraglichen Mittels plötzlich aus ihrem Schrank verschwunden waren. Sie hatte angeblich ihre Hausangestellte verdächtigt. Die mittlerweile verbotenen Tabletten sind auf dem Schwarzmarkt eine Menge wert. Janet Summerfield leugnet allerdings entschieden, daß ihr Mann öffentlich einen Betrug im Zusammenhang mit seiner mathematischen Abhandlung eingestehen wollte.«

»Kommt sie damit durch?« fragte Fran.

»Vermutlich nicht . . . nicht in Anbetracht dessen, was Dr. Bagadeuce behauptet. Er hat zuerst alles geleugnet, bis wir ihm gesagt haben, daß wir Blutspuren des Mörders von May Swann an deren Kleidung sichergestellt und analysiert haben. Damit war klar, daß wir ihn jederzeit überführen können, und er hat gestanden.«

»Hoffentlich war es die Wahrheit«, meinte Imogen.

»Das Geständnis? Darauf könnt ihr wetten.«

»Nein, die Behauptung, daß ihr eine Blutprobe zum Vergleich habt.«

»Das stimmt. So wahr ich hier sitze«, beteuerte Mike. »Wofür hältst du uns? Du liest nicht nur zu viele Krimis, sondern auch zu viele schlechte Zeitungen.«

»Entschuldige, entschuldige . . .«

»Wenn wir Bagadeuce glauben können, hatte sich Janet Summerfield verzweifelt an ihn gewandt. Er sollte Gideon von den öffentlichen Selbstbezichtigungen abhalten. Er hat an Gideons Selbstachtung appelliert und an seine Loyalität dem College gegenüber. Gideon hat das wohl alles nicht interessiert. ›Stellen Sie sich vor, er wollte die Ehre dem zukommen lassen, dem sie gebührt . . . und das war eine alte Bäuerin mit ihrer Handarbeit‹, hat er verächtlich gesagt. Nachdem Bagadeuce mit seinen Überredungsversuchen gescheitert war, haben Janet und er angeblich seine Ermordung gemeinsam geplant. Sie hat ihm die DNOC-Tabletten gegeben, und er hat ein köstliches Essen damit gewürzt.«

»Deshalb also hat sie ›wir‹ gesagt«, entfuhr es Imogen.

»Vermutlich. Bagadeuce wird rasend vor Wut, wenn die Rede auf Janet Summerfield kommt. Er hat nie verstanden, daß sie unter den Umständen auch noch auf dieser Biographie bestanden hat. Er ist von Anfang an dagegen gewesen. Ian Goliard sind sie nach seinen Worten ›ohne Probleme‹ losgeworden. Der Mann hat offensichtlich etliche dunkle Punkte in seiner Vergangenheit und war daher leicht zu erpressen. Er ist ins Ausland gegangen. Aber Mark Zephyr ließ sich nicht abschütteln. Und es war noch genug DNOC übrig.«

»Waren sie es nun gemeinsam, oder war er es allein?« fragte Imogen.

»Das hängt davon ab, wem man mehr glaubt. Er behauptet, sie habe Zephyr zum Essen eingeladen, trotzdem sie wußte, was er in der Küche zusammenbraute. Sie dagegen bestreitet das entschieden.«

»Was ist mit May Swann?«

»Bagadeuce hat ausgesagt, daß sie entsetzliche Angst bekommen hatten, daß der Quilt Gideon verraten würde. Janet hat wiederholt in seinem Cottage übernachtet und von dort aus versucht, irgendwie den Quilt in ihren Besitz zu bringen. Vergeblich, wie ihr wißt. Dann hat May Swann eines Tages Janet angerufen und ihr ganz naiv erzählt, sie habe Hinweise entdeckt, daß Gideon die fragliche Zeit im Tanat-Tal in Wales verbracht habe, und daß sie dorthin reisen wolle, um sich von der Richtigkeit der Vermutung zu überzeugen. Bagadeuce ist sofort zu seinem Cottage gefahren und hat dort auf sie gewartet. Er hat sie dann ›zufällig‹ im Gasthaus getroffen, ihr einen Drink spendiert und sie mit der Behauptung auf sein Grundstück gelockt, Gideon habe die fraglichen Tage vermutlich in seinem Cottage verbracht. Dort hat er sie mit dem Schürhaken erschlagen und im Moor oben vergraben.«

»Und danach bin ich aufgetaucht und habe dieselben Fragen gestellt.« Fran seufzte verunsichert.

»Dr. Bagadeuce hat Janet immer wieder zu überreden versucht, das Projekt mit der Biographie aufzugeben, aber sie war verrückt nach diesem Preis und hoffte, in einer Biographie zusammen mit Gideon verewigt zu werden. Sie hatten verdammtes Glück, Fran, daß Sie eine so besorgte Wirtin haben. Sonst wären Sie jetzt schon unter der Erde.«

»Was geschieht mit den beiden?« wollte Fran wissen.

»Sie bleiben wohl bis zum Prozeß in Untersuchungshaft. Die Anwälte werden sich sicher darum reißen, die Hälse der beiden zu retten. Und Janet kommt vielleicht sogar ungeschoren davon. Bagadeuce hat keine Chance – vorausgesetzt, die Blutanalyse verläuft positiv. Und daran habe ich keine Zweifel.«

»Und ihr Geständnis? Gilt das gar nichts?« erkundigte sich Fran.

»Sie hat nur gegenüber Imogen ein Geständnis abgelegt. Du wirst als Zeugin erscheinen müssen, Imogen.«

»Das hat mir gerade noch gefehlt«, murmelte Imogen düster.

25

In den folgenden Tagen blühte in St. Agatha's der Klatsch. Imogen wurde zu einer der gefragtesten Persönlichkeiten auf und außerhalb des College-Geländes.

Das Skandalfieber war bedauernswert, aber verständlich. Imogen erzählte ihre Geschichte wieder und wieder. Dabei verschwieg sie jedoch, daß sie Dr. Bagadeuce im Gefängnis besuchte, ihm die Post und andere persönliche Dinge brachte, auf die ein Untersuchungshäftling ein Recht hatte. Dabei war sie nicht die einzige, die Menschlichkeit zeigte. Auch Lady Buckmote ging im Gefängnis ein und aus.

Fran war mittlerweile in St. Agatha's zu einer bekannten Persönlichkeit avanciert. Sie konnte sich der zahlreichen Einladungen zum Abendessen kaum noch erwehren. Sie beklagte sich bereits bei Imogen, daß die ganze Aufregung drohte, ihre Arbeit an der Summerfield-Biographie zu beeinträchtigen. Leo Maverack war restlos begeistert und lud Fran und Imogen in der folgenden Woche in seine Wohnung ein. Zu Imogens Freude war auch Holly Portland anwesend.

»Was für eine Geschichte!« sagte Fran begeistert. »Armer, mittelmäßiger Mann wird dazu getrieben, höhere akademische Weihen anzustreben. Dabei klaut er eine Entdeckung, wird von später Reue gepackt – und verliert dadurch sein Leben . . .«

»Eine brillante Story«, pflichtete Maverack bei. »Wenn ich gewußt hätte, wie aufregend Gideons Biographie werden würde, hätte ich sie Ihnen nie überlassen«, erklärte er grinsend. »Aber keine Sorge, Recktype & Diss will das Werk allein unter Ihrem Namen veröffentlichen. Ihre Karriere als Biographin hätte keinen besseren Start haben können.«

»Aber Dr. Maverack«, begann Fran unsicher, »dann haben Sie ja gar nichts von diesem Projekt . . .«

»Machen Sie sich um mich keine Sorgen«, antwortete er grinsend. »Ich schreibe gerade selbst ein Buch. Über die Theorie der Biographie. Und Ihre Biographie über Summerfield liefert mir das beste Beispiel für meine Theorien. Auf diese Weise haben wir beide was davon.«

»Würde mir vielleicht mal jemand erklären, worum es eigentlich geht?« erkundigte sich Holly.

Und eifrig hoben alle an, ihre Geschichte zum x-tenmal zu erzählen.

Am Ende des Abends fuhr Holly Imogen nach Hause, während sich Fran auf ihr Fahrrad schwang.

»Die Sache mit diesem Quilt fasziniert mich«, bemerkte Holly auf der Fahrt. »Ein wirklich neues Quilt-Muster – nicht nur eine der zahllosen Variationen eines anderen –, sehr ungewöhnlich. Ihre walisische Farmersfrau muß ein Genie gewesen sein.«

An Imogens Haustür verabschiedeten sie sich. »Einen Moment noch, Holly! Wann fliegen Sie eigentlich in die Staaten zurück?« erkundigte sich Imogen.

»Gar nicht. Ich bleibe in Cambridge«, antwortete Holly. »Man hat mir einen Lehrstuhl für Textilgeschichte angeboten. Und Imogen . . . nehmen Sie sich vor dem alten Gauner Leo Maverack in acht. Er hat ein Auge auf Sie geworfen.« Damit ging sie davon, bevor Imogen etwas erwidern konnte.

Imogen nahm gegen die Schmerzen in ihrem Bein zwei Paracetamol, lag trotzdem noch lange schlaflos wach und dachte nach: über die Möglichkeit, daß Paractamol zum Denken anregte; über Prüfungsschwindel – der einen Universtitätsverweis nach sich zog; über geistigen Diebstahl und über Janet Summerfields und Bagadeuce' gemeinsame Verachtung für die Handarbeit einer alten Bauersfrau. In den Augen der beiden war Gideons Vergehen verzeihlich, denn er hatte ja keinen Kollegen bestohlen. Und doch hielt Holly die Herstellerin des Quilts für ein Genie.

Es sollte noch ein paar Tage dauern, bis bei Imogen endgültig der Groschen fiel. Imogen wanderte über die alte Römerstraße. Es war ein herrlicher Frühlingsmorgen. Ihre Begleiterinnen waren Lady Buckmote und Pamela Zephyr. Sie hatten sich um der sportlichen Betätigung in angenehmer Gesellschaft willen auf den Weg gemacht. Die Unterhaltung drehte sich hauptsächlich um die Hunde, die vorausjagten, und die Vögel, die am Wegesrand sangen.

Imogen erzählte Lady Buckmote, daß mit Professor Maveracks und Frans Buch das College zu neuem Ruhm gelangen werde, was die Schande, die Bagadeuce über das College gebracht hatte, vermutlich wieder aufwiege. Auf den Waymark-Preis, so seufzte Imogen, müsse man allerdings wohl oder übel verzichten.

»O nein!« widersprach Lady Buckmote. »Den haben wir doch bekommen. Weißt du das gar nicht? Er ist an Li Tao für seine Arbeit über die Zahlentheorie gegangen.«

»Für das ABC-Theorem?« rief Imogen aus.

»Mathematik ist ein Buch mit sieben Siegeln für mich«, seufzte Lady B. »Wieviel Uhr ist es? Ich muß um fünf Uhr wieder bei meinem Wagen sein. Heute abend esse ich in Girton. Ein Ereignis, das ich nie versäume. Es ist der Abend des Jahres, an dem die College-Absolventinnen allesamt ohne ihre Talare miteinander tafeln ... in Erinnerung an all jene Frauen, die zwar Universitätsexamen abgelegt, aber niemals akademische Titel dafür erhalten haben.«

»Wann wurden Frauen zugelassen?« erkundigte sich Pamela.

»Erst 1948. Und ich frage mich oft, was aus all diesen gebildeten Damen geworden ist, die in alle Winde zerstreut und im Wettkampf mit den mit Titeln dekorierten männlichen Absolventen aus London oder Oxford Lehrerstellen zu ergattern versuchten. Vermutlich haben die meisten geheiratet und den Kampf aufgegeben. Jedenfalls verzichte ich in Erinnerung an sie gern auf meinen Talar.«

Imogen fuhr daraufhin nach Hause und ging schnurstracks zum Telefon.

»Wie geht's Ihrem Bein?« erkundigte sich Mrs. Evans.

»Bestens«, erwiderte Imogen. »Alles wieder in Ordnung. Ich habe an Großmutter Vi gedacht. Hatte sie ein Hochschulstudium absolviert? Wissen Sie das?«

»Großvater hat immer gesagt, daß ihr keiner das Wasser reichen konnte, was Intelligenz betraf. Aber über ein Studium weiß ich nichts. Wieso fragen Sie sie nicht selbst?«

»Ich soll *sie* fragen? Aber ich dachte . . . Hat nicht jemand gesagt, sie sei gestorben?«

»Nein. Sie ist nur nicht hier. Sie lebt wieder in England. In einem Seniorenstift in Shrewsbury. Ihren Lebensabend wollte sie zu Hause verbringen.«

»Aber wie alt ist sie denn?«

»Im August wird sie 94. Sie sitzt im Rollstuhl, aber geistig ist sie noch auf der Höhe.«

Imogen besorgte sich die Telefonnummer des Stifts und arrangierte einen Besuch bei Granny Vi. Und da ihr Bein noch weh tat, überredete sie Fran, sie auf diesem Wochenendausflug zu begleiten.

Das Stift, in das Granny Vi sich zurückgezogen hatte, war ein großes, altes Haus im neugotischen Stil am Stadtrand von Shrewsbury. Imogen und Fran mieteten sich in einer Pension ein, aßen in einem Gasthof zu Mittag und machten sich auf den Weg zu Granny Vi. Mrs. Evans senior saß im Wintergarten, als sie kamen, hatte das Gesicht der Sonne zugewandt und die Augen geschlossen. In ihrem Schoß lag ein halbfertiger Patchworkblock. Sie trug einen leicht verbeulten Strohhut auf dem widerspenstigen grauen Haar. Als Frans Schatten über das knittrige, sommersprossige Gesicht der alten Dame fiel, schlug diese die Augen auf.

»Mrs. Evans?« begann Imogen. »Wir sind hier, um Sie zu besuchen.«

»Bin ich Mrs. Evans?« entgegnete die alte Dame überrascht und blinzelte. »Vermutlich haben Sie recht. Aber eigentlich heiße ich Violet Margery Passmore.«

»Haben Sie sich in all den Jahren in Wales nie an den Namen Evans gewöhnt?« fragte Imogen lächelnd.

»Nie richtig. Mittlerweile dürfen junge Frauen ja auch in der Ehe ihren Mädchennamen weiter führen, aber damals . . . Da ist es mir doch sicher gestattet, als Witwe meinen Mädchennamen wieder anzunehmen, oder?«

»Aber sicher. Warum nicht?« warf Fran ein. »Ich bin jedenfalls entschlossen, meinen zu behalten.«

»Und wie lautet der, meine Liebe?«

»Frances Bullion.«

»Ein guter Name. Kennen wir uns? Verwechseln Sie mich nicht mit einer der anderen Damen?«

»Nein. Wir sind zu Ihnen gekommen. Das hier ist Imogen Quy.«

»Richtig! Meine Schwiegertochter hat angerufen und gesagt, daß Sie vielleicht kommen. Herzlich willkommen! Was für eine herrliche Abwechslung! Führen Sie mich zum Tee aus?«

›Natürlich. Wenn Sie möchten«, erwiderte Imogen.

»Kommen Sie bis zum Auto? Ich meine, können Sie noch einen Ausflug unternehmen?«

»Wenn man mich nicht hetzt«, sagte Granny Vi. »Der Tee im Stanhope Hotel ist besonders gut.«

»Dann auf zum Stanhope Hotel!« verkündete Fran.

Langsam und mit viel Geduld schaffte Granny Vi von Imogen und Fran gestützt den Weg zum Auto. »Ha! Das wird ein Spaß!« rief sie begeistert aus, als sie endlich auf dem Beifahrersitz saß. »Einfach herrlich!«

Der Tee im Stanhope Hotel hielt, was Granny Vi versprochen hatte. Sie saßen in einem sonnigen Salon. Auf dem Tisch standen Platten mit Gurkensandwiches, Scones und Kuchen sowie je eine Kanne Darjeeling und Earl Grey.

»Gott sei Dank verwenden sie hier diese schrecklichen Filterbeutel nicht«, seufzte Granny Vi zufrieden. »Hier gibt's nur echten aufgebrühten Tee.«

»Sie hatten recht. Er ist wirklich ausgezeichnet«, lobte Imogen.

»Aber kommen wir zur Sache!« erklärte Granny Vi unvermittelt. »Ich bin nicht neunzig geworden, ohne zu wissen, daß man nicht umsonst zum Tee eingeladen wird. Was wollen Sie von mir?«

»Ich schreibe die Biographie eines Mathematikers«, begann Fran. »Sein Ruhm gründet sich auf der Erfindung eines Musters ... dieses Musters.« Fran legte Granny Vi ein Stück Papier vor.

»Hm. Kommt mir irgendwie bekannt vor«, murmelte Granny Vi.

»Wir glauben, daß er es nicht erfunden hat. Wir glauben, daß er es nur von einem Quilt kopiert hat, den Sie entworfen haben«, erklärte Imogen.

»Typisch«, erklärte Granny Vi. »Verdammt typisch.«

»Typisch wofür?« fragte Fran.

»Männer. Universitätsprofessoren. Sie hassen die Errungenschaften der Frauen. Ach, ich vergesse immer, daß sich vieles geändert hat. Aber damals, in meiner Zeit, war es so.«

»Möchten Sie uns nicht mehr über diesen Quilt erzählen?« fragte Imogen. »Wann haben Sie ihn angefertigt?«

»Daran erinnere ich mich nicht mehr so genau. Auf einer Farm ist ein Jahr wie das andere. Könnte 1935 gewesen sein. Jedenfalls vor dem Krieg.«

»Er ist phantastisch«, sagte Fran. »Und es ist ein nicht periodisch wiederkehrendes Muster, stimmt's? Wo haben Sie Mathematik gelernt?«

»Cambridge«, antwortete Granny Vi prompt. »Scheußlicher Ort. Zu meiner Zeit jedenfalls.«

»Wie meinen Sie das?« wollte Fran wissen. »Heutzutage ist es dort ganz okay.«

Aber als Granny Vi – oder vielmehr Violet Margery Passmore – am Newnham College Mathematik studiert hatte, waren Frauen dort Außenseiterinnen gewesen. Sie war nach Cambridge gekommen, ohne zu ahnen, daß dort noch erbitterte Kämpfe um die Zulassung von Frauen und die Anerkennung ihrer akademischen Titel stattfanden. In London, Oxford und Durham konnten Frauen bereits Examen machen. Sie studierte Mathematik und hoffte, daß sich bis zu ihrem Examen alles zum Guten wenden würde. Und dann kam alles ganz anders. Cambridge stimmte erneut ab, entschied sich wieder gegen die Verleihung von akademischen Titeln an Frauen. Für Violet Margery Passmore war am schlimmsten, daß sie bei den anschließenden Straßenschlachten angegriffen und nicht unerheblich verletzt worden war. Danach hatte sie Cambridge kampflos und ohne Examen verlassen und einen jungen Farmer mit einem Hof in Wales geheiratet. Das Leben einer Farmersfrau war damals nicht zu verachten gewesen, aber mit Mathematik hatte es nicht einmal entfernt etwas zu tun. Mr. Evans hatte die überragende Intelligenz seiner Frau stets respektiert. »Er war ein wunderbarer Mann«, bemerkte Granny Vi liebevoll. In Wales hatte die junge Frau Spaß daran gefunden, Muster für Quilts zu entwerfen und diese dann zu arbeiten. Gwennys Mutter auf der Nachbarfarm hatte ihr die Kunst des Quiltens beigebracht. Aber in den letzten Jahren war ihr die geliebte Handarbeit immer schwerer gefallen. »Die Augen machen nicht mehr richtig mit«, schloß sie.

Granny Vi wünschte sich noch eine kleine Spritztour in die Umgebung, dann brachten sie sie in das Stift zurück.

»Haben Sie es nie bereut, keinen akademischen Titel erworben und auf eine Karriere als Mathematikerin verzichtet zu haben?« fragte Imogen beim Abschied.

»Reue hat keinen Sinn. Reue ist in meinem Alter Selbstmord«, entgegnete Granny Vi energisch. »Und Wut über diese Hohlköpfe ist nur Verschwendung. Das ist mir schnell klargeworden.«

»Da hast du's«, sagte Imogen am selben Abend, als sie sich zu einer Partie Scrabble in ihrem gemütlichen Pensionszimmer niederließen. »Gideon hat seine Entdeckung doch einer Kollegin gestohlen.«

»Ist es denn wirklich wichtig, wen er beklaut hat?« seufzte Fran. »Ich habe X gezogen. Du bist dran.«

Natürlich hatte Imogen Lady Buckmote alles über Granny Vi erzählt. Und Sir William Buckmote, der geachtete und einflußreiche Rektor des St. Agatha's College, bekam die Geschichte ebenfalls zu hören. Und so geschah es, daß an einem herrlichen Sommertag eine sehr gebrechliche alte Dame im Rollstuhl ins Senate House gefahren wurde, um inmitten einer Schar ehrwürdiger Akademiker in Talaren und entsprechender Kopfbedeckung den Ehrendoktortitel entgegenzunehmen. Es folgte ein Empfang im Newnham College zu ihren Ehren, bei dem sie ihrem alten College den vielgepriesenen mathematischen Quilt zum Geschenk machte. Und auf ihre Bitte hin schob man sie später in ihrem Rollstuhl hinaus, so daß sie noch einmal den Fluß auf der Garret Hostel Bridge überqueren und den Ausblick bewundern konnte, der einer der schönsten Europas ist.

Die kleine Gruppe blieb auf der Brücke stehen, um die berühmte Aussicht zu genießen. Eine leichte Brise rauschte in den Weiden, blähte die Ärmel der Talare und fuhr durch das weiße Haar der alten Dame, die begierig den Anblick in sich aufsog. Der neue Talar, den sie trug, Zeichen ihrer akademischen Würde, war viel zu groß für sie und ließ sie noch zerbrechlicher erscheinen.

»Wissen Sie«, sagte sie wohl zu sich selbst, »ich habe diesen Ort so sehr geliebt. Und ich habe mich immer ausgeschlossen gefühlt. Aber jetzt gehöre ich dazu ... von ganzem Herzen.«

Die glitzernde Oberfläche des rasch dahinfließenden olivgrünen Flusses unter ihnen erzeugte, gleich einem Kaleidoskop, Lichtreflexionen aus endlos wiederkehrenden, sich jedoch nie exakt wiederholenden Mustern.